ZHONGGUO XIAOSHUO
100 QIANG

中国小说100强（1978—2022）

悬崖之光

扎西达娃 著

北京联合出版公司
Beijing United Publishing Co.,Ltd.

图书在版编目（CIP）数据

悬崖之光 / 扎西达娃著. -- 北京 ：北京联合出版公司，2023.9
（中国小说100强）
ISBN 978-7-5596-7028-1

Ⅰ.①悬… Ⅱ.①扎… Ⅲ.①短篇小说－小说集－中国－当代 Ⅳ.①I247.7

中国国家版本馆CIP数据核字（2023）第155596号

悬崖之光

作　　者：	扎西达娃
出品人：	赵红仕
出版监制：	张晓冬　范晓潮
责任编辑：	徐　樟
特约编辑：	和庚方　郭　漫
封面设计：	武　一

北京联合出版公司出版
（北京市西城区德外大街83号楼9层　100088）
北京兴星伟业印刷有限公司印刷　新华书店经销
字数154千字　650毫米×920毫米　1/16　17印张
2023年9月第1版　2023年9月第1次印刷
ISBN 978-7-5596-7028-1
定价：58.00元

版权所有，侵权必究
未经书面许可，不得以任何方式转载、复制、翻印本书部分或全部内容。
本书若有质量问题，请与本公司图书销售中心联系调换。
电话：010-65868687

中国小说100强（1978—2022）丛书

编委会

丛书总策划

张　明　　著名出版人
张　英　　资深媒体人

编委主任

吴义勤　　中国作协副主席
　　　　　中国小说学会会长

编　委

吴义勤　　中国作协副主席、中国小说学会会长
宗仁发　　《作家》杂志主编
谢有顺　　中山大学教授、中国小说学会副会长
顾建平　　《小说选刊》副主编
张　英　　资深媒体人
文　欢　　作家、出版人

总　序

"中国小说100强"（1978—2022）是资深出版人张明先生和腾讯读书知名记者张英先生共同策划发起的一套大型文学丛书。他们邀请我和宗仁发、谢有顺、顾建平、文欢一起组成编委会，并特邀徐晨亮参与，经过认真研讨和多轮投票最终评定了100人的入选小说家目录。由于编委们大多都是长期在中国文学现场与中国文学一路同行的一线编辑、出版家、评论家和文学记者，可以说都是最专业的文学读者，因此，本套书对专业性的追求是理所当然的，编委们的个人趣味、审美爱好虽有不同，但对作家和文学本身的尊重、对小说艺术的尊重、对文学史和阅读史的尊重，决定了丛书编选的原则、方向和基本逻辑。

从文学史的角度来说，1978年以后开启的新时期文学是中国当代文学的黄金时代，不仅涌现了一批至今享誉世界的优秀作家，而且创造了许多脍炙人口的文学经典，并某种程度上改写了20世纪中国文学史的版图。而在中国新时期文学的经典家族中，小说和小说家无疑是艺术成就最高、影响力最大的部分。"中国小说100强"（1978—2022）就是试图将这个时期的具有经典性的小说家和中国小说的经典之作完整、系统地筛选和呈现出来，并以此构成对新时期文学史的某种回顾与重读、观察与评判。呈现在读者面前的这套丛书是对1978—2022年间中国当代小说发展历程的一次全面、系统的整体性回顾与检阅，是中国当代文学经典化的重要成果，从特定的角度集中展示了中国新时期文学在小说创作方面的巨大成就。需要说明的是，与1978—2022年新时期文学繁荣兴盛的局面相比，100位作家和100本书还远远不能涵盖中国当代小说的全貌，很多堪称经典的小说也许因为各种原因并未能进入。莫言、苏童、余华等作家本来都在编委投票评定的名单里，但因为他们已与某些出版社签下了专有出版合同，不允许其他出版社另出小说集，因而只能因不可抗原因而割爱，遗珠之憾实难避免，而且文学的审美本身也是多元的，我们的判断、评价、选择也许与有些读者的认知和判断是冲突的，但我们绝无把自己的标准强加于别人的意思。我们呈现的只是我们观察中国这个时期当代小说的一个角度、一种标准，我们坚持文学性、学术性、专业性、民间性，注重作家个体的生活体验、叙事能力和艺术功力，我们突破代际局限，老、中、青小说家都平等对待，王蒙、冯骥才、梁晓声、铁凝、阿来等名家名作蔚为大观，徐则臣、阿乙、弋舟、鲁敏、林森等新人新作也是目不暇接，我们特别关注文学的新生力量，尤其是近10年作品多次获国家大奖、市场人气爆棚的新生代小说家，我们秉持包容、开放、多元的审美立场，无论是专注用现实题材传达个人迥异驳杂人生经验、用心用情书写和表现时代精神的现实主义作家，还是执着于艺术探索和个体风格的实验性作家，在丛书里都是一视同仁。我们坚信我们是忠实于自己的艺术理想、艺术原则和艺术良心的，但我们并不认为自己的角度和标准是唯一的，我们期待并尊重各种各样的观察角度和文学判断。

当然，编选和出版"中国小说100强"（1978—2022）这套大型丛书，除了上述对文学史、小说史成就的整体呈现这一追求之外，我们还有更深远、更宏大的学术目标，那就是全力推进中国当代文学"经典化"的历程和"全民阅读·书香中国"建设。

从1949年发端的中国当代文学已经有了70多年的发展历程，但对这70多年文学的评价一直存在巨大的分歧，"极端的否定"与"极端的肯定"常常让我们看不到当代文学的真相。有人认为中国当代文学达到了前所未有的高度和水平。王蒙先生在法兰克福书展上就说：中国当代文学现在是有史以来最繁荣的时期。余秋雨、刘再复甚至认为中国当代文学的成就远远超过了现代文学。也有人极端否定中国当代文学，认为中国当代文学都是垃圾。他们认为现代文学要远远超过当代文学，中国当代文学连与现代文学比较的资格都没有。比如说，相对于鲁（迅）、郭（沫若）、茅（盾）、巴（金）、老（舍）、曹（禺）这样大师级的人物，中国当代作家都是渺小的侏儒，根本不能相提并论，两者比较就是对大师的亵渎。应该说，与对中国当代文学的肯定之声相比，对当代文学的否定和轻视显然更成气候、更为普遍也更有市场。尽管否定者各自的角度和出发点不同，但中国当代作家、作品与中外文学大师、文学经典之间不可比拟的巨大距离却是唱衰中国当代文学者的主要论据。这种判断通常沿着两个逻辑展开：一是对中外文学大师精神价值、道德价值和人格价值的夸大与拔高，对文学大师的不证自明的宗教化、神性化的崇拜。二是对文学经典的神秘化、神圣化、绝对化、空洞化的理解与阐释。在此，我们看到了一个非常有趣的悖论：当谈论经典作家和文学大师时我们总是仰视而崇拜，他们的局限我们要么视而不见要么宽容原谅，但当我们谈论身边作家和身边作品时，我们总是专注于其弱点和局限，反而对其优点视而不见。问题还不在于这种姿态本身的厚此薄彼与伦理偏见，而是这种姿态背后所蕴含的"当代虚无主义"。这种"虚无主义"的最大后果就是对当代作家作品"经典化"的阻滞，对当代文学经典化历程的阻隔与拖延。一方面，我们视当下作家作品为"无物",拒绝对其进行"经典化"的工作,另一方面又以早就完全"经典化"了的大师和经典来作为贬低当下泥沙俱下的文学现实的依据。这种不在同一个层面上的比较,不仅毫无意义,而且只能使得文学评价上的不公正以及各种偏激的怪论愈演愈烈。

其实,说中国当代文学如何不堪或如何优秀都没有说服力。关键是要进行"经典化"的工作,只有"经典化"的工作完成了才有可能比较客观地对当代的作家作品形成文学史的判断。对当代的"经典化"不是对过往经典、大师的否定,也不是对当代文学唱赞歌,而是要建立一个既立足文学史又与时俱进并与当代文学发展同步的认识评价体系和筛选体系。当然,我们也要承认,"经典化"问题是一个非常复杂的问题,并不是凭热情和冲动一下子就能完成的,但我们至少应该完成认识论上的"转变"并真正启动这样一个"过程"。

现在媒体上流行一些对于中国当代文学经典化冷嘲热讽的稀奇古怪的言论,其核心一是否定中国当代文学有经典、有大师,其二是否定批评界、学术界有关"经典化"的主张,认为在一个无经典的时代,"经典"是怎么"化"也"化"不出来的,"经典化"是一个实实在在的"伪命题"。其实,对于文学,每个人有不同的判断、不同的理解这很正常,每一种观点也都值得尊重。但是,在"经典"和"经典化"这个问题上,我却不能不说,上述观点存在对"经典"和"经典化"的双重误解,因而具有严重的误导性和危害性。

首先,就"经典"而言,否定中国当代文学早就不是什么新鲜事,对当代文学的虚无主义态度在很多人那里早已根深蒂固。我不想争论这背后的是与非,也不想分析这种观点背后的社会基础与人性基础。我只想指出,这种观点单从学理层面上看就已陷入了三个巨大误区:

第一个误区,是对经典的神圣化和神秘化的误区。很多人把经典想象为一个绝对的、神圣的、遥远的文学存在,觉得文学经典就是一个绝对的、乌托邦化的、十全十美的、所有人都喜欢的东西。这其实是为了阻隔当代文学和"经典"这个词发生关系。因为经典既然是绝对的、神圣的、乌托邦的、十全十美的,那我们今天哪一部作品会有这样的特性呢?如果回顾一下人类文学史,有这样特性的作品好像也没有。事实上,没有一部作品可以十全十美,也没有一部作品能让所有人喜欢。在这个问题上,我们应该明确的是,"经典"不是十全十美、无可挑剔的代名词,在人类文学史上似乎并不存在毫无缺点并能被任何人所认同的"经典"。因此,对每一个时代来说,"经典"并不是指那些高不可攀的神圣的、神秘的存在,只不过是那些比较优秀、能被比较多的人喜爱的作品而已。从这个意义上说,当今中国文坛谈论"经典"时那种神圣化、莫测高深的乌托邦姿态,不过是遮蔽和否定当代文学的一种不自觉的方式,他们假定了一种遥远、神秘、绝对、完美的"经典形象",并以对此一本正经的信仰、崇拜和无限拔高,建立了一整套关于中国当代文学的伦理话语体系与道德话语体系,从而充满正义感地宣判着中国当代文学的死刑。

第二个误区,是经典会自动呈现的误区。很多人会说,是金子总是会发光的。但对文学来说,文学经典的产生有着特殊性,即,它不是一个"标签",它一定是在阅读的意义上才会产生意义和价值的,也只有在阅读的意义上才能够实现价值,没有被阅读的作品没有被发现的作品就没有价值,就不会发光。而且经典的价值本身也不是固定不变的。如果一个作品的价值一开始就是固定不变的,那这个作品的价值就一定是有限的。经典一定会在不同的时代面对不同的读者呈现出完全不同的价值。这也是所谓文学永恒性的来源。也就是说,文学的永恒性不是指它的某一个意义、某一个价值的永恒,而是指它具有意义、价值的永恒再生性,它可以不断地延伸价值,可以不断地被创造、不断地被发现,这才是经典价值的根本。所以说,经典不但不会自动呈现,而且一定要在读者的阅读或者阐释、评价中才会呈现其价值。

第三个误区，是经典命名权的误区。很多人把经典的命名视为一种特殊权力。这有两个层面的问题：一，是现代人还是后代人具有命名权；二，是权威还是普通人具有命名权。说一个时代的作品是经典，是当代人说了算还是后代人说了算？从理论上来说当然是后代人说了算。我们宁愿把一切交给时间。但是，时间本身是不可信的，它不是客观的，是意识形态化的。某种意义上，时间确会消除文学的很多污染包括意识形态的污染，时间会让我们更清楚地看清模糊的、被掩盖的真相，但是时间同时也会使文学的现场感和鲜活性受到磨损与侵蚀，甚至时间本身也难逃意识形态的污染。此外，如果把一切交给时间，还有一个前提，那就是对后代的读者要有足够的信任，要相信他们能够完成对我们这个时代文学的经典化使命。但我们对后代的读者，其实是没有信心的。我们今天已经陷入了严重的阅读危机，我们怎么能寄希望后代人有更大的阅读热情呢？幻想后代的人用考古的方式对我们这个时代的文学进行经典命名，这现实吗？我不相信后人对我们身处时代"考古"式的阐释会比我们亲历的"经验"更可靠，也不相信，后人对我们身处时代文学的理解会比我们亲历者更准确。我觉得，一部被后代命名为"经典"的作品，在它所处的时代也一定会是被认可为"经典"的作品，我不相信，在当代默默无闻的作品在后代会被"考古"挖掘为"经典"。也许有人会举张爱玲、钱钟书、沈从文的例子，但我要说的是，他们的文学价值早在他们生活的时代就已被认可了，只不过很长时间由于意识形态的原因我们的文学史不谈及他们罢了。此外，在经典命名的问题上，我们还要回答的是当代作家究竟为谁写作的问题。当代作家是为同代人写作还是为后代人写作？幻想同代人不阅读、不接受的作品后代人会接受，这本身就是非常乌托邦的。更何况，当代作家所表现的经验以及对世界的认识，是当代人更能理解还是后代人更能理解？当然是当代人更能理解当代作家所表达的生活和经验，更能够产生共鸣。因此，从这个角度来说，当代人对一个时代经典的命名显然比后代人更重要。第二个层面,就是普通人、普通读者和权威的关系。理论上,我们都相信文学权威对一个时代文学经典命名的重要性,权威当然更有价值。但我们又不能够迷信文学权威。如果把一个时代文学经典的命名权仅仅交给几个权威,那也是非常危险的。这个危险表现在什么地方呢?就是几个人的错误会放大为整个时代的错误,几个人的偏见会放大为整个时代的偏见。我们有很多这样的文学史教训。在这个问题上,我们既要相信权威又不能迷信权威,我们要追求文学经典评价的民主化、民主性。对一个时代文学的判断应该是全体阅读者共同参与的民主化的过程,各种文学声音都应该能够有效地发出。这个时代的文学阅读,最理想的状态应该是一种互补性的阅读。为什么叫"互补性的阅读"?因为一个批评家再敬业,再劳动模范,一个人也读不过来所有的作品。举个例子:现在我们一年有5000部以上的长篇小说,一个批评家如果很敬业,每天在家读二十四小时,他能读多少部?一天读一部,一年也只能读三百部。但他一个人读不完,不等于我们整个时代的读者都读不完。这就需要互补性阅读。所有的读者互补性地读完所有作品。在所有作品都被阅读过的情况下,所有的声音都能发出来的情况下,各种声音的碰撞、妥协、对话,就会形成对这个时代文学比较客观、科学的判断。因此,文学的经典不是由某一个"权威"命名的,而是由一个时代所有的阅读者共同命名的,可以说,每一个阅读者都是一个命名者,他都有对经典进行命名的使命、责任和"权力"。而作为一个文学研究者或一个文学出版者,参与当代文学的进程,参与当代文学经典的筛选、淘洗和确立过程,更是一种义不容辞的责任和使命。说到底,"经典"是主观的,"经典"的确立是一个持续不断的"过程","经典"的价值是逐步呈现的,对于一部经典作品来说,它的当代认可、当代评价是不可或缺的。尽管这种认可和评价也许有偏颇,但是没有这种认可和评价,它就无法从浩如烟海的文本世界中突围而出,它就会永久地被埋没。从这个意义上说,在当代任何一部能够被阅读、谈论的文本都是幸运的，这是它变成"经典"的必要洗礼和必然路径。

　　总之，我们所提倡的"经典化"不是要简单地呈现一种结果，不是要简单地对一个时代的文学作品排座次，不是要武断地指出某部作品是"经典"，某部作品不是"经典"，不是要颁发一个"谁是经典"的荣誉证书，而是要进入一个发现文学价值、感受文学价值、呈现文学价值的过程。所谓"经典化"的"化"实际上就是文学价值影响人的精神生活的过程，就是通过文学阅读发现和呈现文学价值的过程。可以说，文学的经典化过程，既是一个历史化的过程，更是一个当代化的过程。文学的经典化时时刻刻都在进行着，它需要当代人的积极参与和实践。因此，哪怕你是一个对当代文学的虚无主义者，你可以不承认当代文学有经典，但只要你还承认有文学，你还需要和相信文学，还承认当代文学对人的精神生活具有影响力，你就不应该否定当代文学经典化的重要性。没有这个"经典化"，当代文学就不会进入和影响当代人的生活，就失去了存在的意义。每一个人，哪怕你是权威，你也不能以自己的好恶剥夺他人阅读文学和享受文学的权利。

　　从这个意义上说，当代文学的经典化当然是一个真命题而不是一个伪命题。在一个资讯泛滥的时代，给读者以经典的指引是文学界、出版界共同的责任，而这也是我们编辑出版这套书的意义所在。

　　最后，感谢张明和张英先生为本套书付出的辛劳，感谢北京立丰天文化传播有限公司、北京金圣典文化有限公司的资金支持，感谢全体编委和北京联合出版公司各位编辑，感谢所有对本套丛书的出版给予大力支持的作家和他们的家人。

　　是为序。

吴义勤

2022年冬于北京

目 录
Contents

冥____1

智者的沉默____14

自由人契米

　　——洛达镇逸闻之一____20

世纪之邀____29

风马之耀____44

悬崖之光____70

朗杰的日子____74

野猫走过漫漫岁月____98

地　脂____164

西藏，隐秘岁月____209

冥

　　门帘被缓慢地撩开一角。因为常年的油垢、污腻和烟熏，变得沉甸甸的，像一床肮脏不堪的羊毛被。外面的风溜进了屋里四处回旋。矮桌上两支蜡烛的火苗被刮得东摇西晃，映在墙壁、屋顶上的投影也动了起来，忽大忽小，变得奇形怪状。

　　只有柜子上供在佛像前的那盏豆大的酥油灯花始终保持不变的火苗，凝固似的纹丝不动，世尘空气的流动在它面前失去了活力。它显得肃穆，宁静……

　　门帘撩开的一角，伫立着一个身影，墨绿色羽绒衣，上半身和门外的黑影融为一团，成为黑色中蠕动的暗色，只有洗得发白的紧士裤在一片昏暗中格外醒目。在这双富有性感和线条的腿的微微扭动中，门帘像剧院的大幕徐徐落下，把这双腿隔在黑暗的门外，只听见高跟皮靴一阵快慢不均的声响，像迟疑不决，像无可奈何，像流连忘返……最后，这充满青春的脚步快速走远了……

这脚步使屋里的加措老爹回想起童年听见的钉马掌和马蹄声留下的特殊感觉，他什么样的马蹄声没听过呵，急驰的、蹓趟的，踏在草地上的，磕在石板上的，还有踩在尸体上软绵绵的蹄声，那声音总有什么魔法一样声声叩着，他的心不住地颤跳。

"她，是谁？"加措已经喝了很多酒，神志蒙眬。酒酸得磨牙，凉得揪心，像有千百只小爪子在里面乱抓一气。

"问……她。"他的老伴益西苍老的声音像唱怨歌似的怯声怯气地说，"她一定知道格……桑在哪儿……"

加措老爹本以为是自言自语，听出另一个声音在耳边响起时，很不满意地往前瞟了一眼。

和他一起生活了四十多年的妻子益西，隔一张桌子，直挺挺地坐在他对面，双手顺从地平摊在腿上，一只手腕上缠着一串早已磨去光泽的玻璃佛珠；另一只手的拇指由于无数个白天夜晚千百遍地拨动佛珠，正神经质地微微挛动。她闭着眼，像是睡着了，没剩下几颗珍珠般牙齿的瘪嘴半张着，有时无声地嚅动几下，仿佛在梦中和谁讲着悄悄话。

"听说他在什么做买卖，和我年轻时一样。"加措得意地眯起眼。

"啊？"益西耳背，没听清。

"他的踢踏舞跳得很好。"他提高了声音。

"早晨……转经时，我看见……了，一个人，"益西只顾讲述自己白天所遇到的事，她要讲述的每件事都是从转经路上的见闻讲起，"他从当……官的小汽车里走出来。我一看，呀，他还……是那样，还没……变呢。真是佛爷赐给的好……福气。后，后……"

"阿妈益西啦，"他打断了她的话，"今天你买酥油了吗？"

"买啦，买……啦。如今酥……油像金子一样贵。我们自己都好……

久没喝酥油茶……了。"

"啊,啊,只要能在大慈大悲的佛前供上酥油灯。这是一定不能少的。"

"嘭!"一声爆响就在加措身后窗外的墙根下。他觉得自己被一股力量抛向空中,胸口像被野兽狠狠地咬了一口。

"老天爷!"他惊慌地叫了一声。

益西却仍闭着眼无动于衷,好像她早就知道这声巨响的来临。只是撇撇布满碎纹的嘴,仿佛这声音响的不是时候,打断了他们的对话。

这时,他们才感到街外面多么热闹,多么嘈杂,一片混乱声;行人们走在沥青路上的咔咔声,顺着一个方面移动,像一支步伐混乱、永远走不完的浩浩荡荡的军队;炮仗声,噼噼啪啪,大小远近连绵不绝;像闷雷滚过的嗡嗡的诵经声;磕长头者包铁皮的木板护套磨在地上的唰唰声;男人们的粗笑,女人们的尖叫,孩子们的笑闹声;康巴人高昂悠扬的歌声;自行车拼命按响的铃声;还有院子里楼上邻居带音箱的电子音乐的咚咚声……

只有他俩冷冷清清地坐在屋里,外面的一切与他们毫不相干。

加措这才注意到屋中央方形木柱上一条条长短不齐的刀刻的痕迹。他从矮床上爬下来,摇摇晃晃走到角落找出一把生锈的长刀,冲着刀身啐了几星唾沫,在衣服上来回蹭磨两下。

"对了,又该……记一刀了。"益西颤悠悠地说。她仍闭着眼,但凭声音感觉到了他要干什么。

加措双手握刀,在柱子前勾下身。"我们在这里……嘿,住了……三十……嘿,八、八年了。"

在一排昏暗模糊的刀痕底下,出现了一道深深的、白色的新痕。

他捂着腰，一手撑着柱子直起身，吁了两声，像是欣赏杰作似的歪起头看了半天。似乎不满意，重新勾下身把那一道又拉长，一直拉到了柱子的边缘。再看看上面的那些歪歪斜斜的旧痕，都短得那么可怜，唯独刚才这道长长的新痕一下使他感到惊恐不安，像标志着某种物质的极限——

生命！他的腿哆嗦起来。

刀从手中落下。他害怕地赶紧爬回来，他看见在原来的位置上有一轮护法神的光环在闪烁，那一定是庇护的地方。

佛爷啊，让我这只罪过的手断掉吧，我为什么偏把这道拉那么长呢？他战战兢兢地想。

益西捧起酒壶给他的空酒碗里又斟满了酒。由于年迈的手永远在哆嗦，抖洒出来的酒流在桌上四处漫延，形成了一个古怪的图案。她若有所思地用食指在图案的边缘朝自己划回一道，像引出的一条渠干，桌上的酒便顺着这条渠道滴滴答答洒在自己厚实的氆氇呢黑裙上。

桌上有一个花格头巾包袱，这是刚才那个飘失在门外的她送来的。里面一定是些油炸食物，点心饼干，毛桃干，花花绿绿的糖果，或许还有几条牛肉干。但他俩谁也没有动手解开。

直到现在，他俩也没有提起她。并且，当她慢慢撩起门帘离去时，他俩一句话也没讲。只是门帘落下的一瞬间，加措下意识礼节性地扬起了双手，而她肯定也没有看见。过后他一阵害怕，觉得心中有什么东西被带走了。当她提着花格头巾包袱出现在门口时，他不住地使劲眨了几次小眼睛。他以为眼前现出了一团耀眼的太阳，她就是在这团火焰中渐渐显现出来的，她启齿开口的第一句话：这是我替格桑敬给你们的一点心意。他竟以为听见了非人间所有的悦耳的乐声。当年他扛着挣扎的益西拼命飞奔时，曾气喘吁吁地想道：我肩头上抢来的姑娘可是全西藏没有第二个，将来永远也不会有的美人了。在以后漫长的岁月中，什么样的女人没见过啊？贵妇人，娇小姐，卖酒女，歌女，妓女，被众人诅咒的妖女，康巴女人，工布女人，后藏女人，牧女，还有印度的，克什米尔的，汉地的……形形色色的女人，没有一个女人能跟益西二十岁时的美貌相比。现在，忽然出现了，伴随着一阵激动人心的脚步声撩开了门帘，这是怎么回事？他疑惑不已。她究竟是恍惚中的幻影呢，还是的确出现的有灵有肉的活人。啊？你是格桑的迪欧？益西转过头，用瞪大了的、诧异的眼睛在对他说：你听听，张开你的耳朵好好听呵，那些女孩子们在说什么呀——迪欧，多么聪明地把情人的字眼藏了起来。年轻人哪，鬼一样机灵的脑瓜想出新的语言就像天上的星星一样多，像密宗一样深奥。他们创造出的色情俚语太多了，多得叫我们无法听懂，多得像羊圈里的虱子。益西的眼睛对他讲了以上的话，还有别的什么，他没能理解。她望着两位彼此递着奇怪的眼色、沉默不语的老人，使劲地搓揉着冻红的脸，在屋里烦躁地来回踱步。菩萨啊，你睁眼看看吧！益西的眼睛又开始对他伤心地诉说起来：她难道是一位藏家的姑娘吗？她难道不懂藏人的规矩——进屋后应该像猫一样乖乖地坐下来吗？她在两位必须尊重的老人面前大模大样地走来走去不害臊吗？她从进屋到离开，就像一只不知该往哪儿下蛋的母鸡似的一刻也没静过，匆匆地撩开门帘，匆匆地放下礼物，匆匆地转来转去，匆匆地说着什么，心窝里就像架了口被火包围的一锅油在沸腾。她的屁股好像生来不是为了坐，只是为了扭给人家看一样。怎么就坐不住呢？我们藏族人世世代代就这样坐着生活，坐着聊天，坐着做生意，坐着念经，坐着晒太阳，坐着喝酒，坐着做手工活，喇嘛坐着就地圆寂。她走了几圈，忽然说：格桑去哪儿了我根本就不知道，他什么也没对我说。找到这儿我还是向他们公司打听了半天。两位老人毫无表情，一声不响。加措忽然发现益西悄悄取下了手腕的佛珠放在桌子底下飞快地拨动，嘴皮哆哆嗦嗦颤抖不停，不知是过于愤怒呢，还是为刚才自己眼睛里发泄出的一番话感到懊悔。在两位老人的眼里，她开始显露出一种神圣不可亵渎的纯净。他们也许耳聋，没听清她说什么；或者她根本不是说格桑朋友之类的话；她们也许眼花，把她错看成白天街上到处可见的普通的姑娘。她到底是个什么？

屋里很久没有动静了。

益西还闭上眼，嘴巴悄悄地蠕动着。

加措盘腿庄重地坐在矮床上。他已是七十多岁的老人，头发变得像婴儿的胎毛一般稀松柔软，下巴的胡子被编成一条精美而细长的小辫，在胸前乐观而神气地上翘着。他左手架在腿上，宽大的拇指甲盖和食指关节中间隆起一堆鼻烟，半天难得用另一只手拈一小撮吸进鼻孔里。他睁着一双醉蒙蒙的眼。

"昨天，睡到半夜，听见门咝零零……响了，"过了许久，益西抬起眼皮看他一眼，说，"格桑……好像进来。他……在箱子里翻什么东……西。阿爸加措啦，你听见门响……了吗？"

"那一定是你在做梦。"他欠过身恭顺地告诉他。

"菩萨保……佑，这看来是个……好吉兆。"

"睡觉时，用手揉揉额头，就会做吉祥的梦。"

益西似乎对重新活跃起的气氛感到满意，她呻吟似的哼了几声，左右扭动着身体，好像在鼓励老伴继续唠叨一阵。

他却停止说话，重新恢复刚才那副庄重的神情，端着鼻烟，直瞪瞪望着屋顶。他捕捉到一个极小的黑点，直到眼睛涌出了泪水，才看清是一只苍蝇粘在那上面，这刺骨的冬夜居然还有一只苍蝇能活下来，真叫他惊讶不已。

又一阵长长的沉默。

"人，真怪……呀，为什么长大后就……不哭了呢。"益西忽然想到一个问题。

"那，你现在哭一次我听听。"

"嘿嘿，我哭不……好。"

"没关系。你一次也没哭过。"

"哭过，哭了许多。"

"什么时候。"

"过去，年轻……的时候。"

"呀。我一次也没看见。"

"都是背着你哭……的。你不……在的时候。"

"女人一哭就叫人疼爱。"他若有所思。

"所以嘛，你从……来没疼过我。"

"你老了。"他低声疼爱地咕哝，"瘦得像冬天的狼。"

"那我现……在哭。"她没听清最后一句话。

"你没有眼泪了，除非在眼里倒点酒。"

"是啦。这倒是……真的。"她叹了口气，但并不忧伤。

他们继续沉默。

过了一会儿，益西四处张望，从加措腿底下抽出一个破旧的半导体收音机。塑料壳的裂缝处贴满了胶布条，这是十几年前的老古董了。她"咔嚓"一声拨动开关，便响起沙沙的杂音，里面正播放藏戏唱腔，她听不清词，但听唱腔的曲调就知道是《朗萨雯波》。虽然她嗓子已经苍老，底气不足，但乐感的天赋一点没有减退。她像一只猫一样呜呜地跟着哼起来："哎……如若这千……百颗珍……珠穿成的项链……

是个佛像该……多好，哎……如若这颈……上的松耳琥……珀项链……是护法神该……多好……"

藏戏节目完了，接着女播音员在播送国际新闻节目："新华社阿尔及尔二月十四日电：巴勒斯坦全国委员会第十六次会议今天下午在阿尔及利亚首都阿尔及尔隆重开幕……"益西听了一会儿，不解其意，默默关上收音机，一只手在卡垫上漫不经心地抚来抚去。

"他从车上……下来，"益西瞟了他一眼，又唠叨，"脸上没有……一根胡子。我一看，呀……"

"劳驾，把你的手帕递给我。"加措觉得鼻子正发痒。

"我一看……"她从怀中掏出手帕递过去。

"呼！"他痛痛快快地擤了一下。"我们很久没去医院了吧。"

"是啦，是……我们的身子骨像岩石那样强健。"她应随着。"前天，大……前天，楼上的格多那孩子对……我说：阿妈益西……啦，明天早晨我……和几个朋友也跟你去转……经。我很……高兴，说，孩子们要走很远……哪，从药王山……布达拉宫。后来，他们还没有转到……就病了，戴个口罩去医院。嗯，他从车上一下……来……"

"现在的孩子们，身体还不如我们呢。"

"是啦，是……"她眼睛里露出了哀怨。

加措把剩下的一点鼻烟全吸完后，拍拍腿上的烟末，揉揉鼻子，双手握住盘在一起的脚脖子，上身毫无意义地前后缓慢地摇动。

"格桑，"益西昂起头，神情专注地聆听外面。"他在按……喇叭。"

外面果然有汽车马达的轰鸣，声音渐渐远了。

"我记得，"加措继续晃着身子，朝前端起酒碗一饮而尽，慢声说。"他过去开的是解放牌，这声音，不像。"

在他看来，格桑无处不在，从内地回来的人说，看见他在成都叫什么晓园的一家茶馆里聊天；从印度回来的人又说他在孟买火车站广场当脚力夫；也有人看见他在樟木口岸的边境搞走私；还有人说他在青海那边跑运输。

加措什么也没说，在他的记忆中残留着一个高大汉子模糊的形象，那汉子好像也是从一个粉红色的肉团里渐渐长大的，他也吮过拇指，还记得有一次望着自己排泄出的一堆粪便愣愣发呆，然后发现了真理，他说了什么？它在我肚子里煮熟了，他说。他也撒过野，记得有一次被大人搞恶作剧灌醉了酒，疯疯癫癫笑个不停，哎唷、哎唷、哎唷，就这样叫喊着从这头跳到那头。可是一下子，就像掉进地缝似的突然消失了。

有许多人来打听格桑的下落，问这问那。益西神色平静，态度安详，就像别人在向他打听邻居家的什么无关紧要的事一样，照样唱歌似的慢悠悠地讲述。人们什么结果也没有。

"你知道吗？过去和我们住一个院的达穷老爹前几天去世了。"加措忽然说。

"知道，知……道。他是个好……心肠的人，性情顺和得像钥匙，转经的圈数最……多。说他天葬……的时候，神鹰把他的骨……头啄得一块也没留在尘世。"

"我们应该像他那样，生前多向活佛和三宝磕头，多向性善的空行母祈祷，多做有益的善业。"

"对呀，对……呀。唵嘛呢叭咪吽。"益西轻声念诵道。

渐渐地，在加措的眼里，闪烁的烛光，屋里的一切景致都变成了双影，连益西也变成了一对孪生姐妹并肩而坐。他的身体开始被一团洁净的白云轻托而起，颤悠悠地，进入了虚无缥缈的仙境。眼前闪出一团耀眼的阳光，他看见一个老人向着阳光，沿着他曾走过的脚印，沿着他的历史往回走,越走越远,越走越小,越走越年轻……

"……你要是变成一只茶碗该多好,我就可以把你揣进怀里跟我走天涯……""走开!放荡的流浪人,你这身酒气会把我熏死的……""哦,不,你闻到会醉死的……"在热浪中喘息战栗的驿道上,走过一队骡帮,上百只负重的蹄子相互践踏,尘土飞扬。一个戴宽边礼帽,坠着一对大耳环,胸脯发达宽厚的年轻人不停地吆喝,在烈日中寂寞、干渴地行走。他一次次大把抹去满脸的汗珠,手搭凉篷,鹰一般锐利的目光,捕捉到了远方一个小小的绿点:村庄。酒馆。她的歌声。她的美丽……。她在酒馆里卖唱。柳枝般柔曼轻拂的长袖。黑色小皮靴碎小急促的舞步。裙带飘舞。长发飞扬。美妙的歌喉。撩人含情的眼波。客人们的如痴如醉。酒馆老板娘的眉开眼笑。赶骡帮的这位顶天立地的汉子,双腿实敦敦地叉开,站在门口,眼中闪着饥渴的欲火……"瞧这宝石项链,纯金的,印度宝石,有人用十五匹骡子跟我换。只要你跟我……""对歌你能对过我吗?哼,你这穷流浪汉。我已经爱上了少爷,哈哈哈哈……"他含笑走来,多么的年轻,多么的谦卑和蔼,彬彬有礼,高雅的风度早已在白净的面皮上显印着:"少爷!"他有钱财,有庄园,有奴隶……"可你却从没讲过你爱她,要娶她……""你太野,像锅底一样黑,你配不上她……""我这儿可不黑,你配得上吗?"赶骡帮的年轻人撩起袍子后摆,露出光溜溜的屁股,冲着少爷愤怒地拍打。他是自由人,除了神,谁也不怕……"野蛮人!"……他扛着她在黑夜中飞跑,她像头野兽似的疯狂地挣扎,双腿乱踢,双手乱抓,哭喊着少爷的名字。他似乎看见了少爷身穿汉地的白绸衫站在庄园的楼上窗前,举枪向他们不慌不忙地瞄准。她在尖叫,狗在狂吠,子弹在头顶上呼啸……。在帐篷里的篝火映照下,她披头散发疲惫地躺在豹皮上,美丽的大眼睛射出仇恨和野性的凶光。他背上一阵灼辣的痛楚，扒开衣服一摸，后背右肋骨处血肉模糊，差点被她咬下一块肉皮。"你的牙齿简直像母狼。"他俯下身扳开她血红的嘴巴看了看。"又细又尖，真漂亮。"……"等着吧，我会逃走。等你睡觉时，我要用刀子把你的肠子捅出来……"他什么都不怕，带着她翻越高山峻岭，穿过大街小巷，她既没有逃走，他的肠子也没流出来。……他扔给她几块大洋，独自四处流浪几个月回到家，她也一声不响地等待着他。一见面，俩人恶狠狠地互相咒骂，又谁也离不开。……后来，他们老了，已经没有力气互相咒骂，只是偶尔才慢声慢气，从牙缝里挤出几句恶毒的话语。后来，连这也停止了。太阳已经离他们远去，他们需要时常挤在一起互相取暖……

一床被子抖抖索索地盖在他腿上。那个黑色的人影终于消逝在阳光里。益西拉过一床羊毛被在他腿上整理着，这儿塞塞，那儿压压。街道外面的声音开始冷清下来，炮仗声也稀稀落落。

他睁开眼，那个美人的影子还在屋里飘游，她转动着美丽多姿、令人神往的头，像是从天宇飘来的仙女。她究竟来这里干什么呢？他苦苦思索。她为什么不知道格桑在哪儿呢？他已记不清格桑到底失踪了多久，甚至已记不清他的模样。是神托来了一个梦。他感谢神，又诅咒神。那么，她为什么来……。一个在寺庙的佛像和壁画上所熟悉的神的形象在加措脑海里渐渐清晰。天哪！到底是"妙音仙女"转世下凡看望他们来了，在他们面前显灵了。

"可，可她为什么对我们不尊重？为，为什么……为什么说，是格桑的朋友。为什么还……还穿……"他瞪着蒙眬醉眼，精神抖擞地一遍遍高声问道。

"阿爸加……措啦，你醉了，醉了。"益西抱住他胳膊，在他手背上来回抚摸,像竭力抚平他的醉意,"我们该……歇息了。"

"放,放开。我去撒尿。"

"罪过。罪……过。"

他摇摇晃晃掀开门帘出去后,半个多小时才回来。他酒劲似乎已经过去,开始清醒了一些。

"外面坐着一个老人,"他说,"我跟他唠了唠,是一个智者。我问他,格桑到底是谁?"

"他怎么说?"

"他说,他不知道。"

"哦哦!智者。"

"那你说格桑是谁?"

"我也不知……道。"

"对,我们大家都不知道,不知道,谁也不知道。"

益西已经为他铺好了床,加措像听话的孩子似的钻进被窝。益西睡另一个床,她还迟迟不愿躺下,愣愣坐着。

"阿爸加……措啦,今天,你为什么……不听我讲……我要讲的故事呢?"她伤心地说。

"我知道你要说什么,我都看见了。在大昭寺门口,他不跟你说话。我们脏。"

"你真的看……见了?"

"那时候,"他把头蒙在被子里瓮声瓮气道。"我让他看了我的屁股。那时,我年轻。"

"他认出了我。真……的。"

他重新钻出被窝,伸出干瘪的手从矮桌上端起残剩的半碗酒咕咚几口喝干后,一抹嘴,对她扬扬手,轻声说:

"你一直想念他。我都知道。"

烛光熄灭了。屋里静悄悄的，只在屋角柜子上菩萨像前的那盏巨大的酥油灯花依然闪烁着微亮的光。它凝固般地纹丝不动。

智者的沉默

刚才那一阵轰鸣响过之后，这座深宅大院又重新笼罩在一片神秘的静谧之中。看门人神经质地东张西望。这院里从没进过一个小偷。连狗也不敢从墙洞钻进来，它们嗅觉非常灵敏，从外面的墙根下夹起尾巴匆匆跑过，一刻也不敢停留。

看门人老得只剩下一颗大门牙。院里的青石板地打扫得干干净净，苹果园的树上结出的小苹果像少女结实的乳房。这座二层楼住宅的宽大石阶上正厅的朱门半虚着，两只生锈的铜环静静地悬吊着，几扇漆着黑色宽边的窗户终日紧闭，白色的石墙在阳光下耀目得叫人不敢正视。

看门人心中有了某种预感。

每天上午二楼左边向阳的那扇窗户里总要准时响起一阵短促的电话声。看门人向那扇窗户张望了好几次，忧心忡忡地等待那声音。

主人家的少爷刚才推出他那辆红色大摩托，头上罩着一只银光闪闪的头盔。看门人拉开沉重的大门，外面好几辆摩托上坐着七八个脸色阴森的年轻男女。他们戴着五颜六色的头盔，一起发动了摩托。

"少爷。"看门人还没来得及喊出声。所有的摩托像群马般吼叫着消失在翻滚的尘土中。少爷是个好心人，他酷爱体育，在一家报社当记者。

整座院里总是那么寂静。看门人永远不知道主人们在这座古老气派的住宅里是怎样生活的，到晚上甚至连音乐都听不见。屋顶竖着一架电视天线，但是任何时候外面都听不见收看电视节目的声音。他的职责就是每天无数次开门关门，然后把院里打扫得不留一片树叶，然后整理苹果园。最愉快的莫过于听见外面喇叭轻声一响，他立刻从大门旁的小土屋里钻出来迅速拉开包着双层铁皮的大门，"吱——"的一声。老爷从政协开会回来，坐在一辆豪华小轿车的后排，茶色挡风玻璃里看不清他的模样。

楼上窗户里那声音还没响起，已经过了一个半小时了。

看门人拉开小门，外面门边下坐着一位衣衫褴褛的老头，还有一只神色悲哀的放生羊趴在他身边，全身散发出熏人的膻臊味。

"你知不知道你在这儿坐了有二十年？"二十年来，看门人今天第一次跟他说话。

老头睁开一只惊恐的眼睛。

"你守在这儿没讨上一口糌粑和一口水，怎么还没死哪？"看门老人说。

"我是智者。"老头第一次开口，喉咙里挤出呼噜呼噜的怪声。

"我要叫警察！"看门人威胁道。

"你在等电话，是吗？"老头那只眼又眯了起来。

看门人吓了一跳：他也许真是个智者。

那只老羊发出一声令人心颤的叫唤。

"你该把它赶走。"看门人说。

"它老跟着我。它什么都明白。"

看门人劝智者离大门远点,当心眼花耳聋碾死在老爷的车轮下。智者不为所动,漫不经心地在身上捉虱子。

"真不该跟你说话,二十年我都熬过来了。"看门人垂头丧气地说,"看来今天是个不吉利的日子。"

"你在等谁的电话?"智者问道。

"不,是打给老爷的姐姐的电话,她是个老处女。"

"谁来的?"智者越来越有兴趣了。

"这个。我不能告诉你。"看门人摇摇头。

"你早告诉我就好了。"智者得意扬扬地说。

"你是个灾星。"看门人盯住他,一字一句地说。

智者惶惑地看他一眼。沉默不语。

看门人的预感大概没错。到下午,少爷被人抬了回来,他头部被打得血肉横飞,据说是中了两枪。据警察初步调查,他在做黑市交易。跟一个走私贩谈了笔生意,买进对方价值两万元的黄金,说好在郊外一个峡谷里碰头。他打算白吃掉对方的黄金,便带了个会武艺的帮手。对方也怀有同样动机,想抢他的钱。双方各自空着手去了,他们两个对一个扑了上去,对方却掏出手枪对着他脸连击两发,他的帮手在逃跑中也中了一弹,趴在地上装死才侥幸活命。

院里一片混乱,警察们出出进进,连看门人也被盘问了半天,折腾了几个小时后才走。

看门人送走最后一个警察,刚要关大门,看见坐在地上的智者。

"少爷死了。"他冷冷地盯着智者,"你真是个灾星。"

智者耷拉着脑袋，沉默不语。

那只羊却昂着头激动不安地叫唤。

院里又是一片神秘的静谧，没有一声哭响，死一般的静寂叫人不寒而栗，看门人不敢迈进院里，他觉得眼前有一个人陪着心里踏实一些。

看门人忽然发现那只羊总是看着他，它居然长着一对人类的眼睛，那形状、那眼神、那快速眨巴的眼皮。黑色的瞳仁分明闪出思想和智慧，充满忧伤的感情向他在诉说什么。

"这羊，是怎么回事？"看门人惊讶得连连后退。

"我忘了跟你说，它是我哥哥。"智者把它搂过来，夹住它脖子说。

看门人两眼发直，"呕"地怪叫一声，忽然跑进大门，又提了根棍子出来要赶他们。

"我长到十二岁，"智者盯着他手中挥舞的棍子飞快地解释，"有一天我骑了别人家的马去河边玩，回来被我哥哥痛打一顿，打得我三天爬不起来。他没几天就暴病死去。前几年，它出现在我脚下，我一眼就认出它是我哥哥。我是转世活佛真身。他终因殴打活佛，落得一个畜生的异熟之果。"

看门人忽然联想起眼前这位自称转世活佛的智者与这座住宅的关系了。原来这座住宅也曾出现过一个转世活佛。多年以前，他父亲还是这里的看门人时，当时的主人是位上校。那一天门口坐着一个乞丐女，抱着两个孩子。正是智者现在坐的地方。他父亲施舍给他们母子三人一些剩饭后，那女人却不动身，说怀中的小儿子不让走，果然那女人一转身，孩子就又哭又闹。这时过来一队骑马的官员，说是从西方而来正寻找一位转世活佛的灵童，根据跳神师打卦时显现出的幻象，正是眼前这幅情景。大门忽然开了，上校的妻子也抱出一个与乞丐女的孩子同样大小的男孩。于是，这两个孩子被带走确认真身。验证结果，上校的公子为前世活佛的真正化身。

"当年乞丐女的儿子就是你吗？"看门人认出来了，又沮丧地说，"那时我正在睡觉。我爸爸没敢把我抱出去。"

智者神秘莫测地咧咧嘴。抚摸着温顺的羊脑袋。

"你喊它一声。"看门人痴痴地说。

"哥。"智者苍老地喊了一声。

"咩。"羊立刻回应道。

"是这么回事吧？"智者问它。

它老老实实地点点头，想起前世做下的孽业，不由得流出几滴眼泪。

"现在，你该告诉我，给那老处女打电话的人是谁？"智者睁开了另一只眼。

"每天上午都要响一次，有二十年哪——不！"看门人咬咬牙，又拍拍自己嘴巴。终于没说出来。

"噢。"智者似懂非懂地点点头。

"少爷死了。"看门人又想起来，伤心地说。他望着里面空空荡荡的院落，心神不安地走了进去，最后从门缝里挤出个脑袋，"这也算是报应吗？神仙有时也会灾星，我知道。"

大门"吱——"的一声沉重地关闭了。

第二天一早，看门人急忙开了门。外面却空荡荡没有一个人，在这儿坐了二十年的智者和羊都不见了。地上只留下一摊尿迹，还在冒着热气。

他出来是想告诉智者关于住在二楼的老处女的事。他所知道的并不多，他没见过老处女。只知道她体弱多病，从不下楼。那电话是她一个从没见过面的老情人打来的,二十年来,她靠着每天上午接一次情人的电话维持生命。但是昨天没打来电话。老处女半夜喊叫着情人的名字直到凌晨才死去。看门人刚刚发现,原来这根维持生命的电话线是被老鼠咬断的。

看门人出来最后想问智者,他所看见的一切是不是梦。

但是眼前留下的只是一摊尿迹,不知是智者的还是羊的。

于是,他原地转圈吐了三口唾沫表示驱邪,战战兢兢进去重新把大门关上,急忙在里面加了道锁,似乎永远不打算再开门。

自由人契米

——洛达镇逸闻之一

这个时候，契米正走在通往镇里的一条土路上，路面的粗砂粒硌得他脚很痛。他走一阵便脚步不停地斜转过身，渐渐成了退步倒行，仿佛在观赏自己后面那一长串歪歪斜斜的脚印，也时常正要转回身时脑袋会撞着树干，要么撞进迎面而来的行人怀里，或者不知不觉溜滑到路旁的沟里去。

这个时候，道路上只有他一个人。

洛达镇人奉信一个叫"柏科"的女神。他们常常虔诚认真地说："向柏科起誓！"

经常可以看见一名警察背着手不慌不忙地从广场那头转到街道上来。

契米走进镇里，在一家杂货铺前站住，行人们见了他都纷纷交头接耳，低声议论：契米又跑出来了，他这是第五次。不对，是第八次了。

一条主要街道。两边开设着几家杂货铺，小酒店，一家裁缝店和一个铁匠铺。居民区分布在街道两旁。

契米和熟人们点头招呼，他不去计较别人对他敬而远之的态度。

杂货铺的女主人娜牡看见他，双手捂住胸口："契米，你又回来啦？"

"回来啦，真不错。"

"咳！"她不知该说什么好。"这冬天到了。"

"总不会是放你出来的吧？"一会儿，娜牡又问。

"噢，还是老办法。"他在女主人门槛边坐下，接过她递来的鼻烟壶，往左手拇指甲盖上抖出一撮。周围其他做生意的人也跟契米热情招呼起来。

契米知道自己每次逃出来后不应该回到洛达镇，而应该逃到更远的地方去。但他想象不出还有别的什么地方可去。在他的感觉中，能无拘无束地跟人谈话，听听人们亲切地叫他名字，除了洛达再没有别的地方。

"怎么，"女主人低声问。"还像前几次一样，不到一撮烟的时间又给逮回去？"

"是谁家煮羊肉？"他闻出来了。他从不理会女主人的话。

"斜对面梅龙家，早上看见他提了腿刚宰杀的羊肉回来。我想，他要是知道你回来了，会请你去做客的。"

"这倒不错。"他抹了抹嘴唇。

忽然，街上所有人的脑袋一齐扭向北边，那里出现一个人影。

又一齐将脑袋转向契米。

警察来了。

警察背着手向这里走来。契米磨蹭起身子，伸长了脖子望去，警察也发现了契米。他神经质地抬起一条腿准备向后使劲一蹬门框夺路而逃,但是那条腿始终提在半空中没动弹。警察从他身边走过,向他招呼似的点点头,又径直走自己的路,那样子像在苦苦思索自己生活中这一辈子也没有解开的什么谜。

警察走过去了。

大家也松了口气。

"契米,这回,他们真的放你了?"他们问。

"反正,我还是老办法出来的。"

大家又埋头干自己的事。

契米向娜牡告辞后,走进广场附近的一家甜茶馆,里面没有几个人。他敲空杯子,一个姑娘过来倒茶。

契米喝茶。

他根本不去想他们为何放掉他。

一个青年人坐在他对面,望着窗外。他叫金·瓦吉,是这个镇有名的金氏家族的小儿子。人们很少见到他,据说他体弱多病,整天被关在深宫大院里。他有一副孤独的形象,眼睛忧郁得那么可爱。契米知道他,只是跟他不熟悉。

"少爷。"契米对他点点头。

"你回来啦。"

"是呵。"

"怎么样?"

"什么怎么样?"

"随便。"

"都不错。柏科保佑。"

金·瓦吉满意地点点头,又扭向窗外。外面是街道,一直可望见镇子的尽头那一棵枯叶稀落的核桃树。

街道的行人都是彼此相识的洛达镇的人们。

"你回来后打算干什么？"金·瓦吉问。

"再说吧。"

"还是干老本行好。"

"我干不了，他们也不会让我干了。你知道，我这双手本来很适合在寺庙里擦祭器、铜佛像什么的。"契米亮出自己的一双手。

这的确是一双奇异精美的手，它长在契米身体的两边真是不可思议。这双手的皮肤细嫩柔滑，光润莹洁，像油脂般酥松轻软，仿佛轻轻触碰会印下深浅斑痕。手背上绒绒的毫毛细凝着珠珠晨露般的汗液，肌肤下分布着弯曲的淡青色的筋脉。契米很得意地欣赏了一会儿，便把它深藏在两腿中间。

"你好像在等一个人。"契米问。

他没有搭理。

"或者在等待什么奇迹，"契米嘟囔道，"我活了几十年，生活告诉我，你晚上什么梦都可以做，但睁开眼后什么奇迹也没有。是吗？"

"我一直想弄明白，我家那些木碗的实际价值，它们一定象征着什么。也许能碰上一个外来的云游大师会告诉我。"

"我也想了很久，我总有个丢不掉的感觉，你家那些木碗会不会是女人的化身。"

"你等等，女人？好！说下去。"

"我这是在胡说，少爷。"

"就这么胡说下去，千万别闭嘴。"

"你没听有一首歌吗？那意思就是说带着你呀不方便，丢下你吧又舍不得，你要是能变成只木碗该多好，揣在怀里跟我走天涯。"

"噢，你是这样理解的。"

"我这是在胡说。"

"女人。"

"你家还有多少木碗?"契米问。

金·瓦吉不知从哪一辈起跟另一家豪门结下了冤仇,在两家相对的门前各自画地为牢,彼此不准跨越对方地界,这个规矩世代承袭。一次,对面家的一个女佣喝醉酒走错了门,跑进金家院里,被金家的马夫按在厨房后的柴草堆里奸污了。当时洛达镇还没有设立法律机构。为了解决这一事端,两家人分别坐在地界边,齐声对柏科祷告,把事件的过程呈述一遍,请她怀着大慈大悲的菩萨心,公正地判决她所属的臣民中发生的不幸事件。全镇的人都赶来观看凑热闹,有趴墙头的,骑树枝的,站房顶的。只见双方闭目静坐,全镇的人都紧张地屏住了呼吸,鸦雀无声,等待奇迹。不到一碗茶时辰,空中发出了阵阵雷声,谁也不敢抬起头来,据说有几个不惧神灵的莽汉抬眼望去,早被五彩虹霓的极亮的光环照得双目失明,久久不能言语。柏科在天宇无形中传来了判决的声音:金·索堂(瓦吉的祖先)向帕罗·贡桑吉普(女佣的主人)献送一只红榆木碗作为赔偿。

没有任何一位神祇能比柏科做出更为公正的裁决了。

大家口服心服。

从此,一旦金家需要对某一事件承担责任,便拿出相应数目的木碗作为赔偿。

大家口服心服。

这都是多年的传说了。

"你照我脑袋砸一拳。"契米说。

"打哪儿?"

"打脑袋,把我打昏。"

"想得到只木碗？"

"不瞒你说，这也是我多年的愿望。"

"我这样做，不是白送给你吗？"

"倒也是。那，算了。"

"你应该干你的老本行。"金·瓦吉说。

"我干不了，我生来是去寺庙擦法器和铜佛像的料。不知为什么，喇嘛就是不肯给我剃发受戒。"

"他们为什么放了你？"

"不知道。再说，知道了又有什么好处呢？"

"总之，从现在起，你又是自由人了。"

"对，我是自由人了，像风一样自由。"契米一想到"自由"这个词，心里就感到像风一样空荡荡的。

"来，喝了。"金·瓦吉说。

他们喝完一杯，又添一杯。

契米没钱。

他知道青年人会替他付钱，他有钱。

他果然一点不在乎地替契米付了钱。

"你以前到底是干哪一行的？"金·瓦吉低声问。

"原来，你不知道？"

"对，你别把眼睛瞪得像核桃。"

"柏科有眼，说了半天他竟然不知道我的老本行。"

"别喊了，讲给我听听。"

"你要是，要是你知道反而会觉得没意思的。"

"我用一只木碗换。"

契米告诉他了。

契米原在镇东管理草料仓库，每到收割时节，人们把在打麦场上脱粒完的麦秆运来堆进草料仓库，洛达镇人在冬天全靠仓库里的草料来喂养牲口。契米的职责主要是统计和防火。其实谁也没想毁掉自己的牲口。

几个月前，他刚忙完了一阵，秋后的草料在院子里堆成小山。契米又没事干了，无聊地正要早早睡觉。有人敲门，他开门。一个流浪汉向他讨口热茶。他热情地把他请进屋，煮了一大锅牛肉，打了一壶浓浓的酥油茶，还把自己埋在羊圈地下的一坛烈性酿酒挖出来。两人盘腿而坐，敞怀对饮。契米许久没有这样痛快过，多少个深夜都是独自宿眠。一坛酒喝掉大半，他俩就醉醺醺地睡死过去。半夜时分，草料场不知什么原因突然失火。那是镇里一个出来解手的男人发现的，他听见狗叫得反常，抬头向东一看，第一个感觉是东方出现了红色曙光。他猛然醒悟过来，扯起嗓门大叫失火了。火势凶猛，把整个洛达映得明亮通红，在两里地之外都感到阵阵扑面而来的热浪。镇上的人们纷纷从家里跑出来赶到草料场，但没有一个人去救火。几个姑娘站在旁边互相端详对方，她们惊奇地发现在火光的映衬下脸颊变得那么红润漂亮。有人把家里的肉条拴在长杆上伸进火海中迅速翻搅，片刻便烤得香喷喷的，吹着冷气飞快地撕下一缕熟肉放在嘴里有滋有味地品嚼。更多的人远远地站在旁边漫不经心地议论着。谁都知道无法扑灭这场大火，既然转世做人一次不容易，哪能轻易将自己珍贵的生命往火坑里送。熊熊的火势爆发着山崩地裂的轰隆声，把人们耳膜震得嗡嗡响，无数的小火星密密麻麻满天飞舞，几乎覆盖了整个洛达镇上空，构成了一幅百年难遇的大自然宏壮的奇观。有几个做善事的强壮的男人冒险冲进那片还没燃得旺盛的草料堆边的土坯房把同类抬了出来。契米和流浪人醉得不省人事，被人放在一条沟里连眼皮都没有睁一下。由于麦秆燃烧很快，几十万斤草料到第二天中午都全烧干净了，高高的草垛夷为平地，白色的灰烬覆盖着黑色的麦秆遗骸，稀稀落落的残烟在灰堆上缭绕。

虽然一个冬天的草料烧得白茫茫一片干净，人们并没有惩罚契米，大家相信这不是他干的，他只是没有尽到看护的职责。洛达镇的人们只是把困惑不解的流浪汉重新灌醉后，几个男人抬着他，后面跟着一大群唱歌的男女老少，一路上尘土飞扬，高高兴兴地把流浪人抬到离镇子不远的玛曲河畔。两个人分别抓住他的头和脚，在半空中来回晃荡几下，大家齐声高喊："一、二、三，使劲！"便把他高高抛入河中，水里溅起了高高的浪花。一切都平静了。因为有人看见他是从东边来的，所以就让东流的河水把他送回家乡去。因为流浪人是外乡人。

这队人又照例高高兴兴唱着歌回来。轮到处理契米了，他们作为有责任感和义务感的村民不能不管。经过商量，他们扶起刚刚醒来的契米，用各种好言劝慰。一路上，大家低着头默默无言，像出殡似的把契米送到警察手里，这也是不得已的事。

契米先后七次从监狱里逃出来。从第四次逃跑被重新抓回后，警察不得不搬出他们的法宝，给契米戴上最新式的狼牙手铐，这种手铐犯人往外挣它自动往里紧箍，到最后钢腕边缘里的一圈尖齿就穿破皮肉一直深深扎进骨髓里。这副手铐只给两个人戴过，第三个便是契米，那两个犯人各自有一段惊险的故事，那是后话。但是，契米却有一双无与伦比的奇妙的手，他手腕和手指关节的骨头天生橡皮似的异常柔韧酥松，加上如油一般光滑的皮肤。他戴不到三分钟便毫不费劲地将自己的手从狼牙手铐中抽脱出来，之后便安静等待。深夜到来时，又将手铐作为使用起来既顺手又方便的越狱工具，把墙掏出一个洞钻出去。然后呼吸一下黎明前的空气，向洛达镇走去。

契米后来常对人讲，他之所以要逃出来，是因为牢房里有一股甜丝丝的铁锈气味，他不能忍受那种怪味。

金·瓦吉也听过草料场失火的事，但具体细节他一概不知。他听完后认为契米讲述的这些，不值得自己付出一只木碗，因为他想知道他们为什么不再抓他了。

"这，你问他们，我怎么知道。"

契米的确不知道，就因为他不知道这一点，所以他没得到那一只木碗。他很失望，又无可奈何。

他悻悻地从甜茶馆出来，碰见了梅龙，梅龙果然邀请契米去他家吃一顿香喷喷的手抓羊肉。

契米当然不会拒绝。

梅龙是一个众所周知的手艺高超的裁缝，同时又是一个不为人知的机械匠。他正在秘密制造一种穿透力很强的火器。他有一个美丽放荡的大女儿，他还有一个美丽富于幻想的小女儿。关于梅龙家的逸事，后面将要谈到。

洛达镇警察的内部业务工作是保密的，但是后来有人透露：洛达的警察只有手铐而没有脚镣，于是，在警察内部的法律条文中又新添了一条规定：对于能三番五次越狱成功像契米这样实属罕见的铐不住的犯人，将不再追究刑事责任。

黄昏来临时，契米从梅龙家出来上了他家的厕所，厕所挨在房屋边上，几级石阶通上去，像一座小碉堡。

他扫了一眼全镇，在炊烟下的所有房子没有用石灰或别的什么颜色粉刷，都露出本来的颜色——土黄色。

洛达镇是个土黄色的小镇。

世纪之邀

望着天空一只在拉锯战中被割断了线的风筝摇摇晃晃向远方的山峰后面飘坠而去，桑杰心中添了几分惆怅。它如同未知的命运不知最终飘零到何方，也许在远山的乡间里一位孤独的牧羊人会捡到它，也许落进一条小溪里，正好有一位舀水的农家姑娘会用铜勺把它捞起来。他并不知道这只画着一对黑眼睛的风筝在后来一个异乎寻常的时刻又回到了他的身边。他飞快地转动手中的木轱辘线轴把长长的线头往回收拢。风筝被击落了，他无心再安上一只新的风筝继续放飞。

失落的风筝飘坠远去，勾起了桑杰对遥远家乡的一丝缅怀，家乡是一个躲在大山谷里的小村子，山上有两座建造在巨型圆石上的白色玛尼佛塔。他的叔叔总是背起双手提着一根皮绳漫步在绿草茵茵的水渠边，像是要去地里牵牲畜，却总是徜徉在水渠边，眼睛望着前面的水磨坊愣愣地出神，仿佛那里面隐藏着有关他自己的秘密；还有黄昏时行走在荒凉的土道上进村的马车发出刺耳单调的嘎吱声。如今他在城里一家医院里工作，结识了不少的朋友，他那英俊的面孔和潇洒的举止使熟悉他的人早已忘记他曾经是一个乡村孩子，他现在已是这座城市的公民，将会和一位漂亮的城市姑娘结婚，单位将分给他一套舒适的房子，然后生儿育女，和城里人一样逐渐适应并喜欢上日益多姿的现代化生活。

这是一个节假日频繁的季节，他玩得很痛快，除了去林卡玩耍外，还参加了许多朋友家的乔迁新居、新生婴儿清除污秽和年轻人的新婚等各种热闹的仪式。他的好朋友加央班丹也给他送来一张请柬，能结识加央班丹这样一位大学历史系讲师做朋友使桑杰感到满意，首先他从来不跟桑杰谈历史，其次是他终日显得忧郁沮丧，如今在拉萨城显出忧郁沮丧神情的年轻人实在不多见，他们要么脸上露出的是无忧无虑盲目而自负的乐观神情，要么就是满脸杀气，要么木呆呆的什么表情也没有。请柬里附了几句话："一定要来啊，别忘了把脖子洗干净。一双手至少要抹两遍肥皂，最好把你的臭脚丫也洗洗再换上一双干净袜子。"看得出他的朋友加央班丹是那种缺乏幽默感的人，这几句故作轻松的语言显然是拼命挤出来的，并且在这些话的后面隐藏着某种难言的苦衷和一种对自己不幸的命运进行无可奈何消极的妥协。桑杰只见过加央班丹的未婚妻一面，给他印象不算好，打扮得花枝招展，自以为懂几句英语成天陪外国人在拉萨各名胜古迹转悠，到晚上还常常坐在豪华的拉萨饭店酒吧里喝点咖啡或威士忌什么的。加央班丹曾忧心忡忡地说她家是贵族世家，在这样的家庭里从谈吐到举止都有一套严格的讲究，他可受不了。现在他们要结婚了，很好，桑杰想道。他自己却不急于结婚，还想再过几年对姑娘们不承担责任的独身生活。但是通常去庆贺朋友的婚礼是很美妙的事，在那地方总有喝不完的一杯杯溢出白泡沫的啤酒和各种美味佳肴，最重要的是那里聚集着许多喜欢卖弄风情的漂亮的姑娘们，她们愿意跟你跳舞，主动向你敬酒，等大伙都酩酊大醉时，她们什么都愿意了。他照朋友的话把自己打扮得干净整洁，对墙上的镜子前后左右上上下下仔细端详了五分钟，发现无可挑剔，然后揣上礼物——写着一句吉祥祝福颂词下面落上自己名字的纸包里裹好的五十元钱和几条优质哈达——吹起口哨满意地出门去参加朋友加央班丹的婚礼。

婚礼在新娘家举行，桑杰没去过，但要找到那地方通常比找一个厕所容易得多，只要找到大概区域，看见一家打扫得干干净净，洒过水的院门前用白石灰撒出的醒目的吉祥图案，大门上方悬挂着雪白的哈达，门口通常站着一两个面带殷勤微笑的迎宾员，还有院里停放的一大堆横七竖八的自行车和摩托车，进进出出像过节一样神气的男男女女以及隔着很远就能听见从院里传来的喜气洋洋的音乐，种种迹象表明这里就是举行婚礼的地方。

桑杰迈着轻快的脚步穿过大街小巷，一个邻居哥儿们骑着摩托车到他身边停住彬彬有礼地邀他去吃烤羊肉串，他说他要出席一个重要的婚礼，邻居听了馋得喉咙咕噜一声，郑重提醒他别吃多了拉肚子；又碰到几个哥儿们拉他去坐甜茶馆，他说他要出席一个重要的婚礼，他们严肃地告诫他别一去就醉倒了空失良宵，要是没有什么艳遇他们会替他惋惜和难过的，他听了抽抽鼻子非常感动；又遇到一位曾经相好过的姑娘，她不忘旧情，隔着汽车穿梭的马路就大喊大叫地邀他去艺术馆跳舞，他怕她跑过来缠个没完，装着没听见缩起脑袋混在人群中快步溜掉了。他发现要去的地方很远，走了半天还没到，后悔没骑车来，原来他担心在那地方醉了以后骑车回家会摔跟头。不管怎么说，两个轮子的转动比两条腿的交叉移动要快得多。记得加央班丹总是在苦苦思索一个问题；西藏人早在一千多年前就将生命的过程与轮子的运动相联系，认为它是一种无限循环和轮回的形式，但是祖先千百年来却从不知道将轮子作为交通工具来使用。直到1907年，一辆八马力发动机的克莱门特牌小汽车翻越喜马拉雅山口进入西藏，人们第一次见到驱动这堆钢铁向前飞奔的是四只由钢圈、辐条和橡皮组成的圆形轮子感到大为震惊。这是为什么？为什么？加央班丹忧郁的眼睛盯着桑杰，他结结巴巴张开嘴，什么也回答不出来。加央班丹从来不跟桑杰谈历史，只是偶尔给他讲一些过去的逸闻趣事，但是常常忍不住向他提出些为什么，他自然永远也回答不了，因为这些提问都没涉及医学。他凭着本能的方位感急匆匆朝前奔走，心里还在想着那只飘逝在远方的风筝。他觉得眼前的花园路，来回奔驰的小汽车，背负行囊迈着毛茸茸大腿的外国游客，卧在路旁树荫下的野狗，城市的大厦，打着尼龙花伞的喇嘛等等一切如同镜子里印出来的幻象，有一种不真实的幻觉感。记得一位朋友讲过，两面镜子相对时，从中可以看到无限。现在他才体会到置身于两面镜子中间这种趋于无限的迷失感。于是城市在他身后消失了，郊外的田野在他身后消失了，如同从一团混沌迷蒙的状态中走出来，前面是望不到尽头的绵延群山，一片空旷，太阳高悬在明净蔚蓝的天空上，把白昼延续得永无止息的漫长。荒原上有一只鸟像流星般从他头顶飞过落到远处山冈的乱石缝里，脚下依然延伸出一条路，印着几只深深浅浅的蹄印通向前面的山弯。

死一般荒凉的大自然，连一丝生灵的叹息也听不见。

桑杰想逃离这片蛮荒的大地，几乎是奔跑着向山脚走去，绕过山弯，远处山冈半坡上有一个孤零零的小村庄，它十分贫瘠，布满碎石的路旁有一些被分割成许多小块的庄稼地，路旁有一座玛尼堆，褪了色的破旧经幡旗在无风的阳光下毫无生气地垂悬。村庄里没有几棵树，用石头垒成的低矮的农舍像躺在半坡上懒洋洋晒太阳的一堆旱獭。这一切似曾相见又遥远陌生，但可以肯定这绝不是他的家乡，因为村子后面的山上没有两座白色耀眼的玛尼佛塔。一群面目丑陋的村民站在村头，从垒着干牛粪的墙头和屋顶上也冒出一些好奇的脑袋。站在最前面的是一群女人。她们捧着哈达，端着如意麦穗斗，抱着古老的陶罐茶壶和酒壶。人们似乎长时间地在等待着一位贵人的到来，女人手中酒壶嘴上沾着的酥油花在阳光的烤晒下已经融化，一滴滴落在她们脚下把干涸的土地浸染得一片油黑，她们用粗糙的手指重新抠来一块酥油捏成花形再沾到壶嘴上。

"请问，"一位大鼻子老翁从人群中走出试探性地问道："你是桑堆·加央班丹少爷吗？"

"不，不是。"桑杰吓了一跳，他从没听说过他的朋友竟然还是一位少爷，而且名字前面还有桑堆的封号。"我是来参加他婚礼的，是这儿吗？"

"婚礼？"老翁惶惑地摇摇头，眼睛像两颗松动的珠子也随着转动起来。

几个模样憨傻却惹人喜爱的乡村姑娘聚在一起悄悄议论着这位陌生的年轻人。桑杰注意到其中一位下巴长颗黑痣的姑娘的神情跟其他人不一样，她显得有些焦虑不安。爱用眼睛盯姑娘成了桑杰的臭毛病，他没法改掉。

"这是什么地方？"他问老翁。

"这就是桑堆庄园。您一路上没见有什么人往这边来吗？"

"你们的书记在哪里？"他结结巴巴地说。

老翁疑惑地盯着他。

"我是说，乡长在哪里？不明白。那么治保主任，民兵队长在不？"

"我不知道您说的什么。"许久，老翁慢吞吞地回答。"如果你要找什么头儿，这里只有村长。没有再大的官啦，可是他不在，去前面的驿站迎少爷去了。"

桑杰用古怪的眼光打量老翁，打量周围的一切。他又问村长去了多久？多久，记不清啦，也许是昨天或者前些日子，也许是几年前的事了。不管怎样，您也看见啦，我们都在耐心地等待他们，老翁说。随后朝桑杰挤挤眼睛，讨好似的凑到他耳边，喷出的口臭散发着死亡腐朽的酸臭气味，十分热心地介绍起这里的情况：不错，这里就是桑堆庄园，是大老爷桑堆家的庄园。桑堆是圣城拉萨一家赫赫有名的大贵族，您在拉萨难道就没有听说过他家的名字吗？真是怪了。据说他在西藏各地有二十七座庄园，这里的庄园当然是很小了，又处在荒僻的山沟里，可桑堆家的祖先就出生在这里。大老爷去世几年了。现在当家的是桑堆·加央班丹少爷。前不久听说他和一群年轻的贵族们组成一个秘密同盟组织，准备行刺摄政王，夺取布达拉宫和夏宫，由于告密者的出卖他们都遭到逮捕，最高政府宣布桑堆家子子孙孙将永远不许在任何一级的地方政府中担任官职，并且没收了少爷家的全部财产和土地，少爷被判处终身流放。见桑杰惊讶得瞪大了眼睛，老翁拉起他的手去参观了设在村外乱石堆上一座刚建成的囚室，那是接到县长官老爷的命令村里人突击建造的。室内面积只有一托见方，非常低矮，犯人关在里面只能坐着，墙壁用大块石头筑得既厚实又牢固，一扇小窗户安装了几根粗铁条，这是唯一的通风口。桑堆·加央班丹将终身监禁在里面，直到某一天摄政王发了慈悲之心才有可能被赦免出来，听说他还有一个漂亮的妻子，他们新婚不久……

"可我就是去参加他婚礼的。"桑杰激动地说。

"也许吧。"老翁并不感到惊奇地说，"我们只是听说……"

"这他妈是哪个年代的事了？"他涨红了脖子叫道。

"您就会看到少爷是怎么被押送来的，真的。"

"现在是哪一年？"他低声问。

"哪一年？"老翁想了想，说，"我们乡下人从不关心现在是哪一年，只要能数清养了多少只羊，每年能打下多少粮食，这才是最重要的。"

"真是糟透了。"他一屁股坐在地上用双手捧着脑袋像一条受伤的狗嗷嗷乱叫。桑杰属于这样一种人，当面临突如其来的事情，情绪就立刻变得激动不安，但很快就能被动地顺应（而不是对付）眼前的一切事。有一次接到一份电报，从小跟他一起非常要好的表妹途中翻车丧生，他接过来看完后立刻痛不欲生地蹲在地上抱头大哭，过来一个顽皮的小伙子以为他又在犯什么毛病，从他身后用双手胳肢他，痒得他满脸满鼻涕眼泪咯咯地笑起来。小伙子看见摊在地上的电报条，吓得脸色苍白，连连抽气嚷着对不起，像兔子一样逃走，他接着又哭号一阵然后一抹脸就没事了。他抱着脑袋叫唤几声后，心里平静多了，平静得连一丝懊恼也没有，他什么也不再问，不再想，再说无论如何也想不出个名堂来，他平静而默默地接受了眼前的事实，耸耸肩膀仿佛在鼓起勇气，显得超脱自然地走向村头，挤进一群女人的行列中与村里人一起等待远方来客。女人们很快就不再去好奇地注意他，仿佛忘了这位穿红色尖领衬衣和牛仔裤手拿一卷哈达的年轻人在她们中间的存在，她们只关心那个从没见过面曾经是这个庄园至高无上的主人如今又沦为囚徒的桑堆·加央班丹少爷的到来，对于村里人来说，主子不管犯了天大的罪永远是他们敬畏的主子。酷暑下，女人们脸上被晒得通红，额头被烤得油亮，她们并不在意壶里的酒和茶在烈日和她们烘烫的身体的偎抱中已经变得发酸，只是不厌其烦地一遍遍修补好酒壶嘴上被晒化的酥油花。

烈日当空，永恒般凝固在没有一丝白云的蓝天上。起伏的群山也死气沉沉地在白昼下凝固了。

在百无聊赖的期待中，桑杰的眼光再次变得不老实，往女人堆里东张西望。他悄悄挪动双脚挨近了那个下巴长颗黑痣的姑娘，她像抱儿子似的怀里紧紧搂着一只茶壶。他用十分柔情的声音低问："姑娘您不累吗？"

"不，不累。"

"姑娘您叫什么名字？"

"央金。"

"多好的名字。"他扭动身体轻声跟他攀谈起来，她却再也不吱声，甚至连头也不回一下。桑杰有些失望，他用手指轻轻捣了捣她柔软的腰部，又轻轻捏了捏她肩膀。没有任何反应，看见她背上的粉红色内衫一块补丁绽了线，他恶作剧地用手指扯下补丁，看见了她里面白嫩的皮肤上赫然文了一行黑字："请别碰我"。他捂起眼睛缩回脖子一下感到羞愧不已，再也不敢对她动手动脚。才发现这个叫央金的女子身上透出的一种异乎寻常的美丽和端庄原来深藏在她破旧的衣裙和满面污垢里。

就这样，村里人没有丝毫怨言地耐心等待，这是一个漫长的可怕的等待，这个过程无法用时间来计算。于是桑杰发现这些等待的人们开始衰老了，他回头望去，身后那些曾经聚在一起窃窃私语议论他的姑娘们都成了老太婆，两眼无光漠然地看着他。他摸摸自己的脸，叹一口气，自己也苍老了，嘴上长满胡子，揪下几根已是白如银丝，他每活动一下手脚就听见身体里面的每一根骨头都在发出嘎嘎的声响，犹如一扇老朽的木门，曾经润滑门轴的油脂已成了风干的硬块，每转动一下就发出枯涩迟滞的声音。他这才闪过一丝后悔的念头，后悔没有跟那位像圣者般骑着毛驴的疯癫老头一同离去，这是村里人在漫漫的期待中继他之后又一位远道而来的陌生人，可是老头已经走了。

　　首先是远处山峰上一位像黑点般渺小的牧羊人的身影在微微晃动，他似乎在朝这边抡起胳膊挥舞圆圈。过一会儿，从透明的空气里划过一声长长悠扬而微弱的呼哨，牧羊人如同前沿哨兵向村里人发出了消息。

　　"来啦！"村里人一阵激动的骚乱，桑杰也情不自禁发激动起来，跟着大家一起踮起脚后跟梗长了脖子朝空旷山脚的蜿蜒小路眺望，渐渐看清一个黑影从山弯后面出现，那影子移动的速度很快，后面扬起一缕淡淡的尘土。等大家看清后，每人脸上都露出了失望的神色，来人是一位白头发白胡子的干瘪老头，骑在一只灰色毛驴的屁股上一颠一摆地冲来，人们很惊讶那毛驴居然跑得跟马一样快，那老头居然能经受得住毛驴剧烈的颠簸。他身背一包简单的行囊，从他那副形骸放浪的打扮看，有人猜他是一位吟游歌手；有人说他是一个疯癫的浪漫诗人；也有人说他像一位游方僧人；还有人认定他是个乡村魔术师。老人的确有些疯疯癫癫，自称是浪迹天涯的桑贝顿珠，他说自己在西藏各地城镇乡村到处游说是为了让这些无知的百姓开开眼界。村里人以为他的行囊里藏着什么稀世珍宝或新奇玩意儿，他却没去动行囊，而是用百姓们都能听懂的一种说"折嘎"的形式讲述起雪域之外的大千世界来。首先照例是一套陈词滥调的开场白，上对天空的诸神行祈祷祝颂之祀，下对村民百姓表吉祥祝福之意，然后眉飞色舞比手画脚地扯起苍老沙哑的嗓子滔滔不绝起来：他曾经在大西洋一艘海盗船上当过水手；在水果飘香的哈瓦那城的棕榈树下与漂亮的混血儿姑娘调过情；在沙特阿拉伯的麦加目睹过成千上万名伊斯兰教徒朝拜的盛况；在芬兰冬天白桦林中一个铁路扳道工的家里喝过热巧克力茶；在非洲森林里患了一场猩红热病差点没送命；在底特律城混入汽车工人的罢工队伍中跟警察发生过冲突；在圣城拉萨的哲蚌寺里说了一句德国的科隆大教堂也不差，就被愤怒的人群打断两条肋骨。为了让村民百姓能理解他的话，桑贝顿珠边说边脱了衣服赤条条在蹦来蹦去，用身体的各个部位来比喻世界上的各个地方，如同一幅形象生动的世界地图。"这里（他划过背后的脊梁骨）是密西西比河，顺便说一句它是世界上最长的河流。这里（他拍拍干瘪平坦的棕色腹部）是撒哈拉以南非洲平原。这里（他摸摸耳朵）是阿拉伯半岛。这里（他扒开眼皮）贝加尔湖，你们瞧它多么深沉。这里（他指向屁股沟）是美国著名的亚利桑那州大峡谷。这里（他摸摸背部）是撒哈拉大沙漠。这里（他指着大腿中间的黑毛）是南美洲热带丛林。"村里人表情麻木，神色痴骏地看着他。他口干舌燥地讲完后累得气喘吁吁，既没人给他敬酒也没人给他献茶。他摇摇头嘴里不知在咕噜什么，大概在暗自咒骂他所到之处人们都是这样愚昧不开化，一点也不懂得外部世界是什么样的。他悻悻地穿好衣服，垂头丧气骑上毛驴，临走之前还扯起嗓子富有煽动性地喊道："走哇！有谁愿意跟我走哇，去看看呀，周游世界我这毛驴只能载两个人，再多了坐不下。"

"不去，我们不。"村里人摇头纷纷嚷道。桑杰挺起胸脯，仿佛他也是村里人中的一员，同他们一样鄙视地望着疯癫的桑贝顿珠老头自讨没趣地离开了，那毛驴也不像来时那般神气地活蹦乱跳，而是无精打采慢腾腾地朝前走去。

然而到后来，桑堆·加央班丹一行的出现并不那么激动人心，走在前面的是两名押送犯人的政府军士兵，背着沉重的土枪骑在马背上东摇西晃，后脑勺伸出的长辫像条黑绳绕在脖上。还有一名随同的信差，一脸横肉，神气十足，头戴赶骡帮人常戴的卷边宽檐礼帽，一边耳垂下挂着一枚名贵的长条九眼石，身背一捆用黄缎扎好的公文信件包。瘦高个的村长穿着官服,头戴一顶圆碗似的小红帽,米灰色长袍的袖筒里露出半截象征村长小小权力的皮鞭。还有一匹马上驮着两只牛皮袋,看来是被流放的少爷随身携带的一点东西,后面一匹马却空着没有坐人。人们很纳闷怎么没见盼望已久的少爷,这一行人下马后才发现愁眉不展的村长手中抱着一个光溜溜的婴儿,他十分难堪地仿佛自语道:"噉噉,真是糟透了,我可不喜欢有这样的事。"

  神气的信差一下马就嚷着要酒喝。他是政府任命的公职人员,享有某种特权,每到一处,当地的村民就得为他免费提供马匹、住宿和饮食,不得怠慢。他接过女人们敬上的酒刚沾一口就"噗"的一下吐了出来,喷得人们一脸一身。他高声骂道这酒又臭又酸,你们把我当乞丐打发呀,拿好酒来!女人们又换上一碗,他喝了一半就泼掉又骂道:呸!这酒淡得跟水一样,拿好酒来!直到换上第三碗他一饮而尽后才眯起笑眼满意地哼哼,又立刻瞪起眼骂道:姑娘们呢?你们这些丑老太婆围着我干什么,难道你们这里连个漂亮年轻点的姑娘都没有吗?快找几个来陪陪我。女人们面面相觑,看不出谁比谁更年轻一点。

  "请问,有我的信吗?"桑杰壮起胆子问信差。

  "什么信?"信差惊讶得眨眨眼皮,"这里穷得像饿鬼之乡,有谁会往这儿投信。要不是来押送犯人,我一辈子也不会来这儿。喂,你不像本地人。"

  "是的,我走迷路了。"桑杰绝望了。

  人们没见着少爷,围着村长卑下地询问。他抱着婴儿,结结巴巴将信差的话重复了一遍:自离开圣城踏上漫漫的流放路上,少爷桑堆·加央班丹一路上长吁短叹,常常暗自流泪,自言自语叹息着人世无常,如果当初没有降临到这个人世上该多好;如果眼前发生的一切只是场梦该多好。后来他形容憔悴,先是身体出现了某些变化,慢慢地在往小里缩，脸上呈现出稚气，由稳健持重变得调皮淘气起来，像个十几岁的孩子，路上一会儿嚷着饿了，一会儿喊道成天骑马屁股痛，一会儿哭着想家。就这样他一路上越走越小，成了儿童，再往后又成了刚会走路的孩子，直到最后成为婴儿再也没法骑在马上，信差只好将他揣进自己怀里，这孩子把三个负责押送的人折腾得叫苦连天。据信差的观察和推断，这家伙还会继续往小里缩，直到缩成一个胎儿最后有可能钻进一个女人的肚子里再也不出来了。这一来吓得村里所有的女人们个个打战，纷纷夹紧了大腿生怕会钻进自己的肚子里。

"像石头一样沉。"村长端着婴儿，又看看村外那座孤零零的囚室感到十分为难，现在，谁也不肯伸手去接这个小东西。

"呀，这家伙拉屎了！"有人喊道。村长低头一看，胸前已染出一片黄澄澄的稠液。他厌恶地再也不想抱他，随即把他放在马厩的饲料槽里。

婴儿躺在盛着麦秆和豌豆的木槽里不哭也不闹，睁着乌亮的眼望着远远好奇地围在一起的村民。村民们不敢上前靠近，他们怀着十分复杂的心情——这中间包含着敬畏与失望，怜悯中又带着遏制不住的滑稽感——默默注视这位变成婴儿的少爷。

桑杰知道老朋友到了，硬着头皮上前去，蹲在木槽旁仔细观察这小家伙，将他缩在一堆的五官在心中加以放大。不错，是他的老朋友加央班丹。此刻一个是老人一个是婴儿，他俩还像过去一样在一起时沉默不语，这是男人之间的友情特有的默契。

"真对不起，桑杰，我不该给你送请柬。"好一会儿，加央班丹说话了，声音还跟过去一样。

"我走迷路了，没找到你举行婚礼的地方。"

"谁也找不到，她跟一个外国人去加拿大定居了。"

"哦。"他顿了一下，"我才知道你是一位被流放的贵族少爷。"

加央班丹粉嫩的脸蛋上现出了深沉痛苦的表情："那是我前世发生的事了，可人们总记得，我不知道这是不是好事。我们西藏贵族的流放跟俄国十二月党人一样悲壮，只是没多少人知道这些事。"

"你干吗要这样，"桑杰说，"你干吗要把自己变小呢？"

"我只想生活在一个没有贵族的时代，我只想五十年后再降生到这个世上。也许，那时世界会变得美丽一些。"

"不错，你变小了，我却变老了。"桑杰感叹万分，他想责备他，想安慰他，想同情他，但一切都是多余的。他只想同以往那样拍拍老朋友的臂膀来表示自己的感叹，才发现对方实在是太小了，找到不可拍的地方，他还是在加央班丹印着青紫色斑块的粉嫩的屁股蛋上轻轻拍了一下。然后静静地守护着他，眼睁睁看着加央班丹除脑袋之外身体各个部位继续收缩，手脚蜷缩成一团紧紧抱在一起，身上布满了可爱的皱纹，眼睛像被什么东西粘住了再也睁不开，躺在木槽里的加央班丹此刻已经完完全全变成了胎儿的状态。桑杰知道，他的朋友要离开这个世界了。

胎儿在咿咿呀呀地呻吟。

桑杰起身离开，走到村民跟前，忧郁地说："他要进去，明白吗？有谁帮帮他？"

女人们脸色阴沉，她们又老又丑，谁也不敢走出来。

桑杰几乎不敢相信自己的眼睛，那位下巴长颗痣的姑娘居然没有老，她也许是村里唯一的少女了。在人们各种眼光的交织中，她一声不吭站出来走进马厩，低头看看她脚下一团小小的生命，然后勇敢地撩起裙角叉开一条腿蹲下，将胎儿遮进裙袍里。桑杰调开脑袋望着远方永远冷漠的群山，望着群山后面在蓝天的映衬下洁白耀眼的晶莹雪峰。那个叫央金的姑娘准是加央班丹母亲的化身了，可是，他没有脐带怎么能跟母体连接呀，桑杰昏昏沉沉地想道。在他身后响起一声长长痛苦的哀号之后，周围变得异常宁静。

姑娘十分虚弱地从马厩走出来，那里什么也没有了。人们唯唯诺诺低下头给她闪出一条道路，有人给她递来一根棍子，有人塞来一只木碗，还有人扔过几件破衣服。就这样，把她当度母也罢，当作妖女也行，总之，人们再也不能碰她身体了，她将离开这个村庄去远方流浪。

当一群人紧紧架住桑杰的双臂将他拖向那座囚室，他才感到自己的处境不妙了。毫无疑问，少爷加央班丹从这个世上消失后，让那座囚室空着谁也担当不起，作为少爷朋友的桑杰自然被人们指定为他的替身被囚禁在里面。

"你们这是……侵犯人权，我抗议！我要上诉！"他挣扎着喊道。但是无论如何人们听不懂他在喊什么，只当是他在疯言疯语地狂号。

桑杰被关了进去。

外面有几个老太婆轮流看守，将负责每天给他提供食物和茶水。

幸亏我还没结婚，没妻子和儿女，桑杰在黑暗中安慰自己。他又想起那个下巴长黑痣的姑娘，记得她是沿着疯癫老头离去的方向走的，他真希望那个老头还在前面等她，他说过他的毛驴可以坐两个人。有一天她还会回来，那里她永不衰老的年轻的身体将再次为村里人展现出一幅更加美丽的世界地图，到那时村里人兴许能理解并看懂了，桑杰对此很自信。

他透过窗口抬眼望去，外面正飘落下来一只画着黑眼睛的风筝。不错，这正是他在拉萨上空放飞后被击落的那一只，这是他亲手做的。它落在坡地上的一瞬间掠过草叶尖又朝前飘扬起来，然后无声无息地滑翔在草丛中。

有几个孩子朝风筝跑去。

"快！求求你们，请帮我把那只风筝捡回来，快一点！"他焦急地对看守他的老太婆喊道。

两个老太婆像接到冲锋的命令，撩起裙角飞也似的冲去。桑杰闭了眼，他不忍目睹那风筝在老人与孩子的争抢中被撕得粉碎。

"少爷，还是被我，抢到了。"一个老太婆气喘吁吁的声音在窗外说。

风马之耀

乌金走进营地，四五十座破烂的帐篷堆积在这块像垃圾场似的空地上。刚下过雨，炎热的太阳腾起的热浪把营地里面所有的气味从各个角落蒸发出来，人和狗的屎尿味，霉潮的皮革、马粪、羊皮的膻臊，发酵的酒酸和人体的汗酸，汽油和塑料，野狗的尸体和老人身下透出来的腐烂死亡的气息，廉价的香水和发馊的残汤剩饭。他听见头顶划过一阵隆隆的轰鸣，抬眼望去，一架飞机驶过城市上空，将巨大的声音拖在后面。接着，营地寂静得出奇，听不见一丝生灵的叹息，仿佛飞机的轰鸣把所有的声音通通吸走了。趴在地上的野狗身上沾着密密的苍蝇，看不出是在睡大觉还是一具死尸。闯进这座营地使乌金感到悲哀。空空荡荡，死气沉沉，肮脏衰破的一座废弃的营地不是一个理想的藏身地。但是这里面肯定有人，他们也许正从帐篷的缝隙里和破洞眼里窥视他。他站在空地的一块水洼旁，暴露在光天化日之下，一举一动都受到里面所有人的监视。他后脑勺里面敲钟似的当当响了两声,这是一个预示。一个不知从哪儿蹿出来的男孩向他走来,光圆的头上箍一道污脏的毛巾,穿一件长过膝的大人外套,像披风似的敞开,里面的肚皮上沾着泥浆。男孩嘴里叼一根烟,手拿一只红色鞭炮向烟头凑去,走近乌金身边将手一扬。乌金看见冒着嗞嗞火花的鞭炮朝自己脸上飞来,他像赶苍蝇似的一挥把它紧紧握在手中,引火捻的燃烧就像苍蝇翅膀的扇动使手心感到麻酥酥的。他刚想起这不是一只嗡嗡叫的苍蝇,而是一只随时要爆炸的鞭炮,手掌还没来得及张开它就爆炸了,痛得他甩手乱跑,觉得灼烫的手心湿漉漉的,以为炸出了血,凑到眼前一看,是一摊黄绿色的透明液体,再一闻,分明是尿水味。他把炸痛的手紧紧抓在大腿裤子上追那男孩,三绕两绕,男孩不知钻进了哪座帐篷里。

支撑帐篷的绳索纵横交错,被木橛和铁钩钉在地上,雨过之后被雨水泡软了,有些木橛和铁钩把地皮掀起一块,绳索失去了牵引力,帐篷的一角塌陷下来。乌金用脚把拨起的木橛和铁钩重新踩进地里,这只能是一种象征,绳索仍旧软绵绵扯不起帐篷角。他掀开了好几座帐篷的门帘里面都没人,他随意地挨个儿掀开。在一座帐篷里,他看见一个老太婆勾着腰在数一堆古币,听见门帘有动静,身体一拱就把脑袋深深扎进双腿中间再也不肯动弹,好像在做什么见不得人的事。还有一座里面有人蒙头大睡。又有一座里面有个姑娘趴在牛毛破毯上独自玩一副又脏又破的扑克牌。

"哦罗,善男子。"他听见一座帐篷里有声音,走过去撩开麻袋做成的门帘。

一个消瘦的女人躺在卡垫上,头发凌乱,两只深凹进去的黑眼眶像是画上去的一副眼镜。她身上盖着各种旧衣服,身边裹着一个婴儿。乌金被里面一股极其强烈的怪味熏得几乎窒息。这怪味他从没闻到过,膻臭腥臊像是一头怪兽散发出的气味。

"大哥,我渴。"女人指指对面。帐篷外的三块石头上架着一只锅,里面还剩小半锅茶水。

"凉的。"他说。

"没关系。碗在这里。"

他舀了一碗递过去。

"男孩还是女孩?"

女人没回答。

"这里面气味真受不了,你一定还没给孩子清除污秽。"

女人没回答。

乌金捏着鼻子说话:"娘儿们,英雄我进来可不是给你递茶水当用人的。我是来找一个人。"

"我男人走了,走了好久啦。"女人说。

"不是找你男人,我找一个叫'贡觉的麻子索朗仁增'。"

"你找他做什么?"

"不关你们女人的事。"他松开鼻子呼了口气又继续捏着。

"他就是我男人。走了有一个月啦。"

乌金知道她在骗人。他在她身边看见一只黑色的四方托盘里盛放着一柄带黑穗的四棱尖锥,这是黑教巫师念密咒时所用的法器。他知道这个女人是个巫师,弄不好会让他的鼻孔里流出污黑的浓血。这时他看见婴儿动了一下,从襁褓里冒出一个脑袋,他两眼中间长着一只小小的绿色的角,脸上长满皱纹般地刻着道道,其丑无比。原来这股令人作呕的气味就是从这头小怪物身上散发出来的。乌金胆战心惊捂住鼻子退了出去。

有三个男人站在乌金刚才站过的水洼旁,仿佛在那里站了很久。

他们都很魁梧高大,差不多都在一米八以上,其中一个头上盘着黑丝穗的个子更高,另一个年轻点的脸色狰狞,还有一个在玩戒指。他们全都看着他。

"伙计,打听一个人。"乌金远远地说。

他们像塑像般一动不动,眯起眼打量着他。

"要是不想开口的话,那就算了。"乌金觉得这三个人正感到无聊,弄不好会过来找碴儿。他可不想再惹些什么麻烦。

"我们耳朵没关门。"盘黑丝穗的人说。

"'贡觉的麻子索朗仁增'住这儿吗?"

半晌,年轻的人说:"他死了。"

乌金有些发蒙,他摸摸自己的小圆头,听见后脑勺里面响起狗的两声嗷嗷叫,用拳头砸了一下,那声音消失了。

"多久死的?"

"哦,有四五个月了。听说是这样。"玩戒指的人插进话来。

乌金不再问什么,只是不停地眨巴眼睛。仿佛眼睛里面落进了一只小虫。他转身要走。

"是你亲戚?"玩戒指的人问。

"不。你见过他?"

"听说。谁都想见识见识他。是不是?"

"他没什么好见识的。"年轻人恶声恶气地说完懒洋洋打了个哈欠,一个人离开了他们。乌金感到这人有股邪气,他说"贡觉的麻子索朗仁增"死了。他想弄个明白。

"你叫乌金?"盘黑穗的人阴沉地问。

他不知该怎么回答,只好点点头。

"前天晚上,警察又来这里搜捕。拿着你的相片。"

"是大前天，阿旺麦隆。"玩戒指的人纠正道。

"都一样。"盘黑穗的阿旺麦隆说，"那晚上你住哪儿？"

"强盗林卡。"

"我猜得不错。"阿旺麦隆对同伴点点头，"早先，我爷爷也在那里面躲过。他没犯什么大罪，把一家尼泊尔商人的一台收音机抱走了，他没见过那玩意儿。在林子里把收音机拆得乱七八糟，还是没从里面揪出一个能说会道的小人来。"

"今晚警察是不会来了。"玩戒指的人说。

"我不在乎。"乌金看看别处。

"塔吉，帮他找一个藏身的地方。"高大的阿旺麦隆对玩戒指的人说。

塔吉看看乌金，他大概有点喜欢这个眼下被警察追捕的杀人犯。他说："他半夜不会给我提一颗人头回来吧？"

"听着，我是二十八岁的人了，不喜欢这种玩笑。"

"是的，大叔，我才二十九岁。"塔吉笑嘻嘻地说。

"喂！你们，该走了。"年轻人在远处朝他们挥手舞着圆圈。

"找五十三号帐篷，自己弄点吃的。要是困了你睡靠电话机的铺位。"塔吉说。

"还有电话，通哪儿？"乌金警觉地问。

"通我的屁股眼。"他嘿嘿一笑，"捡来的，摆摆官样。"

"记住，别让看门人认出你。"阿旺麦隆说。"他是警察的耳朵。"

"呀呀。"乌金不耐烦地挥挥手，"我不是来学手艺活的，用不着别人咿哩哇啦对我指点。"

"对，你是来找'贡觉的麻子索朗仁增'的，杀人犯，可他死了，听说。"塔吉挤眉弄眼。他是个乐观而潇洒的年轻人。

那个穿牛仔裤胸领开得很低的女孩一听说是找"贡觉的麻子索朗仁增",摇摇头说里面没有这个人,倒是有一个叫索朗仁增的,只是脸上没麻子,看样子也不是贡觉县人。她指了指里面靠墙座位上一个穿西装的年轻人,乌金昏头涨脑地闯了进去。这是一家很热闹的酒吧,门厅上方一串像随便舞划出来的谁也不认识的一种字母镶着霓虹灯,红得耀眼。让人联想到自己浸泡在鲜血之中。门边的墙上钉着一块铜牌,上面刻着几行规规矩矩的洋文和一些数字。铜牌上的这几行洋文和霓虹灯字母莫名其妙地深深刻进了乌金的脑海里,终身不忘,以致后来面对警察和法官的审讯,他凭着准确的记忆将铜牌上的洋文字母和霓虹灯字母一笔一画地描出时,使得警方大为困惑,最终给自己招来了杀身之祸。进出酒吧的人都穿得花里胡哨,个个举止鲁莽,谈笑粗野,看起来全是外国人。里面乌烟瘴气混杂着奇异的香味,幽暗的红绿灯随着音乐的节拍忽明忽暗,仿佛所有的人都在不停地摇晃。两个穿摩托服手提头盔的青年脸色阴沉迎面走出,把站在过道中间东张西望的乌金毫不客气地用宽阔的肩膀撞开。虽然乌金是剽悍的康巴汉子,腰中插着长刀,但是酒吧里的人似乎个个都像是不怕死的亡命歹徒,谁也不去注意他进来。索朗仁增一个人守坐在一张桌旁,面前放了一杯浓黑的咖啡,显得有些无聊。他无疑是这里的常客,此刻他熟识的人好像都还没来。乌金不声不响坐在对面冷冷地将眼光定在他脸上。他怀疑他不是"贡觉的麻子索朗仁增"。一副地地道道城里人打扮,笔挺的西装在变幻的灯光下分辨不出颜色只能看清衣料是隐条纹的,做工考究十分合体,领带点缀着金片像野兽在黑暗中闪出疯狂的凶光。他头发乌亮,文雅大方,这里面只有他的脸型看起来还像个西藏人。乌金可没想到情况是这样,本以为见到的应该是跟自己一样装束的康巴人,他不喜欢眼前这位十分干净还有几分派头的家伙。先生,乌金凑过身体跟他攀谈起来。对方或许由于职业的关系习惯于跟各种各样的人打交道，他十分友好并且饶有兴趣地回答了乌金提出的一个个问题：不错，我就是你要找的人。他抚摸着脸不好意思地笑笑。这么多年还有人记着他的绰号。当然只有家乡人才知道这个绰号。其实他脸上一点麻子也没有，也不知怎的就被人叫上了。也许小时候有过麻子，记不清了。是的家乡在贡觉县，你想喝点什么？哦你喝不来咖啡来杯啤酒怎么样？好吧。乌金一步步仔细探询，对方合作得很好。"贡觉的麻子索朗仁增"的身份得到越来越确凿的证实。谈谈我的父母？哈哈你这人真怪，总不会是打哪儿冒出来的一位亲戚吧？他妈的我遇着的全是穷亲戚跟你一样。你叫什么名字？乌金。干吗打听我父母？对，爸爸叫阿布德朗，妈妈叫察降曲珍。我们家过去是热芭家族，你知道了。我正准备写他们。现在许多东西慢慢消失了，那个时代呀！索朗仁增用手托起一边脸颊，闭上眼，情不自禁地回想起父辈充满辛酸和传奇的卖艺生涯。阿布德朗曾经是昌都一带名扬四方的热芭艺人，他的"躺身平转旋子"艺技堪称一绝，场子上七十二枚铜币撒成一个大大的圆圈，在全体家族艺人击鼓摇铃的伴奏声中他身体向空中飞旋如大鹏展翅，如乌龙翻卷，一连七十二个腾空翻跃的旋子扫完一大圈后，地上的铜币一枚不剩，通通被捡起，赢得村民阵阵啧啧的惊叹。流浪的生涯艰辛又漫长，在寂静荒凉的山谷里，那远处一声枪响美妙而悠扬，惊碎了在母亲怀中的索朗仁增儿时的梦幻。他永远忘不了从枪声中睁开眼睛，看见的是蓝天白云，黄色的山谷，热芭艺人的马队进行在谷底蜿蜒的小道上。枪声过后，周围死一般寂静，接着是一匹马躁乱不安地扭动，摇响了颈上当啷啷的细铃。又是一声枪响，还是那么美妙而悠扬，在整个山谷间久久回荡。母亲尖叫了一声，把他紧紧抱住，当他的脑袋被母亲有力的手按回她胸前宽松闷热的袍子里的一瞬间他看见母亲前面一个男人软绵绵从马背上翻落下来。多年以后他才知道那是他的一位拉胡琴的舅舅。在惊慌的骚乱中他被母亲捂在怀里，捂得严严实实喘不过气来。沉静的山谷喧闹起来，马在惊恐地嘶鸣，人在低声咒骂，子弹在空中呼啸。他顽强地从母亲的袍子里冒出头来，睁大眼注视这一场战斗。他看见远处高高的山冈上有几个非常渺小的人影在移动，山谷发出充满野性力量的叫喊："啊嘿嘿——"父亲阿布德朗不仅仅是一名身怀绝技的艺人，也是一名出色的枪手。他一连几个翻滚躲在一块石头后面，不慌不忙架起步枪，拉开枪机向山冈的黑影子开了一枪，只见一个黑影摇摇晃晃倒下了。他再次被母亲的一只手按进怀里使他的脑袋再也没有钻出来目睹这场战斗的机会。直到多年后看见父亲阿布德朗整日像捡牛粪似的勾着腰再也直不起身才知道就是在那场与劫道土匪的枪战中受的伤。后来父亲腰上的枪伤复发，这位在江湖上闯荡了一辈子的热芭艺人，因为最终没能把一身绝技传给后代而痛苦万分，沉着深深的遗憾离开了人间。他死的时候儿子太小，刚刚会走路。的确如此，眼前这位穿西装的热芭人的后代如果当初学到父亲的那一身绝技，也许会轻而易举地躲过乌金不慌不忙朝他刺来的致命的一刀。乌金知道对方说的全是真话。在那场战斗中，他与索朗仁增感受到的大体相同，也同样在母亲的怀中，同样目击了几个终生难忘的场面。只不过他所处的位置在另一个角度而已。索朗仁增束手无援站起来惊骇地看着他。乌金绕过桌子走近他，手中的长刀像捅破几层报纸似的毫不费力地刺破了索朗仁增的几层衣服穿进了他的肚皮。他手腕又向上狠命一挑向心脏部位捅去。他听见里面骨头碎裂的咔嚓声，看见流淌浓稠鲜血的刀尖从对方左肩骨透着衣服穿出来。乌金原以为一刀刺穿人的肉体是件困难的事，这以前他曾无数次练习刺杀抬刀刺向粗大的树干。刀身刺进有七八公分深，得用脚蹬着树干双手把刀拔出来。他仍然怀疑这力量能否将仇人置于死地,现在才知道这一刀足以穿透两个人。索朗仁增脸上的肌肉东一块西一块地抽搐,似乎这一块块肌肉在他生前从未好好利用过现在才做最后的展露,他发出冷笑般的两声哼哼,脑袋一耷拉,身体倒下来。酒吧里一下哑然无声,坐在里面的人不知是对这种事已经习惯了还是吓呆了,都一动不动默默地看着乌金。至少还有一个人是条汉子,他把手中的一张扑克牌熟练地扔在桌上,肘子碰碰邻座又用指头弹弹桌面意思是该你出牌了。邻座看看牌,手腕一抖翻出一张黑桃A吃掉了对方。乌金将刀在死者的西装上揩掉血迹,那上面没有印上血的颜色,他想死者穿的大概是一件血红色的西装。他无论如何没见过有人穿这种颜色的西装。他提刀走出酒吧没有任何人拦住他,倚靠在门口的那位穿牛仔裤胸口开得很低的女孩也许不知道里面发生的事,对他手中的刀并不在意,叼着香烟双手抱在胸前,用一副冷淡的眼光乜斜着他。这使他想起什么时候在电影里见过的那种女人。"臭婊子!"他骂了一声。没有路灯的大街漆黑一片,没有任何人来追赶他或拦截他。他听见一阵哗哗的滚动声。因为他从未听见过海边的波涛声,所以他认为这个地方可能有个大广场这声音就是万人集会的鼓掌声。他没有目的地行走在黑暗中,脑子里不时地响起寂静的山谷里那一声美妙悠扬的枪响。这样动人的故事也许将来不会有人经历了,总之他结束了这一切,于是觉得浑身轻松自在。苦苦追寻了这些年,磨破了多少双鞋底,耗费了多少精力,没睡过一个安稳觉。现在总算完事了,将来有人一提起他的名字会竖起拇指为他骄傲的。他不在乎能不能看见这一切,他感到身后有无数的影子鬼鬼祟祟地尾随着他,回头一看,他身后闪烁起一片绿色的星光,如同死者领带上点缀着的金点。原来是一大群野狗悄悄地聚集在他身后,仿佛随时会扑上来将他撕成碎片。他不相信死者的灵魂会这么快变成野狗来报复他,他掂掂手中的刀随时准备进行一场拼杀,一看就慌神了,再摸摸刀鞘是空的。他不明白分明一直握在手中的杀了人的钢刀什么时候变成了一条风干的羊腿肉,放在鼻子底下闻闻有股带血腥的人肉味,厌恶地朝远处扔去,只见一群野狗像闪电般吼叫着飞快地朝羊腿扑去,从他身边掠过一阵风掺杂着烘臭的腐烂气味。那边的黑暗中立刻传来野狗们争抢食物厮咬的嗷嗷叫。乌金松了一口气想道:反正跟随多年的刀已经毫无用处了,他并不想再杀第二个人。嘿!那串神奇辉耀的字母是哪一国的呀?弯弯扭扭连在一起叫人看着就想跳舞或者找个女人痛快一番。当年吞弥桑布扎创造文字时肯定也没见过有这种字,那铜牌上写的是什么呢?有机会一定再来一趟,不是去杀人是去喝酒,那里啤酒的味道不错,然后如果那个站在门口的臭婊子不大喊大叫的话……算起来有好些日子没跟女人睡过觉了。

　　一清早,流浪的康巴人从低矮的帐篷里钻出来贪婪地吸上一口清新的空气。男人和女人们脸色浮肿头发散乱地站在外面穿衣系带。一股股蓝色的炊烟充满了刺鼻辣眼的水泥橡胶和各种化学异味从每座帐篷前升起。早起的老人们已经围着拉萨城转完了一圈,他们总是试图与结伴而行的拉萨老人们在转经的路上友好地攀谈几句。拉萨的老人们一个个精神饱满地牵着自己心爱的小哈巴狗或肥硕听话的放生羊。由于祖祖辈辈就与东部的康巴人结下了不友好的关系所以谁也不想搭理这些年轻时可能做过盗马贼小偷强盗好斗成性的杀人歹徒或骗子而今已白发苍苍进入风烛残年行囊空空如也一无所有的流浪老人。年迈的流浪老人并不在乎这点,他们与城里的老人朝拜的是一个佛,走在一条路上,用同样的方式进行祈祷。至于来世谁更幸福,还得在今生漫漫转经路上走着瞧。他们从各个角度对神圣的布达拉宫进行一番祝颂祈祷，口干舌燥摇着经筒正陆陆续续回到城边的帐篷营地。

吃早饭的时候，大门口开进一辆顶部装有红灯的蓝色警车停在空地上，跳出五六个警察。大多数久居在这里的流浪人早已习惯了警察先生们的随时闯入。只要城里一旦发生案情，这里便是重点搜捕的目标。他们常常在深夜进行突袭，尖厉的警报器和急促的呵斥声把光着身子搂在一起的男男女女们从帐篷里赶了出来。搜出了窝藏在帐篷营地里的各种赃物常常使警察们张大嘴巴难以置信。他们搜出了沉重的汽车发动机、轮胎和各种汽车零件。崭新的摩托车和各种牌子的新旧不一的自行车，黑绿色的还没能启开门的保险箱，里面躺着成千上万的一沓沓人民币，成捆的布匹和成箱的食品罐头，还搜出了医院里的助产椅和宾馆卫生间的高级抽水马桶。甚至还抱出来一个金发碧眼的欧洲婴儿，据说是从来西藏旅游的一对外国夫妇背后偷走的。不知出于什么用意，警察们给这个流浪人的营地取了个名字叫"导弹发射基地"。一个戴墨镜的警察用威严冰冷的声音说明来意，命令这里除每座帐篷可以留下一人守家外，其余所有人集合排队去文化宫广场参加万人公判大会。

很多人弄不清是个什么样的会，跟自己有什么关系。

"是为了吓唬我们，要我们在拉萨老实地待着。"阿旺麦隆说。他正在系鞋带，发现皮鞋底的前掌裂了个口子。他身高一米八二，睡觉时只得把两只脚伸出狭长的帐篷外面，野狗们常常把这双露在外面的脚误认为是美味的夜餐，咬得他从梦中惊醒哇哇大叫。

"就是说，要杀人了。"他提高嗓门。抬起宽厚的巴掌在颈子上一划。

"真可怜。"西嘎说。她给阿旺麦隆和满脸狰狞的哥哥多布吉各倒了一碗茶，把一小皮口袋糌粑放在他们中间，糌粑袋上插一把银勺。

塔吉还没来,他住在摆了电话机的五十三号帐篷里。

"你为什么不多放点酥油。"多布吉对妹妹西嘎发牢骚。

"我还得省下些给珠拉康的佛灯添油。"

"得了吧。"

"塔吉还不来喝茶。"西嘎说。

"杀人,哼!"多布吉说。

"你闭嘴!"她恼怒地叫道。

两个警察从帐篷前走过,勾下身看看里面。其中一个向他们戳戳自己手腕的表。

"快点。八点半都得出来。"警察说完起身走了。

"狗!"多布吉说。警察没听见。

"谁留下?"阿旺麦隆问。

"西嘎,你。"

"不,我跟你们一起去。"

"听着,我一大早拳头都在痒。"

"那中午的饭谁去给你们讨。"

"你每天讨来的菜里总见不到几片肉。再说,那米饭都臭了。"

"拉萨人对我们很吝啬,天也热呀。"她眼珠朝上一翻,"哦喷,他还总想要吃点好的。"

"你留下,中午回来吃糌粑,烧点茶。"

塔吉站在外面,弯下腰说:"喂,咱们今天能见到乌金。"

里面的人不作声响。

"这家伙今天得死了。"他钻了进来。

"你别乱咒人。"她说。

"打赌。"

她避开了他撩人的目光。

"五十块钱。"多布吉说。

"咝——"他挥挥手。

"好吧，一辆自行车。"

"全新。"

"你这混蛋。"他伸手朝塔吉手心击了一掌，算是成交。

"你别想赢。"塔吉说。

"你快把茶喝了嘛。"阿旺麦隆说。

塔吉从他的声调里听出有些不妙，不敢多言，端起茶碗。西嘎故意没往他的碗里放一块油脂，清清淡淡，大概是向他暗示一种情思。他端起碗正要喝第一口，看见茶水里显现出时隐时现的图影幻象，先是看见一座白石累累插着经幡旗和缠着羊毛的玛尼堆，又看见从一片平静碧绿的湖水中漂荡起一个字母，白净的沙滩上印着一个人体的压痕。他哆哆嗦嗦端起碗冲出了帐篷。其余的人没理睬他，以为他从碗里发现了一只死老鼠。他捧着碗一直奔向三十六号帐篷，龙娜老太太住在里面。她年轻时是一位乡村降神师，如今常常用不剩一颗牙的嘴诅咒这个世界。她说如今是妖魔鬼怪兴风作浪的时代，菩萨沉默了，威严的护法神也镇不住它们。虽然拉萨城外金碧辉煌的寺庙每逢庄严的宗教节日喇嘛们低鸣的长号声声不息地回荡在城市上空，身裹猩红色袈裟头戴黄色鸡冠帽双肩高高垫起如同鹞鹰般凶猛的铁棒喇嘛手中镶铜皮的菱形镇威棒不时往地上一顿，威慑了四方朝圣的善男信女使他们全都匍匐在地不敢动弹半分。龙娜老太太一闭眼说："可就是镇不住邪恶的鬼神。不过是摆出来让外国人拍电影拍照片的。"她总是用一只袖筒捂住鼻子抱怨说这块高原圣地的空气污染上了不祥的尘埃，并且经常用梳子在银丝白发上一遍遍梳理将梳下的杂质拢在手里朝火堆扔去，一阵噼啪乱响崩起火星，她开心地大笑说又烧死了几个魔鬼。别人说烧死的只不过是长在她头发里的跳蚤虱子。她伸出长长的指甲在塔吉脸上划过一道表示欢迎他的光临，然后闭上眼听完了他的来意。两个人挨坐在一起像观望一缸金鱼似的四只眼睛盯着碗里混浊的茶水。塔吉得不出什么结果来，但碗里的确显现出一些异乎寻常的图像。

龙娜从怀里摸出一颗水晶石朝石头上啐了三口唾沫，开始一阵含混不清的念咒。在龙娜的帮助下茶碗里的图像越来越清晰，她在塔吉背后轻轻一拍将他推进图像中。荒原上掠过轻微干燥的风，这里像是一片很少有人久住的牧场，草势恶劣如同苔藓般泛着淡淡的土黄连接地皮，一条隐约的小道延伸到冈坡起伏的天边。什么地方飘来马粪湿润余温的气息。细细一听，空气中留下了孤寂旅人坐骑下如天国飘来的乐音般悦耳的细铃声，塔吉顺着那余音在荒原上行走。荒原也许消逝了，也许他走到荒原的尽头，脚下是令人头晕目眩的深渊。从深渊下面刮来阵阵的寒气，渊底是一条汹涌咆哮的江河。他站在悬岩边成为一桩凶杀案的目击者，同时，又显得那么漫不经心，好像这一切与他无关，他看见了多布吉和另一个陌生男人正挥舞长刀跳来跳水，还有一位年轻的女子坐在不远处的岩石上低头缝补衣服。他仔细一看，却是西嘎，手中缝的正是他身上的一件衬衣。他想起前一天企图翻越豪华的拉萨饭店的铁栅栏遇到戴大盖帽裤子镶金边的门卫一面将对讲机放在嘴前呼唤一面举着警棍朝他冲来，他跳下地逃跑时腋下被铁栅栏尖剐破一道长口。他走到西嘎身边问她缝好没有，西嘎并不理睬，他发现自己光裸着上身，气愤地一把抢过她手中的衣服。他很清楚了，这是她哥哥多布吉和一个叫"贡觉的麻子索朗仁增"在拼杀。西嘎身上佩带一块珍贵无比的玉石麒麟，据说是汉地的大皇帝赠给五世达赖喇嘛的圣物，收藏在布达拉宫珍宝库里，也不知怎的后来流落到民间带在了西嘎的颈上。在兄妹两人去拉萨朝佛的古道上，被"贡觉的麻子索朗仁增"盯上了，途中与他们结伴而行，不知是看上了西嘎脖子上的珍品还是看上了西嘎的容貌，也许两样都看上了。多布吉知道妹妹一无所有，一旦要向她的情人赠送爱情的信物，便是那块玉石麒麟。关键的是他讨厌这个"贡觉的麻子索朗仁增"。当发现他一双色迷迷的眼光从妹妹白净的脖子上挂着的玉石麒麟滑到她胸脯又继续往下滑，一双手碰向她腰间后，于是一场格斗爆发了。塔吉看见"贡觉的麻子索朗仁增"已经躺在血泊中死去。西嘎奋不顾身地跑到死者身边抱起他的头颅跟他行了个碰头礼，摘下玉石挂在他的脖子上，又对多布吉说了些什么。这几句至关重要的话塔吉没听清，他无论如何没法靠近他们，中间像隔了一道玻璃门。多布吉抱起尸体走向悬岩边向下一扔，尸体便坠入深渊。俩人并不看塔吉一眼，继续向前赶路，走得很快，仿佛有一般无形的力量推着他俩朝前飘移，转眼间无影无踪。这时塔吉发现尸体并没有被扔进江里，照样躺在刚才的地方。有一位牧羊人和几个农家姑娘从他身边走过，看看尸体，又看看塔吉，他们似乎对二者之间的关系很明白了。塔吉一时慌乱不知该怎么对他们解释眼前的一切。

  乌金不合时宜地突然闯入使得塔吉几乎气歪了脸。他并不理睬这两个人在帐篷里面做些什么。自顾把一堆破毡毯和底下的塑料布推开，掀起一大块木板，底下露出一个大坑，大得足可以藏下一头牦牛。坑底铺着铁皮，四周镶满了厚实光滑的绝缘胶木板，用来隔挡泥土和潮气。里面藏有不少赃物，大都是没有什么价值的废铜烂铁，只有一副整套全新的皮革马具和几只套在塑料袋里的电动手钻还能值几个钱。他在里面稀里哗啦地翻动寻找什么。塔吉叹了一口气，松开搂在怀里的西嘎，她整理一下头发系好衣钮，骂了一声灾星，起身钻出了帐篷。

"你在找什么？"

乌金不回答。

塔吉骂起来，说大白天进进出出，就像是去开劳模大会似的大模大样生怕别人认不出他来，警察处处在搜捕他，他一点也不避避风。塔吉威胁道，他发誓要向警察报告把他重新投入监狱省得他再来打扰他和西嘎的幽会，他伤心地抱怨乌金已经不是头一次闯进来冲散了他俩的好事，这简直是太残酷了，几乎是蓄意破坏。

"我捡回的那个照相机呢？"乌金问他。

"干什么？"

"在哪儿？"

"卖了。"

乌金放下木板坐在上面："卖了多少钱？"

"三百，也许三百五。记不清了。"

"真他妈糟透了。"他沮丧地搔搔头皮。

"是你托我卖的。"

"你以为是在卖破烂哪，三百块就卖出去了。你看见的，我从那个大鼻子外国佬身上弄下来差点没被他发现。"

"可买主看了半天说一个零件坏了，值不了什么钱。"

"他肯定是在骗你。"

"也许。你要它做什么？"

"给一个人谈好了，送他一个照相机，他告诉我贡觉的麻子住哪儿。"

塔吉推开他，把暗坑重新隐蔽好，铺上破毡毯恢复了原样，捡起掀翻在地的电话机郑重其事地摆在铺边的空肥皂箱上。

"他已经死了。"塔吉说。

"没有,我知道。"

"你已经杀了一个人,要是再杀第二个人,你也就完了。"

"也许,根本就没有一个什么'贡觉的麻子索朗仁增'的。"乌金痴痴地说。

"有倒是有哇。"塔吉说,"听说。"

"你看清了吗?"

"好像是旁边的第三个。"

"太远,看不清。"

"我可不喜欢是这样,头都要炸了。这么多人,如果是在开大祈祷法会我心里会高兴一点。"

"下午要起风了。"

"菩萨可不喜欢看见这样的事。"阿旺麦隆、塔吉和多布吉三个壮实的男人勾肩搭背站在场外,就像是站在冲赛康市场等待跟人交换身上的珠宝。刚才过来一个警察低声喝令他们回到人群中的位置上去,他们没有理睬。到处是警察,叫人感到不自在。只有阿旺麦隆认得出穿夏天绿制服的是武装警察,穿秋天绿制服的是治安刑事警察。他们身上的腰刀被警察解除后留在了营地。平时站立时总是习惯将手按在刀的两端,现在身体就像缺少了某个部位似的一双手荡来荡去感到没处放。他们这一群大约二百多人的康巴人队伍在警察的带领下走进会场被安排在指定的位置上。不论在什么场合都喜欢开点玩笑的拉萨见他们扶老携幼拖着疲惫蹒跚的脚步睁大了眼睛东张西望挤在一堆,立刻像迎接贵宾似的朝他们热烈鼓掌一片欢呼。康巴人自己对这一切也觉得可笑,你看我我看你,我们是来干啥的?互相都莫名其妙地笑起来。有人抱怨他们坐的位置离广场台子的距离太远什么也看不见。"喂!先生,演什么戏?来了这么多人。"有人向坐在他们左右的拉萨人打听。"《最后的审判》。""没听说，是仙女戏还是歌舞？"天真而透着憨傻的问话引得拉萨人哈哈大笑。

  审判台上站着一溜犯人，其中有三个已判了死刑的犯人在公判大会结束后将押赴郊外的刑场立即执行。一个是开枪打死一名打伤两名警察的拉萨青年；一个是从银行金库中盗窃了三十多万人民币的农民；另一个就是杀人越狱的乌金。警察在郊外一座山谷里发现了一具尸体。根据目击者一个牧羊人和几个农家姑娘的证词和对乌金本人的辨认，以及从现场勘查到的作案工具——一把英式步枪刺刀手柄上的指纹，死者生前与罪犯搏斗时指甲缝里留下罪犯的头发，现场附近的脚印，死者与罪犯的关系和作案时间，完全证实了乌金构成故意杀人罪。死者叫索朗仁增，有人叫他"贡觉的麻子索朗仁增"。被害的原因是他父亲与罪犯的父亲结下过冤债而遭报复。罪犯被捕后又越狱潜逃流窜在社会中。乌金对于法律程序一窍不通，他承认自己杀了人，但时间，地点和被他杀害的那个人都不是警方所指认的那个案子。他老老实实交代了整个作案过程。时间在一个晚上，地点是城里某一家酒吧里，杀害的是一个穿西装叫"贡觉的麻子索朗仁增"的男人。除了详细地叙述了酒吧里的环境氛围他还凭着准确无误的记忆一笔一画绘出酒吧门厅上的霓虹灯字母和刻在铜牌上的一行洋文，没有一个警察认得。警察们听完后觉得案情变得很复杂，怀疑他是否还犯有第二桩杀人案。他们把乌金带上警车在拉萨城各条大街小巷转遍了也没找到那家酒吧。乌金说那晚天黑他记不清是在哪一带了。警方经过多方了解认为乌金所招供的这一案子纯属虚构，故意搅乱侦破工作，蔑视法律。首先这期间城里没有发生任何凶杀案，再说被害者像乌金说所的死于众目睽睽之下不可能没有人来报案。另外据乌金指出的那些字母鬼才知道是什么意思，也许是在瞎编。霓虹灯，别说是一家不三不四的人混进混出的低级酒吧，到目前为止，拉萨任何一座豪华的现代化饭店宾馆也没安置霓虹灯，就是说目前根本还没有一根霓虹灯管在拉萨夜空闪烁。据有关专家说那是因为昼夜温差较大的缘故不宜在这一地区安装这种灯。乌金气昏了头，他承认的一桩杀人案警察却说是纯属虚构，同时又把另一桩他根本就不知道的杀人案栽到他头上。他不懂法律不懂科学只懂得相信自己的眼睛和记忆。于是他从监狱里逃出来试图证明他所说的那家酒吧确实存在。当他还没来得及找到那地方又再次被捕入狱。也许他本来可以免于死刑，但是他后来的种种行为加重了自己的罪行终于被列进了死亡名单。

"他们弄错了，乌金没有杀人，我知道。"塔吉摇摇头说。他们已经被赶回到自己的位子上，坐在茫茫的人海中。烈日当头，无数的人将报纸书本手帕放在头顶上遮挡阳光。

"我不在乎这个。"阿旺麦隆说。

"你现在是怎么想的？"塔吉转过脸悄声问多布吉。

"我现在想撒尿。"

"是的是的。藏得住心事憋不住屎尿。"

"是龙娜疯婆给你玩了套把戏吧？"

"她把我推了进去，我看得清清楚楚。"

"我不信。"多布吉诡秘一笑。

"我一直纳闷，他们为什么一直没提到那块圣物玉石呢？"

多布吉一听大吃一惊："他妈的那个时候我还不认识你呀。"

"'贡觉的麻子索朗仁增'是你杀死的。"

"你脑子出毛病了。"多布吉用陌生的眼光打量着他。

"西嘎把那块玉石挂在他脖子上了。"

"要是换个地方，我会把你像虱子一样掐成肉饼。"

"那你就把我掐成肉饼好了。"塔吉说。他忽然指着阿旺麦隆问道："这家伙要干什么？"

阿旺麦隆挤在白发苍苍的龙娜身边像一位苦难的儿子将头深埋在她怀里，两人鬼鬼祟祟地像在策划一件阴谋。谁也没注意到这两个人古怪的举止。

"他什么都看出来了，他知道乌金杀了人，也知道他是冤枉的。他想救他。"多布吉说。

"劫法场？"塔吉皱起鼻子问。

"他总有办法。"

大会结束之前，阿旺麦隆离开人群向公判台那边走去，大约过了十几分钟他又回来。他对警察自称是乌金在营地里的朋友，谁都知道乌金在这里没有一个亲人，他希望能够跟随行刑的车队去刑场，事完之后由他和后面来的几个朋友帮助处理乌金的尸体。警察听了同意给他留个座位随车去刑场。不一会儿会场喧闹起来，公判大会结束了，人们从被太阳烤烫的水泥地上纷纷起来扭动着酸麻的腰身。许多人涌向台边想清楚地看一眼三个即将死去的犯人。阿旺麦隆对塔吉和多布吉说他先走一步随车去刑场照料乌金的尸体，让他俩随后赶到。犯人被押上了刑车，周围布满了警察和士兵。一辆辆开道的摩托车发动起来在缓缓的行进中排好了队形。有不少善男信女们骚动不安地挤在刑车旁苦苦哀求士兵们不要杀人作孽。武装警察和士兵端着冲锋枪在卡车上分站成两排，围观的百姓中有人朝他们啐唾沫，拍巴掌，咒骂乱叫，甚至暗中飞来几块石头。士兵们像塑像般笔直站立纹丝不动。路边上治安警察们在维持秩序推搡人群。前面的摩托车队形像行驶在大海中的船头将人潮划向道路两边，后面的一长列车队出发了。接着又是十几辆由乌合之众组成的摩托车群尾随在车队后面，这群开摩托的小伙子据说是为那个杀了警察的罪犯的哥儿们赶赴刑场为他送葬。据说那个农民犯人的亲属早已准备好一辆拖拉机停在刑场警戒线外等候收尸。塔吉和多布吉没有任何交通工具，只好快步行走。

太阳被滚卷而来的乌云笼罩，远处的山边灰蒙蒙一片，大约不久就要刮风了。为了减轻一点不痛快的感觉，他们一路上不停地讲话。

"过两天，我就回家乡了。"多布吉说，"你呢？"

"我想留在这里，我喜欢这个地方。在这里安家，以后，我们下一代就会成为拉萨人。"

"我得把西嘎也带走，她有些不愿意。"

"她是个好姑娘。"

"她喜欢你，这谁都看得出来，可是不行老兄。我得带她回去。"

"随你的便。"

"要是有一天你真愿意，到我家乡来求亲。"

"现在我才知道，她给我的那只木碗是一位大活佛用过的，所以能显灵从碗里看出一些东西。"

"向三宝起誓！我不知道。我不知道我到底杀了人没有。"

"我明白。我看见的事也许是你要将来做的，也许是你前世已经做过了。谁知道呢。"

"我们跟驴一样，什么也不知道。"

"乌金。嘿！这家伙还欠我三千块钱。"

"他到处借钱。"

"你知道他在做什么吗？"

"不知道。"

"他打算买一块金砖献给珠拉康里的释迦牟尼佛，请喇嘛为佛脸贴一块金。"

"这不公平！"多布吉愤怒地叫道，"他们手无寸铁，被绑住手脚，然后被杀死。他们是男人，不是羊子。"

"我们都是羊子，一位活佛讲经时说过，观世音菩萨就是西藏的牧羊人，他来到世上就是为了把我们赶进安全的羊圈里，只要还有最后一只羊没有进圈，他是不会离开我们去天国的。"

"向无所不在的佛法僧三宝敬礼。"多布吉转身对已经远远落在后面的布达拉山合掌闭目喃喃祈祷："愿你的圣地和无上的智慧成为我们远离家乡人的庇护所。"

他们大约走了两个多小时才到刑场。这是延伸到山脚的一片倾斜的黄沙坡地，寸草不生，四周空旷寂静。一切早已结束，只有几只鹰在空中恋恋不舍地盘旋。老远就能看见阿旺麦隆坐在坡地上的身影。他孤零零一个人守着乌金躺在血泊中的尸体，用宽边礼帽在乌金身上和脸上轻轻挥舞驱赶着嗡嗡乱叫的苍蝇。后来的两个男人站在他身后，长久无言。夕阳把三个人的影子长长铺在荒寂的沙坡上。凝固在沙地上的一摊摊血迹掩藏在阴影下黑得像油块。

阿旺麦隆脸上毫无表情，既没有痛苦也没有悲哀。他伸长了手臂继续在乌金身上轻轻挥舞，使人想起街上摆烤羊肉串的小贩在挥舞扇子扇着肉串下的火苗。他仿佛自言自语道："还好，一枪就倒下。他什么话也不留，光看我。好像没想到我会来。我怎么能不来。这些讨厌的苍蝇。"

起风了，卷起的黄沙从他们脚下流过，阵阵沙粒扑向乌金的尸体，似乎想把这个人的身体从大地上匆匆抹去。

这时，从蒙蒙的沙雾中出现一个人影，他骑在马背上向这边走来。三个人一见大吃一惊，他像一位浪迹天涯的英雄好汉，压得很低的帽檐遮住眼睛，印满深深浅浅麻子的脸上显出一副不可战胜的傲气。他嘴角像嚼着肉干似的漫不经心地翕动。看看眼前的三条汉子，又看看双手反剪着蜷卧在血泊中的乌金的尸体，淡淡一笑，说："谁也别想杀死我。"

"喂，你就是'贡觉的麻子索朗仁增'吗？"塔吉壮起胆子抬头问道。他根本就不是多布吉杀死的那个人。

"贡觉的麻子索朗仁增"没有回答，露出一丝傲慢的微笑。他双腿一夹马肚，掉转缰绳，栗色公马一声长啸冲向迷蒙的沙雾中。

法医在验尸时，从乌金的怀里翻出个纸片，上面还是他描出的那一串字母和一行洋文。底下用藏文写道："你们好好找找，有这个地方。"他当即交给负责这一案子的警官。警官的妻子在旅游局做翻译，他让妻子把这几行外文翻译出来。妻子看了看说这不像是英文，也不像是法文。正巧碰上一位刚从北京来的认识这种文字的高级翻译，他说是西班牙文，很快就译了出来。花里胡哨的字母是"蓝星"。下面几行字是："卡亚俄港萨恩斯·贝涅大街57号"。他说看来是一个确切的地址，不像是随便写出来的。警官拿着地址在上高中的儿子的帮助下趴在属于西班牙语国家的世界地图上仔细查找了很久，才发现是南美洲秘鲁的一个海港城市，"蓝星"大概一家酒吧的名字，下面的是详细地址。这位从未离开过西藏区域对世界地理知识十分贫乏的警官百思不解，那个已经死去的几乎没有一点文化的犯人乌金怎么会写出这样的一个地址来。来自遥远国家的一个地址与发生在西藏的一起典型的仇杀案究竟有什么神秘的联系。除非乌金去秘鲁的那个海港城市的酒吧里杀过一个人，这无论如何是荒唐不可能的。这个谜看来将终生缠绕着他，直到解开为止。但警官知道他永远也没有办法解开了。他安慰自己："这个奇怪的地址并不能证明乌金是无罪的，尽管他临死也不承认自己在山谷里所犯的罪行。"

那一声枪响注定了乌金长大成为一条汉子后踏上了流浪的征途。承担起将一个远古悲壮的英雄神话在辽阔的西藏高原无限延续下去的神圣使命。凭着一把刀尖上凝结着祖先幽灵的钢刀向这个开辟了旅游线路的现代社会进行独孤无援坚韧的挑战。在美妙而悠扬的枪声中他看见父亲手中的步枪落下了。他转过身，痛苦扭曲的脸上闪现出一种奇异的光彩，他似乎生生要把自己扭成一条坚硬的铁棍，一抹黄色的鼻烟沫沾在稀落的胡子上，苍老的嘴角挂着一丝口涎像根皮筋上下滑动最后挂在胸前。他踉跄几步倒在地上翻滚几下又奇迹般站起来拼命抬起像陷在泥潭里的软绵绵的脚步走出两步又扑倒在地。他盯着前方像石头般站立不动的妻子和她怀中的儿子。他失败了，被山下的人一枪击中了要害，结束了这个土匪世家的最后一场战斗，他还没来得及把儿子培养成为一个江洋大盗，没来得及亲眼看见对儿子的最后一关考验，儿子将持枪站在一百步之外面对他的母亲，瞄准她头饰上悬吊的一只堵满糌粑的玉石戒指，一颗子弹将离母亲头颅一巴掌远的距离穿透玉石戒指的圆心。他再也看不到那个惊心动魄而又无比自豪的时刻了。他不该去劫热芭艺人的道，没想到赫赫有名的艺人阿布德朗有如此凶狠的枪法。年轻的妻子为即将死去的丈夫惋惜地摇着头，她出嫁以前曾经看过阿布德朗的表演，那时热芭艺人的马车卷起浓浓的尘土像风一般冲进村子，村子里的孩子和小狗欢叫着迎赶马车，她羞羞答答地站在自家的屋顶上观看了欢乐的热芭歌舞和阿布德朗精湛的表演。丈夫爬到妻子的身边，用沾血的手指在儿子白净的额头上画出一个醒目的卍。他嘿嘿一笑，说完最后的话："妈的，到处都在杀呀，用刀杀，用枪杀，用心杀。这就是生活。"然后，乌金看见母亲抽出父亲腰上的长刀放在自己身上，他胸口被这把对他来说沉重不堪的刀压得喘不过气，他永远忘不了冰凉的刀身贴在他的脸蛋像通了电似的使他激动得战栗，父亲最后摸摸他的小脸满意地笑了，然后死去。二十多年后一个灰蒙蒙的中午，当行刑手的步枪对准他背后的最后一刻，乌金悲哀地感到活在这个世上，对于他来说，最大的悲哀不在于失败或死亡，而是永远被深不可测巨大的谜一般的困惑所缠绕。究竟为什么要去杀那个从未见过面的"贡觉的麻子索朗仁增"。究竟杀死他没有。他究竟杀了人没有。那家门厅上装有霓虹灯的酒吧究竟是否存在。他究竟有什么愿望。他突然明白了：男人活在世上最大的愿望是有一个儿子，这一繁衍生息的强烈愿望而产生的求生本能使他被勒紧的身体出现了异乎寻常强大的爆发力量，随着怒狮般惊天动地一声大吼身体向前一跃，所有的神经血管骨头肌肉一齐全部向外拼挣，这一刻间，枪响了！

　　乌金猛地蹦起身，张大嘴气喘吁吁，眼前一片朦胧。

　　"嚓"的一声有人划亮了火柴移到半根蜡烛上，乌金看见塔吉同样瞪大眼睛坐起身。隔在他们中间放在空肥皂箱的那台没有电话线的电话机铃声大作，振得在木箱上跳来跳去，俩人狐疑地看了它很久，塔吉战战兢兢抓起听筒。"喂！"他把听筒递给乌金，"找你的。"

　　他惶惶不安接过来对着话筒："谁找我？"

　　对方不语，听得见平静的呼吸声，乌金本能地感到打电话来的是谁了。过了一会儿，那边才传来声音："还有兴趣来找我吗？"

　　"不，不想了。"他摇摇头。

　　"那你还想要什么？"

　　他想了想："儿子。"说完把话筒压上了。

　　"是'贡觉的麻子索朗仁增'打来的吧？"塔吉问。

　　乌金不回答。

　　"我们见过面。中午，在刑场上。"

"我没死吗?"乌金不知所措地问。

"这个,你去问阿旺麦隆和三十六号帐篷里的龙娜奶奶,他们会告诉你的。"塔吉抱起电话机左看右看,拍拍它说,"怪了,电话没线怎么会有声?"

乌金双手枕在脑后,透过帐篷顶上一溜狭缝望着满天晶莹的星光。刑场历历在目,他不知道现在自己到底是活着还是死去,但是他知道现在他还能思想,他想要个儿子。他觉得这想法很好。

悬崖之光

官方的露天宴会是很排场的，被邀请者是一位四十多岁的男人，他其貌不扬，长相卑琐瘦小，也不是什么政府要员或艺术家，却被人称为"博士先生"。据说他拥有数以万计的财产是因为他长有四条胳膊，其中两条长在背上和肚皮上，那是不让人看见的。所有的官员都恭顺地围着他，包括这个地区的最高行政长官和军事首脑。我不知道自己干吗窜到这个地方来，没人来盘问我，也就自由自在地晃来晃去。这是在一座气派雄伟的建筑物的大平台上，虽然贵宾席头顶上搭起一张巨大的遮阳篷，太阳还是从正面斜照过来直射在每个人脸上。他们面前的矮桌上摆满了各种点心和饮料，一排漂亮的姑娘在贵宾们面前翩翩起舞。"博士先生"显得很傲慢，对姑娘们的舞姿扫过冷漠的一眼，微侧起头听旁边最高行政长官献媚的低语。我站在远处发现自己长长的身影正投在"博士先生"的脸上。我吓了一跳，心想这可糟了，这是对"博士先生"的亵渎和冒犯。果然，过来两个穿西装的大汉,问我是干什么的。一看就知道他们是"博士先生"的保镖。我听说"博士先生"拥有一支私人卫队,他的保镖们都在首都警察学校接受过专门训练,还会识别伪装术,他们总是前呼后拥地护着"博士先生",对当地警方的安全防护能力表现出蔑视和怀疑。我无法回答这两位先生的盘问,随即被带到一边又被审问一番,没发现我有什么可疑之处,他们要我把平台边上的一道木栏卸下来。我不敢多问,接过工具动手干了起来。木栏其实是画在一块长布上的,看起来像真的一样,我用刀子划开一条长长的口子,一直拉到边上,麻烦的是那里站着一匹白马用嘴咬住画布的终端不放,我只得在马的嘴角边划了一刀。那木栏倒下时居然很沉重,几个保镖慌忙冲上前扶住它然后吃力地将木栏抬走了。我想这匹马一定是"博士先生"的坐骑,要是有人发现我把它弄伤了可不得了,小心翼翼凑上前仔细看了看白马的嘴角,既没伤口也没流血,它只是狠狠地瞪了我一眼,我松了一口气。站在平台上如同站在高高的悬岩边,探头朝下望去。楼底下黑压压聚集了一群百姓正昂首翘望,见了我便发出莫名其妙的叫喊。

  我的妻子不愿让我孤独难堪地出现在这种场合,她过来陪我。她是个很有身份的女人,我俩总是亲热得没法说。她挽起我的胳膊像一对绅士淑女大模大样从贵宾席前面走过。我不知道自己的影子是否再次从贵宾们脸上扫过,但是我想他们是不高兴了。其实我发现这里面混进来的无赖们也不少,只不过他们衣着体面行为规矩地坐在达官贵人们中间使警察和保镖们难以发现,他们混进来只不过是为了享受一下人的尊严。可不是嘛,连我的女朋友也混在贵妇人堆里,她打扮成记者的模样挎了两架照相机,手里还拎着一只袖珍录音机。她是一家公司的普通打字员,长得有几分性感,做梦都想当一名记者。她见了我很像那么回事地抬手打了个招呼。我俩是在冬夜一个冷清的大街上认识的。我妻子当然知道这女孩是我新交结的女友,也知道我喜欢她,但她从来不干涉我的私生活,她知道这方面从没影响过我们夫妻之间好得没法说的感情。

"喂!我的技术怎么样?"女朋友问我。

"不错。"

我知道她是问我她在床上的技术,我挺满意的。见我妻子挽着我的手,她显出几分困惑和忧郁。我和妻子走进一间没人的休息室里,坐在一条长沙发上紧紧搂在一起,感到阵阵幸福和宁静。这时,我的女友不知什么时候已站在门口,像一个受到冷落而感到委屈伤心的小女孩,我疼爱地招呼她过来,她噘起嘴巴走来坐在我身边,我友好地抚摸着她的大腿,发现她比以前更加漂亮可爱了。我们上一次见面是在什么时候呢?我正苦苦回想,她说:"回到公司我告诉经理,就说我上个月去西部地区采访了。"

她总是幻想着自己是一名记者。我终于想起来最后一次见她是在一个雨天,她所在的那家公司的办公楼在大雨中倒塌了,人们从泥泞的废墟里扒出她的尸体时,我正撑着雨伞远远站在一旁观望。她的头被抬她的救护队员的身体挡住,我只看见一只被泡得发白的手在搬运中垂悬晃动,还有从她身上滴在雨水中的污血。我害怕看见死人,捂住脸转身跑掉。

"真对不起,"我说,"送葬的那天,我病倒了。"

"不,不是那么回事,"她飞快地说,"我是沿西海姆河流考察采访,坐在直升飞机上面,我经受不住气流的颠簸,一会儿睡着了,一会儿醒来,很难受,后来,我什么都不知道了。"

我不想再说什么,转过头往窗外望去,没心思听她和我妻子手拉手兴致勃勃地闲聊些什么。远处的山谷像山洪暴发一般正翻滚起汹涌澎湃的怒潮,我被这壮观的景象所震惊,我的眼睛像照相机的变焦镜头一下把山谷的远景拉得很近又很清晰:那是成千上万的野牛和草鹿从山上撕搏而下,飞扬起冲天的尘土,草鹿们死伤无数,被野牛的犄角高高挑起,刚摔在地上就被无数的蹄子踩成了肉饼。它们挤成一团,弱者用一点可怜的力量拼命抵挡又被卷走,野牛和草鹿在喧嚣和混战中滚卷而去,留下的是遍地累累的草鹿的尸体。

"亲爱的!"一个甜软的声音在我耳后响起,我一时没法分辨出是妻子还是女友的呼唤。我太爱她们了。

我回过头,又是刚才那两个穿西装的汉子脸色阴沉地朝我走来。

"你们干吗老缠着我!"我不耐烦地大声嚷嚷。

"你把'博士先生'挑死了。"其中一个冷冰冰地说。

"我?"

"对,你的影子。"

"你呀!"妻子嗔怪地说,"别人离'博士先生'这么近,影子也没投在他身上,瞧瞧你自己吧。"

我走出门外,站在太阳底下,果然看见自己长长的影子一直拉到这排房子的尽头,这下我没什么可说的了。我的女友对我做了个飞吻,她晃晃手中的录音机表示她还有采访任务,要先走一步。我头脑很清醒,我知道她在两个月前已经死去,现在显现出的只是她当记者的愿意未能得以实现的幽灵。当我的眼睛被已戴上的手铐金属的反光晃照了一下,我想起古老圣经里的一句话:"上帝说,要有光,于是就有了光。"

于是就有了这他妈倒霉的影子。

"这不公平!"在我被两个大汉押走之前,我对妻子说。

她含着眼泪,大声地说:"亲爱的,带着人世间的不平和苦难走吧,让它们见鬼去吧!"

朗杰的日子

到夏天,日子变得很长。朗杰无精打采地照料他的没有什么特色的杂货店,货架上码放着糖果烟酒,还卖用豌豆粉做的麻辣凉粉。母亲和邻居的几个老太婆去西藏各地朝圣,家里就剩下他一个人。"儿子,要是一个人闷得慌,找个正经姑娘做伴。"临走时母亲说,"算账时别用那小块块的算术机,那东西戳错一下就亏一大笔账哪。"

中午的时候没有什么顾客,朗杰坐在杂货店门前的凉篷下拿一张报纸随便翻阅,要么打开那架破旧的半导体收音机收听无线电广播,这个时候一般都收听不到什么激动人心的音乐和新闻。太阳底下,稀疏的行人贴在墙根的阴影里像幽灵般无声飘行。炎热的中午把小巷各角落里所有的气味都蒸发出来,只有在这座城市里出生长大的人才能从中嗅到一股亲切而远古的陈腐气息。坐在杂货店门前能听到斜对面一家甜茶馆里传来的几个西藏大学的学生们高谈阔论的声音,他们在谈论这几年苍蝇蚊子的增长繁殖速度和城市犯罪率上升的关系以及拉萨是不是世界上海拔最高的城市等等诸如此类空洞无聊的话题,他们的声音被寂静的午睡时刻吸掉了分量显得有气无力。朗杰前几年也曾经是这所大学中文系的学生,有一次他在校刊上发表的一篇文体矫揉造作的散文被写作教师在课堂上当众羞辱了一通后,他一气之下便辍了学。他懒散地斜靠在店门的木框上,喜欢对小巷里过路的行人瞎猜测,从一个姑娘走路的姿势判断她是个浪荡女到乡下人腰间鼓囊囊的皮匣里估摸有多少钱,或者发现一个孩子是个可疑的贼,时间一长他想入非非觉得做一名侦探也不错。

有一天坐在那里,走过来一个司机交给他一封信,是母亲在各地朝圣时托司机捎来的,她似乎还没学会通过邮局寄来。信中写道:

儿子:

　　向神圣的布达拉宫膜拜敬礼!

　　在日喀则尚巴运输站,我们糊里糊涂爬上一辆大卡车。司机是个汉人,对我们大喊大叫,我们就是不下来,他没有办法,把车开得飞快。你猜后来司机把我们拉到什么鬼地方去了?不要说这里寺庙的影子看不见,村子里所有的房子全倒塌了。原来这里闹地震,车上拉的是救灾的东西。司机跟一位干部说这事不能怪他。当然不能怪他,我们自认倒霉。这样一来我们被当作救灾物资拉到这个饿鬼之乡来了,又听说我们来的公路上也闹地震,把公路震断了,又听说政府要用飞机运粮食。益西大姐说:我们犯了方向路线错误。我们是来朝圣的,现在没有办法,只好坐在地上望着天空朝圣飞机,我们也成了灾民等待吃救济粮。

　　妈妈上了年纪,胃口也变小了,只要政府给一口糌粑糊糊就不会饿死。

我们表示要牢记这个教训，今后不能看见汽车就爬上去。

妈妈格桑

　　母亲她们一行人路上净遇到些惊险有趣的事情。他接到的第一封信就谈到刚出拉萨在离泽当五十公里处就翻了车，居然没有一个人受伤，全部被抛到路边松软的沙滩上，幸亏车上拉的是用麻袋装的羊毛。朗杰总是提心吊胆生怕母亲发生意外，但母亲仿佛不把这一切当回事。朗杰想起母亲的家族有康巴人血统，天生喜欢浪迹天涯。朗杰很寂寞，想给母亲写信，无奈她们漂泊不定，没法联系。

　　母亲她们既然被拉到灾区，朗杰也就不怎么担心了，他知道在贫穷的山区遇到类似的灾情时，当地人往往能得到比平时更好更多的食品。一般来说政府很重视这种事情，这个时候最能体现出社会主义的优越性。

　　大约在六月间，朗杰认识了一个叫茨珍的女孩。

　　茨珍是路过杂货店吃凉粉时跟他认识的。她第一次来吃完凉粉后发现自己身上没带钱，她那副蛮横的态度就像警察一样，嚷嚷道不就是一碗凉粉嘛有什么了不起，要是把我惹火了你会招来麻烦的。朗杰不想惹恼她，挥挥手表示算了。这位穿牛仔衣的女孩舔舔嘴唇似乎还没解馋，厚着脸皮又要了一碗，她一边吃一边称赞凉粉的味道，辣得她嘟起红艳艳的嘴唇直抽冷气地说拉萨哪家凉粉也比不上这里，又香又辣真棒。在此之前朗杰已好几次看见这位大约还是高中生的女孩从小巷那头一家叫鲁钦的尼姑寺里出出进进。他猜想这女孩过不了多久大概就要出家为尼了，不禁莫名其妙地为她感到惋惜。

　　从此以后茨珍常来这里吃凉粉，俩人聊起来后才知道她有个妹妹在鲁钦寺当尼姑，她只不过是经常去看望她。朗杰对陌生女孩们的话总不那么十分相信，通常她们一半出于自我防护的本能一半出于炫耀或狡黠的恶作剧会信口编出真真假假的事情。后来他发现跟她在许多地方都有共同的好恶，比方说他俩都喜欢听央金娜牡演唱的歌曲，特别是一曲名叫《细雨中的街头》的歌曲听了叫人心里又痒又痛。俩人都希望有一天能看看大海。他们还相信这个世界充满了无法解释的神秘事物。说起这座城市一到晚上经常停电俩人都皱起眉头，这是最让人沮丧的时刻。

"你将来能做大生意。"茨珍对他说。

可是朗杰知道自己并不想做大生意。他有些怏怏不乐，觉得自己快要喜欢上这个女孩了。

有天傍晚又遇上停电，朗杰没事可干，离开家走到巴廓环形路随转经的人流踯躅而行，希望能在街头跟一位陌生姑娘随便搭讪消磨时间。在路南的巷口他看见茨珍和两个不三不四的男人站在电线杆下东张西望像是在等待什么人，朗杰很想知道她跟这些男人晚上干些什么，便混在密麻麻的人流中挨到另一根电线杆后面悄悄观望。过一会儿他们好像看见要等的人来了，茨珍身边的一个男人躲进了漆黑的窄巷里，另一个躲在电线杆后面，茨珍双手插在宽松的牛仔衣的大口袋里低下头若无其事吹着口哨像个女阿飞在原地悠晃。朗杰看见一个留长发的康巴汉子朝茨珍走来，到跟前时她笑嘻嘻拦住他低声说了句什么话，康巴汉子停住后左顾右盼一阵和她交谈起来，忽然康巴汉子感到他身边从电线后面出现的人，他一手推开茨珍拔腿就跑，接着朗杰看见了跟电影里一模一样的镜头：茨珍忽然从口袋里拔出手枪就像女恐怖分子一副气势汹汹玩命的样子喊叫着追赶过来，她身后两个男人也拔出手抢追赶。康巴汉子一直朝朗杰这边跑来，看见三只枪口正对着自己随时可能射出致命的子弹，慌忙中朗杰掉转身体不由自主地跟康巴汉子像是同谋一般并肩而逃。对方边跑边不失幽默地对他说："伙计，愿菩萨保佑你逃得像风一样快。"于是朗杰鼓起精神飞奔转眼间把对方甩到了身后。刚跑了没多远，前面的路口又闪出几个警察用枪口对准他们，朗杰来不及刹住脚步一头扎进了警察的怀里，康巴汉子还想反抗被三名警察拦腰抱住摔在地上。接下来的场面很尴尬，茨珍气喘呼呼跑过来发现是他，露出了满脸的惊讶和困惑。朗杰平生从来没有这么猛烈地奔跑过，他脸色铁青大口喘息加上极度的惊吓此时连一句话都说不出来，茨珍身边的一个男人掏出手铐给他戴上后很快被推搡进开来的一辆警车里。后来的事情就简单多了，在刑事警察大队的审讯室里待了大约三个小时后警察终于证实了他的确是稀里糊涂卷进了这次逮捕杀人犯行动中的局外人，与罪犯并无任何瓜葛。到深夜他们用吉普车送他回家时茨珍在车里陪他，她向他解释这不过是常有的误会，如果他当时站在一旁不动弹那就什么事也没有。朗杰低头一声不吭，忽然像孩子似的哭了，哭得很委屈很伤心。作为一个遵纪守法的城市公民遭到突如其来的暴力恐吓后又被无辜地戴上手铐受到拘留审讯，直到最后澄清身份之前他一直被作为罪犯对待。茨珍抱住他的头靠在自己怀里不停地轻声哄劝，他嗅到了她身体里热烘烘的乳腺和香水的气味。噢，他心想，女人的身体为什么总是有某种神秘的气息，一旦挨进它，她的整个灵魂就变得很遥远，遥远得像另一个世界。他感到孤独极了。

茨珍把他送到家里安慰了几句话道别后，不到一个小时她又返回来，站在门口用盛气凌人的口吻质问道："嗨！你孤单单一个人，为什么不养只小狗呢？"说完她像是被什么东西击垮了，低下头，身子软绵绵地靠在货架边。

朗杰撩起披在她肩头的一绺头发缠卷在手指上,她的头靠着他的肩,双手围抱住他的腰,俩人默不作声地走到楼上朗杰住的那间小屋。茨珍从身上摘除了一只7.62毫米口径的六四式自动手枪和一副镀铜的金属手铐放在小桌上,朗杰坐在床边望着这只在烛光下泛着黯淡乌光的小型杀人武器,它能使人充满不可侵犯的尊严和蔑视一切的勇气,他还从来没有亲手摸过这东西,刚想拿过来体验一下握在手中的感觉,茨珍握住他伸出的手贴在自己脸上。她已脱去外套解开了衬衣纽扣,一边衣襟斜在肩头,露出的一只乳房使人想到刚出锅后捧在手中的一坨颤悠悠的凉粉。

"你还要吃凉粉吗?"他站起身说。"我去弄一碗。"

"好吧,"她说,"少放点辣椒。"

她调皮地伸出粉红的舌尖在嘴唇来回摆动。

那个时候,茨珍是警察学校的学生,临毕业的最后一个学期被分配到巴廓派出所实习。她不当班的时候朗杰就关了店门,两个人在楼上的小屋里听央金娜牡演唱的歌曲,录音机里的歌声伴着有节奏的沙沙的杂音,磁头很久没清洗了。屋里总有几只苍蝇永不疲倦地在盘旋。窗外传来儿童的嬉闹声。朗杰很不习惯茨珍身着警服躺在他身边,尽管茨珍看起来更像是一位在某部电视剧里担任某个角色而穿这套剪裁合体的橄榄绿警服的年轻女演员。朗杰摆脱不掉一个怪念头——和她亲昵时如同在亵渎法律和国家尊严,他感到困惑。他用含混的抱怨和引诱她摘掉帽子脱去外衣后,面对一个留披肩发穿素雅衬衣嘟起红艳艳小嘴的少女,朗杰心里自在多了,可以随意抚摸她,尽量不去注意她的警裤。他俩并排平躺在一起聊天时朗杰发现她有多么的缠人——也许所有恋爱中的少女都是这样。过不了几分钟她就侧过身来弓成一团像猫一样钻进他怀里,鼻子警觉地在他胸前嗅来嗅去似乎想嗅出什么可疑的东西,嗅了一阵她抬起头对他说:"你该洗澡了。""你烧水给我洗吧。""不,你还是别洗,我喜欢你身上的气味。""还从来没人给我洗过澡呢。""你妈妈难道没给你洗过吗?""想起来了,我妈妈又托司机捎来一封信,想听听吗?"俩人在一起读母亲的来信是一件令人开心的事,母亲的来信透着儿童的天真和老人的幽趣,有不少俏皮话,读起来叫人忍俊不禁。在母亲那一代西藏人里,擅长写信的女人并不多,母亲早年当过小学教员,她一直保持每天读报纸的习惯,对政府经常发表些批评意见,比方说前些年政府公布一条消息说:拉萨的野狗与城市居民的比例居世界之最。接着掀起了一场歼灭野狗的运动。她对此强烈反对,理由是这么多野狗只只都很壮实,正说明拉萨人生活很富裕,并且强调人不应该在这个世界横行霸道,应该同各种动物和睦相处。在那些日子里,她以仁慈的心肠每晚从大街小巷抱回许多刚出生不久的野狗崽,第二天清早搭车把它们运到郊区的寺庙里去,那里是个安全的地方,虽然她自己从不养狗。接着在一次居民委员会的代表会上,她指出拉萨的窃贼比野狗更多,很少听见野狗咬人的事却很难找到有哪家没丢失过自行车。野狗至少不会窜进别人家里叼走桌上的一块肉,可是窃贼却在一个月内三次溜进杂货店抬走了她的十箱啤酒和三箱香烟。母亲的来信经过几番辗转已磨得皱巴巴的,信中讲述她们在昌都过得很快活,还赶上一座寺庙开光仪式的盛大活动。然后拐弯抹角地探问儿子是否有了女朋友,她暗示有两类女孩不可交往,一类是成天嚼泡泡糖、身上藏有刀子在街上浪荡的野女孩;另一类是有文化的女大学生。她在信中写道:"……这样的姑娘嘴巴很厉害,能把石头说成冰糖最后还让你吃进肚子里去……"朗杰看了笑着对茨珍说要是妈妈知道她儿子的女朋友身上岂止带刀还带手枪,她肯定会吓昏过去。茨珍说她原来的梦想是在科技或文化部门做一名打字员，三十岁以后最好能在一家大集团公司当一名风度翩翩的经理秘书，她的这些幻想无疑是受电视里港台爱情片和流行小说的诱惑。她甚至还很认真地给他朗诵自己写的一些诗。在朗杰看来，她的诗写得很蹩脚，并且莫名其妙。茨珍有一首诗的几句话使朗杰既费解又不舒服：爱情没有保修单／我们便成为人世间匆匆过客／请在歌声中记录下我的影子／在那个阴暗的早晨／昔日的少女高声呻吟……他不明白她怎么会想出这些话来。

"我年轻的时候从来不写诗。"朗杰像个久经世故的老人闷声闷气地说。

"朗杰老爹年轻的时候有不少女孩写情诗送给他，但是他一首也没看懂。"茨珍背过身对着墙壁大声说。墙壁上贴了不少朗杰从画报上剪下来的中外女影星照片，茨珍用钢笔往女影星脸上画胡子，画得很仔细，看起来也很逼真，墙上所有女影星都被他画上各式各样的胡子。

朗杰怔怔看了半天，说："以后，我再也不往墙上贴任何照片了。"

"那就贴我的照片好了，可是不许往我脸上画胡子。"

"到现在我还没得到过你的一张照片哪。"

"连我自己也没有，我不喜欢照相。"过了一会儿她说，"送你一张我妹妹的照片吧，她长得比我漂亮。"

"贴一张尼姑的照片？"

"谁是尼姑？"

"你不是说过她在鲁钦寺当……"

"是她上中学时照的，你要不要？"

"我不知道……"

"那算了。"她指着墙上的照片说,"不许你把它毁掉,记住了。"

"一个个像罗刹女鬼,我晚上睡觉会做噩梦的。"

"唉,会做噩梦,年纪轻轻的做什么噩梦嘛。"

朗杰说也许他见过她妹妹。鲁钦寺的尼姑们常来小店里买点糖果,吃碗凉粉,只是他弄不清哪一个是她妹妹,他记不清有哪个女孩的模样跟茨珍相像。茨珍立刻恶狠狠地警告他别去胡乱打听她妹妹,最好让她安安静静待在佛门中。这个社会已经够糟糕的,做一个真正的出家人很难,要抵制越来越多的罪恶的诱惑可不是件容易的事。

巴廓地区是拉萨最繁华也是社会治安最混乱的地段,西藏各地的生意人、流浪人和朝圣者们都云集在这里,各种行劫偷窃、打架斗殴、走私卖淫的案件每日不断。茨珍在派出所里成天忙忙碌碌,有时还要跟小伙子们一起巡逻到深夜。这个时候朗杰在家里打好一瓶酥油茶做几只烤饼在昏暗的灯下边看书边等她。茨珍深更半夜回来后见此情景大为感动,她头发凌乱,满身尘土,衣服上还有血迹,朗杰又惊又怕不知她在外面又遇到什么危险。没事,别担心,茨珍拍拍他脸颊安慰他。说是她和两个同伴巡逻时遇到三个偷木料的窃贼,正好三对三,他们扑了上去。茨珍没选好对象,她的对手比谁都高大壮实,她拿出浑身解数也没能制服他,在擒拿格斗中那家伙把她按倒在地后紧要关头不仅不设法抽身逃走,反而大耍流氓,粗暴地撕她衣服扒她裤子企图强奸她。噢!他妈的,这是怎么回事!她气急败坏地叫喊起来。这时她的一个同伴扑过来用手枪把在那家伙的脑袋上一阵猛砸,砸得头破血流差点要了他的命。

朗杰听了目瞪口呆,不知该说什么好。

茨珍搔搔头皮,困惑不解地说:"你说这是怎么回事?那家伙大祸临头居然还……有心思干这邪门的事。我真不明白你们男人……属于哪一类动物。"

"真是太恐怖了。"朗杰连连摇头。

"是太滑稽了。"她纠正道。

"是吗？我可不喜欢这种场面。"

"你什么也没有见过。"

后来朗杰发现茨珍有个怪癖，每当她去现场触摸过枪支器械、犯罪工具或罪犯的身体后，总要用香皂一遍遍反复洗手，洗完后用怀疑的眼光在手上看半天，又放在鼻子底下嗅嗅，皱起眉头说："臭，还是臭。"又洗个没完。她从现场回来后给朗杰讲述那些肮脏和暴力的行为时眼中充满了狂热，讲完后脸上笼罩一层阴郁的困倦，两眼失神地盯住一个地方不知在想什么，有时连饭也不想吃独自躺在床上睡一觉。她从来不让朗杰碰一下她的手枪，朗杰哀求说只不过是卸了弹匣拿在手中玩玩掂量一下她也坚决不答应，她说这一点也不好玩，拿在手中只会使人产生犯罪的欲望。朗杰说那你经常摸着它又怎么说呢？说不定还冲人家开过枪哩。

"我早已是罪孽深重。"她颤颤地说。

"你真……怪。"朗杰幽幽地望着她，从牙缝里挤出一句话。他靠过身去，一只手搂住她的腰肢。

"我现在不想。"她抽身挣脱。

"那么跳个舞吧，你从来还没和我跳过舞呢。"

"我也不想跳舞。"

"我就想要你跳舞。"

"你怎么啦？"

"没怎么。只是这日子过得……挺闷的。"

"是挺闷的,所以就事多,就有人去犯罪……"

"别去思索。所以,就来吧……"他一把将她抱起来。

茨珍双手托住他下巴往后推,接着他感到膝关节被她插进来的腿往外一别,失去重心,仰面朝天摔倒在地。

"我该上班了。"茨珍抓起帽子转身跑出门。

朗杰感到愤怒,爬起身急忙追赶,从楼上追到楼下,一直追到杂货店门外,茨珍像兔子一样早已窜得无影无踪。他捂着怦怦跳动的胸口坐在门前,烦躁地抓起一张报纸匆匆掠过上面的黑体标题,一个字也没看进去。"你没法跟她说清楚,你猜不透她是怎么想的。"他拿着报纸自言自语大声说,"她老觉得不顺心,好像除了她人人都顺心似的……有很多事情你没法弄清楚……莱恩说:这座城市太沉闷,年轻人居住在古老沉闷的城市呼吸的是古老沉闷的空气。现在想想他的话有道理。莱恩很了不起。"

"莱恩是谁?"

朗杰抬头一看,是邻院一个叫卓嘎的姑娘,正靠在他身边的墙上听他发神经似的喋喋不休。她是那种在朗杰母亲眼里属于"不正经"的姑娘,穿一件紧绷绷的横纹短袖衫,眼中闪着病态的肉欲,一副百无聊赖的样子。

"你说什么?"朗杰脑子走神了,仰起脖子反问她。

"莱恩是谁?你说他很了不起。"

"就是那个美国人,你经常见他。前些日子他天天来坐甜茶馆。"

"哦——,是那个狮子脸,我叫他森珠。"卓嘎想起来了,"他在报纸上写文章了?"

"他去哪儿了?"朗杰好久没见那位在西藏大学任教的会说藏语的美国人了。

"他又不是我男人。"

"可是他一见你就流哈喇呀。他很有滋味吧?"

"美国人的滋味,让人永远难忘。"卓嘎诡秘一笑。

"你买点什么?"他问。

"巧克力多少钱?"

"老价。"

"便宜点嘛,老情人了。"

"六毛。要几块?"

"四块。你妈妈还没回来,她现在在哪儿?"

"我想她大概在横渡英吉利海峡。给,记住,我们不是情人,我们从来没有亲过嘴,是革命同志。"

卓嘎接过巧克力想了想:"哦,我现在身体不好,我天天去医院。"

朗杰也想了想,说:"你太紧张,需要休息。"

"错了,医生说要我加强床上锻炼。"

"他是个流氓。"

"你要是个流氓该多好。"她用肩头撞撞他胸部,慢腾腾离开了杂货店。

茨珍领到一笔夜班补贴费后邀请朗杰去饭馆,她驾驶一辆装有警灯的公安三轮摩托车歪歪扭扭开进小巷停在杂货店门前。朗杰觉得过于招人显眼,磨磨蹭蹭不肯坐上去。茨珍埋怨他成天像个老头似的守着小店一点情趣和嗜好也没有,甚至连吸烟喝酒都没学会。见茨珍一脸的伤心失望,他只好硬着头皮坐进挎斗里,一路上连头也不敢抬。街上的行人见一个年轻的女警察风风火火驾驶摩托车,旁边车斗里坐着腰身佝偻的小伙子,还以为是她逮住的一个小偷。

他们走进一家装饰典雅的小饭馆,善于察言观色的汉族伙计看见停在门口的摩托车立刻堆起殷勤的笑脸把他们请到一个舒适的座位上。茨珍点了一桌的菜都很合朗杰的胃口。茨珍说今天是她生日,十八岁了。她说她第一次过生日。

"太铺张啦,太过分啦。"朗杰望着十个人也吃不完的满满一桌菜肴摇头讷讷地说。

没多久茨珍一人连喝了三瓶啤酒,她脸色微红,神情不安,东拉西扯说起学校准备把她送到北京公安大学深造,又说起最近一个案子的作案手段刁钻古怪难以侦破,想不到拉萨也有了智能作案的高手,又问起她这些天没去他那儿他是怎么打发日子的。朗杰说还不都是老样子,到晚上翻翻通俗杂志听听音乐有时去隔壁邻居家看看电视,还能做什么?

"但是我想退学了。"她忽然说。

朗杰怔怔看着她。

"跟你一起开店,过日子。"她低声说。

"你没喝醉吧?"

"没有。"她平静地摇摇头。"一点都没有。"

"那好。咱们吃菜。"他把桌上的几瓶啤酒放到桌下,"这盘牛肉炒得很香,你尝尝。"

"朗杰哥,你不想跟我结婚吗?"她问。

"你疯了,再过半个月你就该毕业了。"

"是的,还有十二天。"

"茨珍,你怎么了?"

"你不愿意,是吗?"

"你以为……"他费劲地解释,"这事就跟两个人抱在一起亲嘴那么简单吗？"

"难道还有比俩人亲嘴更复杂的事吗？"她惊奇地反问。

"再说，我妈妈会怎么想？"

"我正要问你哪。"

"我又问谁去？她还没回来……"

"她也许不回来了。"

"她干嘛不回来？"

"你问她好了。"

"我没法问，我不知道她在哪儿。"他颓然地说。

茨珍从桌下提起酒瓶又斟满一杯咯咯笑着说你真是个正人君子，正经得有些假模假式了。朗杰断定她是真的醉了，也就由她胡说八道，自己闷起头不声不响地坐着。他记不清自己生日是哪一天，但他想，一个十八岁的女孩过生日除了兴奋之外肯定还有别的复杂心情，比方说把自己弄醉后莫名其妙地哭一场。茨珍没有哭，喝完一杯酒后盯住墙上的静物画像是在想什么心事，他轻轻拍拍她手背使她回过神来。她叹了口气，摸出一沓人民币放在桌上，说："山羊说它屁股很重，挪不动窝。其实小狗不过是叫了两声，没有什么……"

她扶着一张张桌子走出饭馆，骑上摩托发动起来。

"危险哪！"朗杰追出来喊道。

摩托车朝前一冲开走了。

朗杰觉得茨珍身上有一种他想象中子弹般的爆炸力和穿透力，她似乎把什么都明明白白地告诉了他，又什么也没告诉。他认为茨珍是把自己的人生视为赌注和游戏，心血来潮在即将毕业时想退学，头脑一热就想结婚。朗杰看见别人家婚礼前忙得死去活来的准备工作以及婚礼上兴师动众的场面和种种古老烦琐的仪式，还有没完没了的宴请款待，到最后新婚夫妇就像打完一场世界大战似的累得筋疲力尽。他从来没想到过结婚的事，那事情离他很遥远哪。

他付完账慢腾腾站起来，外面下起了灰蒙蒙小雨，店主人打开了录音机，响起了他喜爱的歌手央金娜牡的歌声：蒙蒙细雨街头，我在寻找你的温柔……

小巷外有块空地，不少司机爱坐甜茶馆，空地便成了免费停车场。朗杰看见一个司机拿着几封信朝小巷两旁一家家门牌东张西望就知道准是母亲托人捎信来了，司机果然找到杂货店把他母亲和邻居几位老太婆带给家里的信交给他。他自然少不了免费请司机吃几碗凉粉，又送他半条香烟和几瓶啤酒，然后询问母亲的情况。

"这么一群老太婆把信塞给我，我又记不清她们的名字。"司机想了想说，"你妈妈是不是嘴里只剩下一颗门牙，是不是她？"

朗杰两眼望着天空，心里暗自骂这家伙的眼睛长到额上去了。这群老妇人个个都有自己鲜明的特征，唯有一点共同之处就是她们个个都只剩下一颗门牙。他只好点点头。

"呵，她很好。她们搭上我的车一路上唱歌，吵得我很烦，我只好把车开快些，让风堵住她们嗓子眼。把她们颠哭了。"过了一会儿他有些困窘地说，"后来她们报复我，把屎尿都拉在我车厢里。"

"师傅您从哪里来？"

"札达县。"

"那是什么地方？"

"阿里那边。"

朗杰吃了一惊，上次母亲捎来的信说她们去了昌都，转眼间又跑到了千里之遥的阿里。

朗杰打开信，里面还夹有一张色彩失真拍摄技术拙劣的照片，他看见母亲呆若木鸡地站在一座寺庙的门前，衣衫褴褛像个乞丐，两眼发直地盯住镜头。他想看看母亲的鞋是否也破得露出了脚趾，可惜她一双脚没被照进来。母亲的字迹歪歪扭扭——

儿子：

　　向神圣的布达拉宫膜拜敬礼！

　　我们朝拜达拉克神山时当地人说要二十一天才能绕神山转完一圈。到第九天时我们被几个印度兵捉住了，他们说我们闯过了国家，我们也不知道怎么就闯过来了。我们说我们一群妇女朝拜神山可不是来和你们的国家打仗的。后来一个年轻的长官过来，你想不出他有多好。我们说你们当兵的很辛苦，我们来看望你们慰问你们，他就把我们带进兵营，士兵们排成两队夹道欢迎我们，他们的胡子可真长，还裹着头巾。曲珍大姐一激动就喊口号：向解放军叔叔学习！我们跟着喊。尼玛大姐说喊错了。你猜印度兵喊的是什么？他们喊的是印度话，我们一句也听不懂。他们后来请我们吃饭，有面包、牛肉、咖喱米饭，还有酒。年轻的长官说吃完饭要用汽车送我们回去。我们装着要上厕所，就一个个翻墙溜了。你说怪不怪，他们也不出来追我们。

　　你想想吧，我也算是出了一次国。

　　你猜猜我们还要去什么地方？先不告诉你，以后你就知道了。

　　愿菩萨保佑你快乐！

妈妈格桑

"这群老流浪婆。"朗杰并无恶意地骂了一句。

母亲早年出生于一个小贵族之家，她父亲是酒鬼加赌徒，在她出嫁之前家里已是债台高筑，只好变卖了仅有的一座庄园从此衰败沦为平民阶层。后来她嫁给了一个当警察的藏军少尉，在那个年代她丈夫的地位和薪金远不如一个普通的裁缝，她只好去一个中等贵族家当厨娘。她丈夫的职责就是站在巴廓环形路口的治安岗亭里见附近有酗酒斗殴的事上前劝阻或吓唬一番完事，平时站岗值勤时手中还不停地捻一坨毛线或纳一只鞋底挣点外快。他是个窝囊废，在站岗值勤做手工活时靠在岗亭里的步枪经常被那些爱搞恶作剧的乞丐无赖儿从后面小窗口里取出偷走。每到这个时候朗杰的母亲只好自己从酒馆里、出售武器的货摊上甚至马贩子手中把步枪找回来，为这事她不知骂过丈夫多少回，可是没过几天枪又丢了，她只好又去找回来。朗杰还没从母亲肚子里降生时，他父亲被一个康巴人用刀子捅死了。母亲后来在一所小学做语文教师，直到十多年前退休后便开了这间杂货店。日子一年一年过去了，母亲也老了，那天她坐在货摊旁，抬头望着蓝色天空中的一朵白云说昨天晚上肯定是白度母给她托了一个梦，她问了邻居的几位老太婆都说昨晚也做了同样的梦。她问朗杰这是为什么。他答不上来，然后母亲说她要走了，白度母在梦中显现出西藏各地的神山圣湖和著名的寺庙，就是说她要去朝拜这些地方。三天后母亲和邻居的几个老太婆每人带上自己的一点行囊，揣一笔钱，欢天喜地爬上一辆超高的大卡车货厢上面。朗杰望着这群脖子上挂满哈达坐在高高的一车装满羊毛的麻袋上面大喊大叫跟家人告别的老太婆们，他摇摇头暗自想道：这哪里是去朝圣，简直像一个旅游观光团。但比起国际旅行社专门接待外国人的那种豪华老人旅游观光团，她们更像是一群即将远行的老乞丐。

朗杰抬头看看天色不早，他站起身放下遮阳篷布，在关店门时才想起茨珍有好久没来找他。二十天还是两个月？时间概念已经很模糊，他知道她大概不会再来了，想必她早已毕了业被分配在公安局的某个部门，或者即将去北京深造。她将成为一名优秀的警察，这点连茨珍自己也很清楚。只不过到现在为止她不论是做一名警察还是做一个妻子都太年轻了点。不管怎么说，朗杰和她相处了一段挺美好的让人难忘的日子，在一起聊社会新闻，谈流行服装和新上映的电影，在一起随录音机的歌声哼唱他们喜爱的歌，在一起争吵，在一起做爱。他俩最后的分别是在什么时候？那是最后的一次做爱……俩人都感到兴奋和激动。茨珍紧闭双眼。朗杰浑身潮湿燥热，他深吸一口气将脸转过去，看见散落在床边另一侧垫子上茨珍的一堆衣物：橄榄绿色的警察服、白色的内衣、粉色的裤衩、红色的乳罩、警裤腰边的皮带像蛇一样盘缠在衣物中，棕色的枪套露出黑色的枪把——手枪！一件杀人武器静静地压在一个女孩白色的内衣上面，显示出某种暗示和诱惑。灵魂的最深处激出一个强烈的渴望，他一只手悄悄伸过去拇指弹开了皮套上的暗扣，枪把上密密凸起的花纹扎在掌心如同一百颗针尖在抖动。这只手感到了武器的重量。茨珍闭着眼在体验肉体的快乐。朗杰一只手搂住她的身体，另一只手握住枪把，产生一种奇异的兴奋，在迷狂中他把这只沉甸甸冰冷的手枪贴压在茨珍剧烈起伏松软烘热的胸脯当中，刹那间他全副身心痉挛地拧结成一团，多年来怯懦和压抑在心底的夙愿终于得以完成和释放，他的力量和勇气敢于向整个世界挑战！这时茨珍睁开了眼皮，望一眼压在自己胸脯上的手枪，又抬眼朝他露出一丝迷人的笑容，她光溜溜的一条臂膀慢慢扬起来。随着这神秘莫测的微笑，朗杰感到自己颈部动脉处被重重一切，脑袋顿时沉重而麻木，在失去知觉的最后一刻他看见茨珍正坐起身熟练地运用警察学校教材上的擒拿动作向他反击，他胳膊被反拧在背后接着整个身体倒立着飞起来撞向墙壁……当他苏醒时,发现自己躺在茨珍原来的位置上,她已穿好衣服坐在一旁伤心地掩面啜泣,他费力地想起了刚才发生的一切,不禁重重叹一口气。他永远都是个懦弱的失败者,跟他父亲一样,天生的窝囊废。他不该对生活抱有太多的幻想,命运注定他只能在庸庸碌碌的人世间随波逐流。

"这不好……你脑子里……有个魔鬼……"茨珍哽咽道。

"嘿!他妈的……谁都可以欺负我……"他翻过身,用枕头捂住肿疼的脖子,浑身精疲力竭。

"对不起,我出手太重。我不是故意的。"他听见茨珍的轻声道歉。

过一会儿,他感到茨珍轻轻走过来给他掖好被角,然后悄然离去。关门的时候,一股气流把贴在墙上的报纸拂刮得哗哗响。

天色阴霾,窗外飘进稀疏的雨丝。

夏天是个漫长的雨季,城市浸淫在潮湿的雨幕中,绵绵不绝的雨丝把所有的声音都变得那么单调乏味。屋檐下的滴水声,行人有一句没一句的招呼声,远处汽车驶过湿淋淋路面的粘连声全都化入淅淅沥沥的雨声里。铅灰色的天空飘来湿润的风,让人似梦似醒,昏昏欲睡。

在那些阴雨蒙蒙的日子里,朗杰的杂货店好多天没开门,他每天和邻院的卓嘎厮混在她家的床上。卓嘎有个不合法的丈夫,长年在外面做黑道生意,有大量的金钱供她挥霍,却把她撇在家里独守空房。她在床上像罗刹魔女般贪婪粗野的动作令人触目惊心,朗杰很快就产生了难以忍受的厌恶,她的身体一挨过来他就想呕吐。后来卓嘎几次来找他约会都被他拒之门外,她终于恼羞成怒在他脸上抓出几道血痕。他知道这是理应付出的代价,便以超脱的冷静接受了对方给他的污辱没有反手回她一记耳光。他独自躺在楼上的小屋里,二十四年来他头一次吸烟，吸得满地的烟头。他打开录音机一遍遍聆听央金娜牡的歌，缠绵忧伤，如诉如泣。凉风夹着雨丝从窗外飘进来，院里一个老人的声音有气无力地在叹息："别下了，天哪！别下了，唉！"他转过身去，墙壁上画片里的女影星个个脸上还留着茨珍画出的胡子，他用手沾了些唾沫往上面蹭擦几下，那胡子被抹成了黑乎乎的一团，画片上的女人变得更加苍老和丑陋。

"你们都老啦。"他对她们说。然后转过身平躺，望着粘在屋顶上的几只苍蝇，"这日子也过老啦。"

录音机里传来央金娜牡的歌声："当你寂寞的时候，呼唤我……"朗杰听了浑身战栗，两行热泪顺着脸颊流在枕头上。

十月末的金秋辉煌而短暂，又是一个伤感的季节。人们在风景优美的树林里纵情享乐，被泛着泡沫的啤酒灌了整整一个夏天之后，在秋天金黄色夕阳的映照和山谷里清风的吹拂中醒来，似乎想振作精神干点什么有意义的事已经晚了，眼看冬天又将来临。

这样的季节给小巷的人们带来了困惑和晦气，市政工程队的工人们为这一带敷设下水管道挖壕沟时，在离朗杰杂货店大约七八十米的一所墙角下挖出具高度腐败的尸体。警察们在旁边一座正要拆除的空院里支起一口大锅，运来一车柴火和几桶汽油，把尸体放进锅里沸沸扬扬地煮起来，为的是让腐肉脱落后根据骨骼和牙齿鉴定出死者的性别年龄和有关死亡原因的其他线索。警察们守在院里一连煮了三天，空气中散发出令人作呕的腐臭气味使得周围的居民们叫苦连天，纷纷关闭门窗躲在家里诅咒警察干的缺德事。更多的人锁了门带领全家去落满秋叶的树林里做最后一次郊游。

朗杰知道自己还没忘记茨珍，猜想她是否也参加了办理这个案子，便照常开了店铺坐在门前，希望能够见到她。时常有三两个警察从那头空院出来到杂货店买一两盒香烟或几瓶啤酒。来了几次之后，朗杰跟他们搭上话。

"先生，还没忙完？"

"真他妈可恶。"警察摘下橡皮手套厌恶地扔在门外，接过啤酒坐在门槛上歇息，喝了几口说，"简直就像炖老牛肉似的怎么也煮不烂。"

"这几年我们周围也没听说哪家有人失踪。"朗杰说。

"我们也查过，大概是外来的。"警察想了想说，"说不定我们瞎忙了半天是个古代的什么人。哎，这种事情不是没有过。"

朗杰留神观察那边空院，虽然有时也看见几个女警察出出进进，但始终没有看见茨珍的身影。他开始为自己故作多情忍受腥臭的气味空守在这里感到可笑和羞愧。

当那个戴黄帽穿棕色套裙的年轻尼姑用袖筒捂住鼻子走过来向朗杰要一碗凉粉时，他无法想象这个时候她怎么能吃得下去。尼姑坐在小凳上斯文娴雅地吮吸凉粉，朗杰的头皮阵阵发麻。他拿抹布胡乱在货柜上抹擦，又挥赶盘旋在屋里的苍蝇。

"辣椒是不是少了点？"他远远地站在货柜边问道。

"这味道不如以前了。"她抬起头，幽静的眼神透着淡淡的忧倦。

"那是，邻居们都在抱怨。我打算以后不再卖这道菜了，也赚不了几个钱。"

"哦，那就别卖了。"她垂下眼，继续轻吮碗中的凉粉。

朗杰不知道自己要干什么，在狭小的店铺里来回走了几步，才发现手中还拿着抹布，他把它扔在地上，抬起头望着屋里飞舞的苍蝇看了半天。

"你还听央金娜牡的歌吗？我最近弄到一盘磁带……听说是她最后

录制的一盘……"他说。

她皱起眉梢，仿佛想弄明白他说的是什么。

"你别——这样！"他忍不住嚷嚷起来。"我并不想为难你，可你也用不着装成这个样子。你瞧，以后咱们还算是邻居。"

茨珍放下半碗凉粉，站起身从怀里掏钱。

"在未到达彼岸之前，我自然与万物为邻。"她说。

"可你永远也到达不了彼岸。茨珍，咱们还得做好多年的老邻居哩。"他有几分残忍地说。

"善男子，多少钱？"

"五毛，老价钱。什么，善男——子？"他凑进她恶声恶气地说，"你撒谎，你根本就没有一个妹妹在当尼姑，那就是你自己，你的灵魂早就飞进了尼姑庙。但是只有我才知道你以前很堕落。"

"很堕落，以前是。"她点点头表示同意。

朗杰看见她端庄的背影笼罩在一轮金黄色圣洁的光环中朝着耀眼的夕阳走去，如同一个缓缓远离的靶子。他抬起右手做了个持手枪的动作朝她的背影瞄准，伸出的食指笔直指向她心窝。"叭！"他嘴里发出声音。茨珍像被射中似的浑身颤抖了一下。"叭！叭！"他又开了两枪，那身影在金色的阳光下化为一团虚光。小巷宁静而空荡，仿佛不曾有人从这里走过。

"你死了。"他说。

入冬之前，邻居家的老太婆们陆陆续续都回来了，她们个个衣衫破烂，蓬头垢面，见了家人兴高采烈地又哭又笑。到最后只剩下朗杰的母亲还没回来，像个爱捉迷藏的顽童不时地在各地托司机捎个信来，语气还是那么轻松愉快。反正朗杰也找不到她，并且没法跟她通信联系。母亲的行为近似于耍无赖，像是执拗地跟谁过不去，或者是在逃避什么，看来是不打算回家了。朗杰想到要是有一天收到母亲从阿富汗或阿根廷什么地方寄来的信他也绝不会感到惊奇。

第二年的春天，朗杰跟一个叫梅朵的姑娘结了婚，梅朵是医院的护士，是个腼腆温柔的姑娘。婚礼在梅朵家举行，虽然办得不像有钱人那样豪华阔气，但梅朵在拉萨有个庞大的平民阶层的家族，前来贺喜的亲戚们如同举行盛大集会一般把她家的院子挤得水泄不通，宴请活动一连持续半个月也算够得上水平了。婚礼也没有朗杰所担心的之后会累得大病一场，亲戚们只顾吃喝玩乐，才不在乎新郎新娘会躲在哪里。婚后朗杰还守着他的杂货店，妻子时常去鲁钦寺里施舍点茶水，为佛灯添几勺酥油，回家时对朗杰说她见到了茨珍。茨珍脸色憔悴，眼光黯淡，梅朵多次劝她去医院检查身体，她总是说她在这儿过得挺好，朗杰听了很伤感。每当下午刮起漫天狂风他就早早关了店门，妻子在医院还没下班，他一个人躲在楼上小屋里打开录音机听央金娜牡的歌。如今从无线电广播里已收听不到她的歌了，朗杰一直保留了她录制的两盘磁带。这个时候拉萨又冒出一批红得发紫的男女歌手为听众所倾倒，但朗杰心里仍然珍藏和迷恋着央金娜牡那平静悠远、略为沙哑带着忧伤韵味的歌声，这歌声是刻在他往日岁月里无法抹去的印迹，在他孤寂和沉沦的日子里它像朋友一样给过他许多的温暖和抚慰，不论在何时何地只要一听见那熟悉的歌声就能寻找到失落的往昔和从前的自己。

有一天他产生了念头，何不去见见这位他十分仰慕的歌手呢，但又不知怎样才能见到她。后来才打听到央金娜牡已不像从前那么走红，每晚在一家叫"蓝宝石"的歌舞厅里献唱，进那里面门票只要四元钱。

星期六晚上，他和妻子打扮了一下双双骑车出了门。这是一座因电力不足显得黑沉沉的城市，街上行人稀少，路灯昏暗。"蓝宝石"歌舞厅在城西方向，进去后狭小的空间乌烟瘴气，净是些妖冶怪气的男男女女。透过蓝幽幽的灯光朗杰四下巡视，看见角落几个叼着烟卷无精打采演奏乐器的男人旁边站立一个女子，穿着既华贵又俗气，浓妆艳抹，手握麦克风嗲声嗲气地扭动腰身。他问旁边一个人央金娜牡来了没有。那人冲角落噘噘嘴说：喏，那不正唱着吗？朗杰无论如何也不相信那个歌手就是他心目中的央金娜牡，连歌声都不像。他又问了一个人，另一个人冲角落挤挤眼皮说：喏，就是她。老兄只要你肯出三十块钱，我保证这小妞会跟你上床睡觉。朗杰觉得生活处处在捉弄他，伤心失望地拉着妻子离开了歌舞厅。

　　回家的路上，朗杰稍落在妻子后面，望着妻子骑车的背影和动作，发现她的形体非常难看。朗杰心想：这娘儿们，该生孩子了吧。

野猫走过漫漫岁月

天空和村庄

在没有云朵的时候,天空的蔚蓝色显得特别虚情假意。天空和大地像一幅凝固的风景画。

长年的寂静,声音在山区变得很重要,一声枪响,一声吆喝,一个呼哨都成为人们感知这个空间的鲜明符号。

山谷中狭长的平原袒露在炽热的阳光下,田野上有很好的灌溉系统。到夏天,放水的农人不知躲在哪里与女人调情;要么枕在石头上进入长长的午睡。水从庄稼地满溢出来,流淌在布满碎石的乡间小道。这个时候会看见神气的庄园主骑在马背上,后面跟着疲惫奔跑的仆人,马蹄和仆人穿破鞋的脚踩在上面飞溅起晶莹的水花。庄园主发出粗鲁快活的叫喊。

远远望去,村庄被郁郁葱葱的槐杨树和柳树环抱。长尾鸡站在房顶上啼鸣，蓝色的羽尾在阳光下闪亮。一个绛红色的小点在村中时隐时现，那是一个僧人进了村。

村庄永远是一个古老的谜。

艾勃虽然有个情人，他还是执意要离开村庄，他有过太多的幻想：要么看见自己一副商帮打扮走在噶伦堡铺满石板的街道上，瞄一眼街边招牌上的英文字母，弯腰钻进一间幽暗狭小到处爬满苍蝇的咖啡馆，角落里有一位身影模糊的老板娘，她一定很漂亮；要么他看见自己站在城市一家豪华大酒店的茶色玻璃大厅门前当侍者，戴着镶金穗的大盖呢帽，笔挺的红色制服的袖口和裤侧也镶着金边，拉开一辆辆缓缓停在门厅前的小汽车的车门，毕恭毕敬地迎接从车里钻出来的每一位身份高贵的客人；要么，他看见自己是城市里的一名高级窃贼，在夜幕的掩护下……

艾勃肯定不是他真实的名字，这里年轻的一代几乎人人都有绰号，他们的绰号形形色色稀奇古怪叫什么的都有，甚至有像"政策""汽油""劳模""共同体""一分钱"之类的叫人摸不清头脑的绰号，其实这些绰号都能体现出每个人的特征，比方说一个天生长相丑陋的姑娘便有了"灭火队长"的美称，一个有着丰满诱人的乳房的女人叫"柏林城"——成为男人们谁都想攻克的对象，矮小的侏儒叫"三种人"。

艾勃要离家的前一天下午，乌云从天边滚滚而来，这给他的出走带来吉兆，因为到晚上左邻右舍提着礼品要为他悄悄送行，并且——少不了赖在他家里喝酒闲谈一直到第二天拂晓，夜晚的雨声会把客人们的声音掩没，使得庄园主和魔鬼们听不见艾勃出走的消息，这样一路上它们就不会跟在后面给他惹些麻烦。当然啦，逃亡成性的祖先们还教会了他们好几套与其说是欺骗庄园主和魔鬼不如说是欺骗自己的办法。

下雨了，真好。艾勃心想。

艾勃的伙伴是野猫，此刻这家伙不知钻到哪儿去了，艾勃四处找不着。这个时候，屋里的客人们谁也没注意到野猫正蜷在角落的垫子上打瞌睡。

艾勃家的电视机和佛龛

外面的雨声淅淅沥沥，客人们拥挤在艾勃家了，屋里烟雾腾腾。他们在艾勃面前把真心诚意和虚情假意的客套话说了一遍又一遍，到后来连他们自己都觉得很啰唆很乏味，便坐在一堆看起电视来。

离村庄几十里地的山坡上有一座电视差转站，负责制作和播出节目的小伙子叫阿波罗，他是个独眼龙，面目粗俗丑陋，人们常常正看得津津有趣时他就从画面里冒出来，他的舌头短而厚，所以发音总是含混不清："据本台刚刚收到的消息……"要么就是"现在播送一个通知……"随即插进一段歪歪扭扭的字迹，阿波罗哼哼唧唧地念叨某某家要举行婚礼了，欢迎各位届时光临；某人在地里捡到镰刀一把，请失主前来认领；某家丢失了一只公鸡，有知情者请告知定有重谢等等。每次节目结束时他还要蹦出来说一句："这次节目是阿波罗为您播送的。"天长日久，他在方圆几百里地的人们心目中牢固树立起了自己的形象。人们常常在梦中也会看见阿波罗一副呆若木鸡的丑恶面孔，在吵架时也会有人说："你他妈的跟阿波罗一样傻！"

同所有人家一样，电视机作为家中最昂贵和最重要的财产，艾勃起初把它置放在屋里最显眼的位置——靠北墙一排柜子上面的佛龛边，他打开后既没声音也没色彩，画面质量粗糙，如同在放映一部早期的无声电影：场景之一，大全景，慢摇：群山、雪峰、江河、贫瘠的土地、破烂的村庄、一幢颇有气派的白色庄园宅邸。场景之二，近景：一缕阳光透过庄园宅邸厨房狭小的窗户照进来，一双黝黑的手握住打茶桶的木杆上下搅动。特写：一个女仆的脸隐藏在阴影中，她的目光充满了邪恶和强烈的欲望。中景：她瞅着四下无人时，将一包毒药倒进茶桶，接着上下飞快地搅拌几次，哆哆嗦嗦倒进陶罐茶壶。场景之三，中景：月光下的女仆与管家模样的一个男人在树林里幽会。近景：男人掀开她的裙子两人倒进草丛深处。特写：男人一张显出痛苦和兴奋的脸，这张脸跟艾勃的父亲长得十分相像。场景之四，全景，慢摇：华丽的贵族卧室里的装饰、家具、衣物……近景：瘦如枯槁的老贵族躺在床上，被另一个年轻的女仆慢慢扶起身子，侍候他喝茶。特写，茶碗。场景之五，远景：拂晓前出殡的队伍，天空中密密麻麻秃鹫飞舞的黑影。特写：一张张村民百姓麻木的脸。近景：女人们纷纷解除身上的首饰，披散开头发。场景之六，远景：另一个中年的庄园主的背影，他站在高高的屋顶阳台上，四周景色尽收眼底，一排农奴在田野上用木枷拍碎土块，他们衣衫褴褛，动作却很整齐，如同在表演一幕劳动的舞蹈。镜头拉近：新主人转过头来，他便是昔日的管家，如今已换上一身贵族的官服，头顶绾成一个发髻，上面插一根金簪，他神情悠然得意。场景之七，特写：一双手泡在一盆牛奶中，这双原先皮肤黝黑粗糙的手开始有些白嫩了。镜头渐渐推开，原先打茶的女仆摇身一变已成为珠光宝气的贵妇人。头戴镶满珠宝的三角形"巴珠"

架,懒洋洋地坐在已属于她的华贵的卧室里,两个女仆在侍候她洗手。场景之八,中景:庄园旁的树林里,一个衣着漂亮神气十足的少年在老仆人的陪伴下在荡秋千,特写:少爷的脸,更像是少年时代的艾勃。

艾勃的父亲直勾勾盯着电视机,喉管里发出一个干裂的爆破声就昏死过去,此后一连几天在昏迷中断断续续躁乱地叫喊:我不要看见……砸了它……不是我干的……电视机接收不到发射台的信号,却暴露了艾勃家族早年不光彩的丑闻,就是说,艾勃家族的祖先是仆人,他们密谋毒死了自己的主人,然后窃取了全部的财产、地位和庄园。艾勃的母亲只好对儿子沮丧地承认了这个事实,她也是嫁过来很久才知道的。虽然这已是祖上好几代所发生的事,但是这个罪恶的印记无法避免地深深刻在艾勃家族后代每一个人的记忆中。艾勃惊慌失措,只好找他的伙伴野猫商量。野猫是外来的,无牵无挂,对人世间的恩恩怨怨并不在意。

艾勃:要是邻居们晚上来我们家看电视怎么办,噫?这是什么节目,跟我们家里放出来的不一样,他们会想。呀,这是什么人干的!然后他们就盯住我父亲的脸,然后,盯住我的脸。这样一来怎么得了!我怎么跟他们解释?我的老辈是杀人犯。

野猫:一定不能让他们看见,这关系到一个家族的尊严。

艾勃:那只能把它卖了,要是别人抱回家打开一看,又看见,那怎么得了。只能卖给外乡人,卖得远远的!

野猫:是电视机的位置没摆对吧。

野猫果然预料得不错,原因很简单:是佛龛里的菩萨搞的恶作剧,他们不喜欢那玩意和他们平起平坐地摆放在一起,因为这样一来信徒们的眼睛只盯住机器而忘记神灵们的存在。后来艾勃把电视机搬到柜子下面靠门边的角落里,艾勃家族的罪恶史果然不再重演,显现出来的是跟所有人家一样的五彩缤纷歌舞升平的场面。艾勃的母亲激动得泪流满面，感谢菩萨消恶除灾，天天在佛龛前做长时间的祈祷，仔细把一只只银碗拭擦得光亮照眼，盛满圣水，撒进几瓣名贵的藏红花，并且还多添了几盏长明佛灯。这样一来，艾勃的母亲在深夜的冥冥之中也能听见菩萨满意的哼哼声。

　　一般来讲，佛龛里的菩萨是宽容大度的。野猫曾多次劝告艾勃把他家里的佛龛清理一下，艾勃说那里是他母亲亲手管辖的地方，谁也不敢乱动。在外来的野猫看来，那里面像个万宝囊似的塞满了乌七八糟不伦不类的东西。在雕刻着蛟龙和吉祥花瓣的这个一点五立方米的狭小空间里，体现了信徒在每个时代对世界的态度，除了永恒不变的铜佛像和经书以外，任何一样在信徒眼里属于新奇和不可知的东西都作为值得膜拜的偶像连同菩萨挤在里面被供奉起来，直到后来这些东西被人司空见惯才明白它们原本不属于神圣的东西只是人类发明的新产品后一件件被扫地出门，但此后仍有新奇的东西源源不断地被充实进来。菩萨是善良的，对无知的人们并不见怪，以沉默表示它的永恒和存在的价值。在昔日的岁月里艾勃家的佛龛里摆放过海绵、酒瓶、牙刷、圆盘指南针、灯泡、放大镜、水晶玻璃球、印有阿尔卑斯雪峰的明信画片（艾勃曾祖的爷爷：这是冈仁波钦圣山么？我早先去朝圣过。英国军官：不，它叫阿尔卑斯山。曾祖爷：阿——爱——背——时——这名字真怪，也许是你们的叫法。长官，你们很聪明，知道不能把我们的圣山背走，就把它画在小纸片上揣走，也就等于揣走了我们的圣山，我想是这样吧？英国军官把阿尔卑斯山脉所在的位置大体介绍了一番。曾祖爷：什么？你们家乡也有这座圣山，活佛说过冈仁波钦就是须弥山，它是世界的中心。长官，你不会骗我吧？世界出现了两个中心……既然这样，我会像金子一样珍藏它，谢谢）、废弃的电池、牙科医生用的手术镊子、收音机里的真空管、寒暑表、直到后来的《毛主席语录》本和毛泽东夜光像章（垂死前艾勒的爷爷：真是个宝贝，在黑暗中也能看得清清楚楚，它不是显灵的神还能是什么）、袖珍电子计算器、好莱坞女明星的画片、录有大活佛讲经的TDK磁带、可口可乐易拉空罐（汉族商人：这是世界魔水，你尝尝吧。艾勒的父亲：要真是魔水我喝下去变没了怎么办，谁能把我找回来？汉族商人：这魔水的意思是它的味道里有酸甜苦辣，人人都喜欢。艾勒的父亲：那味道一定很怪很难喝。汉族商人：一定很好喝。艾勒的父亲：试试吧。儿子，紧紧揪住我衣服，别让我喝一口就变没了，我对汉人的话总是不那么相信……嗯，还真好喝）。还有一美元的绿色美钞（艾勒：这种钱我们没见过，不收。翻译：咿哩呜噜。美国游客：咿哩呜噜。翻译：这种钱到世界各地都能用，最最受用。艾勒的母亲：在来世也能受用吗？翻译：咿哩呜噜。美国游客：咿哩呜噜。翻译：这位先生说，他想肯定也是能管用的，因为他没见有谁带着这种钱离开人世间后又把这些钱带回来的。如果你们不收更好，我用这些钱付给你们……艾勒：不，我收下了，我想这是顶好的钱）……

野猫说：除了这张美元，其余的全都是一堆没用的垃圾。

丰田出了毛病

秋天，在那平坦的屋顶上，
垒满像城墙一样高的青稞麦垛，

吉祥，像夜空中的星辰，
在天幕一样的树庄里闪耀……

在乡间，偶尔还能听见人们瞻仰大自然的歌声。到后来，仅有的这些歌声也有点柴油味了。

艾勃临走前的晚上发现丰田出了毛病，他既没时间也没本事去修理。真的，我宁肯一路上跟魔鬼打交道也比临走前跟一大堆乱糟糟的事情打交道好得多。他咕咕唧唧地去找野猫。他相信野猫在这方面是修理能手。

"你找错人了，艾勃，对于机械方面我是外行。"野猫说。

"她不是一台汽车，是我的情人。"

"兴许这回我还真能帮你点什么忙。"他低声问，"告诉我，她具体哪个零件出了毛病？"

"这儿。"艾勃瞪他一眼，指着自己的脑袋，"是这儿，这是最复杂最难修好的零件。我不许你有太多的想象力。"

"噢，我明白了。"野猫笑了。

丰田是个十分飘逸的姑娘，野猫一眼就看出她命中注定总有一天要离开祖祖辈辈居住的长夜之中沉睡不醒的破烂村庄，而不是趴在流水淙淙的小溪边，面对满是砾石的荒野河水耗费自己的青春时光。一双傲慢挺立的乳峰在躁乱中不安分地跳动，令人想起挑战者的形象。她本来有个挺不错的名字，有一天她在山上放牧，一头豹子把羊羔叼跑了。她奋力追赶，翻过几道大山把豹子追赶得几乎快累死，只好放下羊羔跳进深沟里躺在下面嘴里吐血沫，看样子活不长了。丰田回村后四处向人们诉说这件事，让他们去把豹子抬回来。一群男人正七嘴八舌地谈论着刚离开村的一位大官,谈论他的威严,谈论他的随员,谈论他的汽车,很烦她在一旁喋喋不休说豹子的事,有人忍不住喝道:"你吵什么嘛,简直跟丰田一样。"说话的人莫名其妙,她的名字从此也莫名其妙地变成了丰田。

丰田决心要跟艾勒一起远走高飞,她威胁说如果不带上她,等他走后她会放一把火把他家的房子烧掉,然后也逃跑。

丰田发现野猫精得跟鬼一样,她请求艾勒把这讨厌的家伙赶走,她还想趁这撩拨人心的雨中夜晚同艾勒去谷仓里幽会哪。亲热归亲热,房子日后还是要烧掉的,她边说边拉着艾勒的手去了谷仓。这是一座中世纪古堡的废墟,地下室的通道里,厚实的石墙透着阴冷的寒气,外面的风夹着雨点从狭长的石缝通风孔里灌进来。存放粮食的地下室房间挂着一把大锁,其余的几间地下室堆满了用作饲料的麦秸草秆,这些密不透风的软和的地方是年轻人幽会的场所。野猫跟在这对情人后面走进来,为他们划亮了火柴,一条破毡子下面铺了厚厚的一层麦秆,旁边一只小木箱上有盏铜质油灯,野猫凑过去点燃了灯,然后丰田和艾勒并躺在毡子上。

丰田说:"野猫,你走吧,你要是心里馋,也找个姑娘去乐一乐,出去吧。"

野猫说:"我不馋。"

艾勒说:"他是我朋友,是我请他来开导你的。别管他,咱们干咱们的事。"

野猫坐在一个角落里准备劝说丰田。

丰田一口气吹熄了灯。

野猫眼前漆黑,只剩下一阵稀奇古怪的声音。他强打起精神,搬出一套陈词滥调面对黑暗说起来:"丰田呀,这远远近近的小伙子多得像河滩上的石头，艾勃却是提着金灯也难找到的完美少年。俗话说：一千年也走不到一起的遥遥相隔的两条小溪，却能在大江大河里汇聚。你和艾勃的缘分是前世结下的。我一定要把她搞到手，她就是一个不可侵犯的仙女，我也一定要把她搞到手。你们俩就像是酥油和茶水一样融合，像二牛抬杠一样和谐，这情意任凭金刀银斧也劈不断。艾勃你回来啦，你说怎么办吧艾勃，他们说你已经不在人世了，你知道我们这里什么样的传说都有。看在这一窝孩子的分上，你让我和丰田怎么办呢，没想到她给我生出这么多孩子，一个个就像跳蚤似的从她肚子里蹦出来。你一去这么多年哪，就是人民代表大会也该换了好几届委员。金子是不会扔掉的，感情是不会忘掉的，艾勃去遥远的地方是为了……我不知道他是为了什么，他没告诉过我，但肯定是为了给丰田你带回吉祥……"

"滚你妈的！"艾勃在黑暗中突然朝他破口大骂。

"真的，太烦人了。"丰田也在哼哼。

"野猫你滚出去！"

"为什么？"他问。

"当"的一声，野猫耳旁被撞击在石墙上的金属声震得脑袋嗡嗡响，有几道火星在飞迸，不知他俩中是谁抄起了木箱上的铜油灯朝他砸来。接着他隐隐看见两条白溜溜的身体扑向自己，然后就是一场混战，野猫被打出了谷仓。

野猫感到了失败后的羞辱，坐在谷仓外面的石头堆上愤愤想道：丰田的确出了毛病，艾勃也比较可恶。

一则启事

我儿野猫,夜出不归,失踪多年。特征:相貌平常,体格中等,好沉默,有思想。知情者请与老猫联系,定有重酬。

多年前的战争仪式和谈判

层峦叠嶂的群山寂静无声,炫目刺眼的阳光把白昼拖延得漫长,人们昏然坐在墙根下低垂头颅,懒洋洋的身体沐浴着太阳的温暖,阳光和烈酒不知不觉把人们的灵魂烤化了。

闲时,牧羊人凝视着山脉的形状和颜色,默默感受它永恒的存在和自身的渺小,面对这个缺乏生命和活力的荒凉世界,他渴望变化,萌发起幻想,他看见自己的手变成了一只巨人的手,像托一团羊毛似的把整个绵绵起伏的山峰轻轻托起,他的生命变成了一缕青烟超越了亘古群山之外的世界。

奇思异想就这样诞生了,荒原和山区便是一个民族远古史诗和神话的发祥地。旷野便有了神性和邪气,有了涅槃世界和魔鬼地狱,也就有了淡淡的青烟,无处不见的白石玛尼堆,屋顶和山口上飘扬的五色经幡旗，悬岩峭壁上的石刻佛雕。在神秘的黄昏里，飘来一阵柔和静谧的晚风，将山脚下寺庙低沉的法号声传到炊烟缭绕的村庄。

野猫不喜欢流血和暴力，但他还是把战争临近的消息带给沿途的村庄，他那尖啸凄厉的哀嚎长长回响在夜空。人们半夜醒来，从这毛骨悚然的声音中感到了可怕的不祥之兆。野猫的报警时常处于危险的境地，总有人追寻声音找来，在恶毒的诅咒声中用土枪朝他射击。只见火光一闪，他身体立即贴伏在地，随着爆炸的枪声，他顺势在地上翻几个滚，在黑夜的庇护下飞快地逃跑。

战争动员令揣藏在骑马或跑步的信差们背后的黄缎包袱里，他们像接力赛般在古老的驿道上一站一站传递，把动员令传遍了分布在江河流域大山脚下的每一座村庄。

这座村庄地势呈半坡形，低处是一条宽阔平静的江河，河滩上竖着几只无人照看的牛皮船。村庄与山脚相连，村里最高的建筑物是三层楼的庄园主的白色宅邸，破烂低矮的农舍像臣民匍匐在国王脚下一般围绕在宅邸四周。野猫蜷卧在宅邸楼顶平台的胸墙上，阳光烤在身上十分暖和，如果不是他眼皮下面的村庄接到战争动员令出现了异乎寻常的骚动和喧闹，他一定会在墙头上惬意地打起盹来。

村庄飞扬起干燥的尘埃，空气中带着刺鼻的草屑气味和马汗的酸味，还有一股陈腐霉潮的气味悄然飘来。野猫看见庄园里的仆人们在平坦的打麦场上来回穿梭，他们打开了庄园里的兵器库，抱出一捆捆的铁矛弓箭、长刀古剑，抬出一具具锈迹斑斑的沉重盔甲在麦场上堆成铁山，又抬出一只只裹着牛皮外套的木箱。一群蓬头垢面的男性青壮年集合在打麦场，精明干瘦的管家手拿一本沾满油污的长折条花名册一个个点卯，人群中不时地爆发出恶作剧般的哄笑。接着箱子被打开，庄园主开始为出征的战士们分发军服和铁甲，除了自带火枪和刀剑，还给那些家中一贫如洗的男人们配发了兵器。这些所谓的军装其实是款式各异、质料华贵、色彩艳丽、缀满各种流苏穗带和琐碎装饰物的戏装，具有很可观的文物价值，都是保存了多少个世纪的古装，只有在冬季的宗教节日和秋天迎接丰收的节日中才被获准由差民百姓临时组成的戏班子穿戴出来热闹一番。由古代的军服渐渐演化成后来的戏装，从民俗学家们的著作中不难找到这方面的论述，野猫后来在作家贝拉的那本《西藏文明的演变过程》的著作中读道：七世纪至八世纪……西藏人以伟大的征服者的姿态，出现在帕米尔高原、古波斯国和中原的疆土上，这个在马背上自由驰骋勇猛作战的民族在整个中亚地区到处游牧，安营扎寨……后来的几个世纪……宗教使整个西藏变成一片宁静和平的佛国，但是人们依稀能够看到他们的这种尚武精神。为了随时准备抵抗外族人的入侵，每年，大约在秋天，各部落的头人和庄园主都召集百姓举行战争演习。规定年轻的农民和牧人带上自备的马匹、武器，重新穿上祖先遗留下的盔甲和古装，聚集在一起接受检阅，并举行骑马、射击、练武等各种项目的比赛。长年累月，这种战争演习在与其他因素的融合中逐渐衍化成一种仪式或某个节目而被固定下来……不论这位作家的论述是否正确，野猫的确发现麦场上的男人们是如何边开玩笑边披红挂绿穿戴起这些古装，他们兴高采烈、神气活现地在家人面前炫耀着走来走去。层层叠叠的古装穿在身上已变得十分臃肿笨拙，还要在外面再挂上一副沉重的铁甲，由指头大小的无数块薄铁片用铁丝连接而成，压得战士们步态踉跄，洋相百出。整个麦场看不到一丝壮士出征前的悲壮的气氛，到处都洋溢着热烈的哄哄闹闹；喇嘛们哄哄闹闹跑下山来给战士们每人脖子上系一根念过无畏金刚咒的吉祥红布带，给他们的护身符里放几粒加持过密咒的青稞麦粒，以保证在不久的战争中显出刀枪不入的魔力；战士们哄哄闹闹举起自家的古剑、腰刀、弓箭、带羚羊角叉的火铁长枪和火铳短枪吼叫一通后爬上了自家的马背，有些人骑骡子，甚至还有骑小毛驴的；女人们也哄哄闹闹往战士们脖子上挂满了哈达，捧着酒壶在"索呀啦"的歌声中给古装骑兵们没完没了地敬酒，以至于到队伍出发时不少人被灌得坐骑不稳，一个个从马背上掉下来，引起女人们开怀大笑。所有人都沉浸在哄哄闹闹的出征前的仪式中，仪式在西藏人的日常生活中占有如此重要的位置，它的重要性有时远远超过了事物的过程和结果本身（贝拉语）。喇嘛们哄哄闹闹更加兴奋起来，他们大多是无牵无挂的年轻的僧人，他们一向比任何人对异民族的入侵都表现出更加强烈的仇恨和好战精神。到后来，上百名年轻的僧人不顾德高望重的寺主的阻挡，一同唱起他们的寺歌：

> 我们的主寺是甘丹颇章
> 我们为此而感到无上荣光，
> 犹如碧蓝的天空悬挂着一座金顶帐篷，
> 放射出耀眼的光芒。
> 在平静的岁月里我们祈祷达赖长寿，
> 在战乱的年代里我们是
> 杀人不眨眼的刽子手……

他们激昂高歌组成一支队伍跟随在出征的马队后面大步而行，谁也没有朝后留恋地张望一眼。

"当时，我们发现了一只猫，"一位从战场上侥幸生还的战士回忆道。"几天来它一直跑在队伍的后面,全身黑得发亮,皮毛真好,只有两只眼睛是金黄的。它老是跑在队伍后面,你只要回头看看它的眼睛就知道这只猫跟着我们是有它的想法的,这很不妙。我的同伴甲嘎对我说,恐怕我会被打死,我觉得我的护身符不会显灵了,一路上绳索断了两次掉在地上,这肯定跟那只猫有关系。后来他真的被打死了。我们大伙都察觉到了有些不妙。一个叫单增的小喇嘛懂兽语,他朝猫呜呜喊了两声,猫也回应了几声。单增就对我们说,这只猫要和我们谈判。你想想,那事很滑稽,但是喇嘛和头儿们真的照办了。你想呵,我们还专门搭起一座大帐篷,里面摆放了矮桌、卡垫,端上了茶点和煮肉,帐篷门前还铺设了长条地毯,旁边站了两排卫兵,里面坐着两个堪布,一个管家,两个文书,单增是翻译坐在中间。另一张桌子是专门给猫准备的,这家伙鬼鬼祟祟踩着地毯走进来,生怕有人要揪它尾巴似的。大管家捧着阿西哈达让单增过去挂在它身上,它当然不可能回敬什么礼物,它是猫,我们没有办法。看着它跳上桌子从盘里叼了一块煮羊肉吃了半天,又趴在碗边舔进了半碗酥油茶,然后坐在卡垫上用爪子洗自己的脸,用舌头舔理身上的毛,像个妖冶的贵妇人打扮了很久,我不知道它是公猫还是母猫,我们都远远地围在帐篷外面往里看……"

"你是谁?"单增问。

"我是一只被通缉的野猫。"

"他们问:是谁在通缉你?"

"我父亲。"

"他们问:你父亲是谁?"

"老猫。"

瘦弱的文书用竹笔频频在粗糙的纸上飞快地记录。

"好吧。他们说，你要跟我们谈些什么？"

"回家。"

"是你要回家还是要我们回家？"

"你们。"

"为什么？"

"不要打仗，不要流血。"

单增把话翻译过去后，那边众人一阵窃窃不安地低语。

"他们说什么我听不清。"轮到野猫问单增了。

"他们说……唉，他们说你是只卖国猫。噢对了，请问你是哪国猫？"

"国家不是为了猫而存在的。"

"原来是这样……噢，他们想知道，这场战争我们是胜还是败？"

"败！……他们又在说什么？"

"他们说，也许搞错了，你可能不是我们的保护神。"

"我谁也保护不了。"

"噢，他们想知道，你父亲长得什么样儿？"

"样子比我老。"

"我还是想象不出，我从没注意猫老的时候是什么模样。你有没有名字？"

"我说过我叫野猫。"

"我叫单增。我有两个哥哥。一个懂牛马羊语，一个懂鸟语，我懂猫狗语。我知道懂鸟语的人很多，猫语最难，懂的人最少……噢，咱们光顾了唠家常……他们又问你哪，问你还想吃点什么？"

"我吃饱了。"

"你平时吃老鼠吗？"

"我一见它们就恶心。"

"怪了，猫不吃老鼠。我觉得你是一位不会给我们带来吉祥的预言师。"

"也许是这样。"

"噢，他们又告诉你。听着野猫，有神灵的保佑，我们永远是战无不胜的。"

野猫沉默一阵，用人类的语言明白无误地对众人说："回去吧，尊敬的喇嘛们，你们精通因缘学，可是对战争一窍不通。这场战争我们注定失败了。"

众人骚动起来，一位喇嘛指着野猫低声咆哮："打死它！它是魔鬼！"

单增说："我白费了口舌，原来这家伙会讲人话。"

接着那边桌上的碟盘碗盖夹杂着茶水、糖果点心和肉块一齐朝野猫飞来。野猫似乎并不理睬这番袭击，慢腾腾跳下地朝帐外走出去。两旁的卫兵纷纷躲开，他们拔出刀剑在空中挥舞，发出胆怯的驱鬼的叫喊，却没人敢上前靠近。野猫走出没多远，身后一阵密集的石块飞来，力量却不猛烈，不痛不痒地落在野猫背上。野猫没有逃跑，只是低下头慢慢离去，怀着满腹的心思，仿佛对某种希望产生了破灭。

导弹和关于城市的话题

一架直升飞机在城市上空盘旋，不知是出于军事目的还是做地质勘测，或者是在拍电影，要么就是在监视某一区域和寻找什么人。野猫疑心他父亲坐在上面正用望远镜搜索自己，他溜进一条窄巷里躲起来，并在墙壁上写下一行字：我们如何逃避父亲的追捕？

走出窄巷是一个僻静的街口，路边一个少女坐在小货摊旁，有着几分野性的美。她兜售炒胡豆、野酸根茎和烤面饼，这种祖先们咀嚼的零食如今没什么人喜欢吃了，只有乡下人和零花钱很少的小学生来买一点。野猫却馋上那些香喷喷的炒胡豆，便时常来陪这位寂寞的少女，在小摊旁转上几圈，用脑袋和身体在少女的腿边亲昵地蹭磨几下然后跳进她怀里哼哼道："咪呜——咪呜——咪呜——姑娘你若肯赏给我几颗胡豆，我就给你讲个故事。"

少女抚摩他的黑色皮毛，喂了他几颗胡豆，不屑一顾地说："又来那一套哄小孩的民间故事：一只狗，一只猫，一只鸟什么的饿了就向姑娘要吃的东西，然后就编出一段什么国王呀仙女呀妖魔呀什么的神话来。真——没劲。"

"那你要听什么？"

"伤感一点的。我许久都没哭过了，总遇不着让人抹点眼泪的事，你说这日子过得有多糟。"

"是这样，"野猫颇有同感，"我早已是欲哭无泪了。"

少女听了哈哈大笑。

野猫痴痴望着她，过了会儿说："你的模样很像我从前要好的一位姑娘，她叫丰田。"

"我叫桑塔纳，各种性能都比她好。"她说。

"进口的？"

"国产货。"

"桑塔纳。你的情人一定是司机。"

"嘿！他技术高超，开起来像野马，能把人颠簸死，"她扮了个鬼脸，"在床上。"

桑塔纳把野猫放在地上，拍掸着腿上的灰："猫，我该收摊了，你也回窝去吧。"

野猫很有礼貌地打听她的住址。她告诉了他："您想晚上来找我吗？"

"也许来。"

"我的朋友都不喜欢猫，他们兴许会把你赶出去。"

"没关系，我会老老实实待在一边的。"

到晚上，野猫尽量把自己打扮得像个腼腆的大学生，据说这种模样很时髦，比较受女孩子们的青睐。流行的穿戴是：戴一顶窄边圆帽，脖子上系一条米灰色羊毛长围巾，穿深色西装，腋下夹一本深奥晦涩的诗集。他按照桑塔纳说的地址走进古老的世俗区，小巷像迷宫在住宅区里绕来绕去，黑暗中高高低低的窗户里透出的灯光仿佛对夜路人诉说着每个家庭的故事。野猫走进一家半掩着大门的院落，在二楼漆黑的通道里拐了几个弯，听见从一扇门里传来音乐声便知道是桑塔纳的家了。桑塔纳的母亲在厨房看电视，屋里亮着一盏昏暗的灯，电线和灯泡上粘满了苍蝇。她母亲是卖酒的，厨房的角落里放着几只大酒坛。他一进门就感到屋里有种阴森梦魇般的鬼气，还有一股浓烈刺鼻的陈年酒酸的馊臭气味。另一扇通往里间的门挂着门帘，野猫不知道桑塔纳是否愿意见他。老太婆告诉他里面乱糟糟的，如果他急于想找个姑娘的话，她可以把他介绍到附近的邻居家去。野猫想了想说他只坐在这里喝一杯酒就走。老太婆听了高兴得眼睛发亮，起身将他让坐在矮方桌旁的床边。趁她忙碌时他把门帘拨开一条缝，看见里面几个男女青年像蛇一样扭摆着身体在跳舞。老太婆为他端来一杯酒，悄声抱怨来这里的年轻人一点没教养，宁肯从外面扛回几大箱啤酒也不愿买她的酒。野猫喝了一口酒就哭丧起脸，这酒又酸又涩像某种工业化学剂，觉得满嘴的牙齿都快被蚀落掉。老太婆尴尬地说："唉，唉，我能把酒酿出这种味道，也算是有本事了。"

"这酒都放馊了。"野猫呲呲嘴说。

"那当然。放了有三十年，卖不出去。瞧瞧，那儿还有两坛子。"她指了指角落。

"这不会把人喝死吧？"

"这我不知道，说来全都怪我丈夫。他可是很不一般哩。"见野猫很有兴趣地听，她就像寻觅到了多年不见的知音，挨坐在他身边滔滔不绝说起来：不知从哪儿蹿来的一个男人，是个酒鬼，当初死皮赖脸要跟我结婚主要为了能免费喝酒。我辛辛苦苦酿造出的酒都要被他喝掉一大半，从太阳还没升起一直能喝到月落西头。一边喝酒一边唱忧伤的歌开始怀念他过去的情人，每天都喝得昏昏沉沉，醉也醉不死，醒也醒不过来。她忍无可忍，终于对他进行了谋杀，把他扔进了盛满酒的大铜锅里，锁上门在外面痛痛快快玩了几天就去了警察局自首。等警察赶来一看，他淹泡在酒坛下睡得很酣甜，还咕咕地冒出一串串气泡，人们把他打捞出来，他昏睡了九天醒来后再也不喝酒了。但从此以后他脑子变得不清醒，成天疯疯癫癫，在外面跟一个邪道的巫师学了些妖术，回到家就在他老婆身上做实验，趁她熟睡之际在她的头颅顶部开出一个小眼。把我身上的精气全放出来了。孩子，你把手掌放在这上面试试。野猫将信将疑地把手伸在她头顶上，果然感到一股侵骨的寒气直穿掌心。她抱怨从那以后她身子骨总是阴弱风寒。后来又把一只青蛙移植进她的左眼睛里，她扒下眼皮凑近野猫说看看它还在不在，他盯住她的一只枯干浊黄的眼睛看了半天也没见里面有只青蛙。它在里面睡着了，现在不肯现出来。为了让他相信里面确实有一只青蛙，她让野猫用手指在她左边太阳穴上用力弹几下把它弄醒。他刚弹了两下就听见从她脑袋里传出呱呱的一阵叫唤，把老太婆的半边脸震得直颤抖。孩子你弹得太重把它惹火了。她捧着半个脑袋呻吟道，这下它该折腾我一夜了。这样一来她酿出的酒就永远是一股醋酸馊臭的味道，她的手艺从此彻底废掉了，再也酿不出香甜醇美的味道。后来？后来他发现自己闯了祸就跑了，我原以为他找到了过去的情人跟她一道逃跑了。后来才知道他做了一名瑜伽师，把自己埋在地下什么地方，再也不出来，谁也找不到他。他那个时候很有点名气，叫艾勃。你回去问问你父母那辈他们也许都听说过。

"原来是艾勃。"野猫笑了起来。

"怎么样，听说过吧？"她有几分得意。

"没想到他跑进城里学坏了，他过去是个挺正派的青年。"

"你从哪儿知道的？"

"他是我朋友，很久以前了。"

"那时你是做什么的？"

"我是一只野猫。"

"噢——这回我信了，他提起过你。"

老太婆说既然是过去的朋友，如果他想跟艾勃说说话，她可以给他一个电话号码。她说这个号码很好记，却不容易拨通，就是按1234567……顺序一直到108，总免不了会拨错一个数字。

后来他们看起那台黑白电视机播出的节目，索然无味。没完没了地介绍科技博览会上展出的某种光学纤维新技术。趁老太婆看得挺入迷，野猫想知道桑塔纳什么时候出来见他，便悄悄地撩开门帘，他们正成双成对踏着轻柔缓慢的音乐节奏搂抱在一起轻轻摇摆。一个小伙子搂着桑塔纳,双手在她背部动作优美地上下抚摩。

"喔,那个人在摸她的屁股!"野猫发现这一情况,悄声告诉老太婆。

"她的屁股很臭。"老太婆并不理会。

"呀!他们互相都摸起来了!"野猫大惊小怪地喊叫起来。

正陶醉在情欲中的年轻人被他的叫声吵乱了心绪。那个跟桑塔纳跳舞的小伙子长着一颗狮子头似的硕大的脑袋,他抄起一把椅子骂骂咧咧冲出来朝野猫头上砸来。野猫本能地身体朝上一蹿,脑袋重重地撞在床头板上,一声惊叫从梦中醒来。

按照梦中那个奇特的号码,野猫走进路边一间公用电话亭,投进几枚硬币拨起号来。的确有些困难,快拨到头时总会拨错一个数字,直到第三次才终于接通。

"哎?"一个闷声闷气的声音像是从遥远的星球上传来。

"艾勃,我是野猫。"

"你是怎么打听到的?"

"我找到你老婆了,是她告诉我的。"

"我老婆?"

"你说你坏不坏,干嘛往人家眼睛里放一只青蛙?"

"让我想想……你弄错了,到现在我还没跟任何女人结过婚。"

"我说错了!是我做了个梦,看来这梦挺灵验的。"

"野猫,你还好吗?"

"老样子。"

"你父亲怎么还没把你逮住?"

"所以我还在东躲西藏。哎,你还记得丰田吗?"

过了一会儿,那头说:"挺想的,她大概早把我家的房子烧光了。"

"是烧光了,她说话总是守信用的。我也一直在找她。已经快找到了。"

"你一直都想跟她结婚,见她的第一面我就看出来了。"野猫听出了艾勃的声音有几分醋意。

"现在我不想跟她结婚了。"

"为什么?"

"她一定很老了。"

"你总是这么年轻,不觉得日子很难熬吗?"

"你把自己埋起来不觉得闷得慌吗?"

"野猫,你别再打扰了,我需要宁静,绝对的宁静。"

"出来吧,艾勃,你若是胸怀大志就出来坐宇宙飞船去别的太空翱翔,宇宙大着呢,何必往地狱里钻呢?"

"野猫,总归说来你到底还是个凡夫俗子,看来你永远也无法达到空灵的境界。"

"去你妈的空灵境界吧!"野猫气呼呼地挂断了电话。

他走进附近一家叫"夜光杯"的酒吧,在一间火车座式的半封闭包厢里他发现了梦中见过的那个狮子头的家伙。两人见了面,点头一笑,野猫走过去坐在他对面。野猫对那晚上扰乱了他们的舞会表示歉意,狮子头咧嘴一笑,说:"也怪我,喝多了,没看清你当时是一只猫,差点没伤了你。"

"没关系。"

"哎,我说你干嘛有时要变成猫呢?"

"那是做人难的时候。"

"你喜欢喝什么酒?"

"威士忌。"

"咱们口味很合得来呀。"那人招手要了两杯酒,看起来他跟这家酒吧的女招待混得挺熟,转过身跟送酒的女招待调笑一番后,以长兄的身份对野猫说,"老弟,我看你挺忧郁,挺孤独,我认识不少女孩,什么时候给你介绍几个。"

"谢谢,我一人独处惯了。"

"你真够让人羡慕的,我就没这造化。"他摇摇头说,"她们老缠着我,这可要命。当然,我也有点不自觉。"

后来,野猫经常在"夜光杯"酒吧里和他一同喝酒,两人成了朋友,他叫导弹。

导弹在城市规划建设局工作,自称在美国留过两年学。但有的人说他那两年是去广州倒腾服装去了,还蚀了老本,人家亲眼看见的;也有人说他在上海的南京路上摆地摊卖假药:银翘(用草羚羊角冒充)、麝香(空麝香袋里填塞的是干牛血)、虫草(用面粉从模子里轧出来的)、藏红花(用某种可疑的野生植物冒充)、孟加拉虎骨(牦牛身上的某根骨头),也是人家亲眼看见的。导弹为了辟谣,便拿出加利福尼亚大学柏克莱分校颁发的硕士文凭给大家看。那又怎么样?有人不服气,这个年代还有什么不能伪造的——从钞票到护照到古典名画到百万富翁的遗嘱,一张文凭又算得了什么。但谁也不能否认这个大脑袋的家伙具有相当高的文化水平,有文化的人一眼就看得出来,那真是没法伪造的。导弹还狂热地信仰马列,光是厚厚的几大卷《资本论》他就啃了五通,但是人家就是不让他加入共产党。他对生活充满了希望也充满了悲伤,对这座城市充满了迷恋也充满了仇恨,一谈起这方面的话题野猫常常便成为他唯一的听众。他首先会引用一位不知名的诗人写的一首诗：城市／是野蛮部落的延续／是哲学家苦闷的废墟／是游吟诗人的最后归宿／是古典英雄失败的战场／是政客策划阴谋的密室／是老人叹息的地狱／是妇女觉醒的摇篮／是年轻人堕落的迷宫／是儿童性早熟的催化剂／是罪犯脸上的假面具／是野狗们的乐园／是野猫躲避父亲的藏形匿影之地……接着导弹以哀怨的口气诉说起城市的种种罪恶和种种弊病：市民没有城市意识，缺乏对它的自豪感和责任感。到处垃圾成山，厕所里的粪便在大街小巷流淌。大清早送葬的队伍把破簸箕陶罐随便扔在十字路口中央甚至交通警察的指挥台上。五色经幡旗不受法律的制约可以悬挂在任何地方。豪华饭店绿茵茵的草坪上竖着从某个工业化国家进口的昂贵地灯，却成了野狗们的公园，它们在上面嬉戏玩耍，繁衍后代。虔诚的朝圣者不顾时代的变化仍沿着古老的线路磕着长头，在繁忙的交通干道上他们照样身体朝前一蹿匍匐在马路中间，使来往的车辆急速刹车，司机们颇有耐心地等待他们不紧不慢一步一磕地横穿过马路。连犯罪手段也是那么古老却很有效的，两个进了城连方向都辨不清的农民，在深夜从一家大银行的金库里盗出三百多万元的现金，使用的竟是最原始最笨拙的办法，用钢纤铁锹一阵轰轰烈烈的敲打，把墙壁挖出个洞从里面扛了两麻袋钱大模大样扬长而去。导弹说尽管这座城市配备了现代化的多功能体育馆、通信卫星地面接收站、超级商场和西方人经营的假日酒店，但它还是顽强地保留着农村特色，居民区的市民在院里喂牛养羊，小职员们在自家门前开菜地。城市还有许多朝圣的康巴人安多人用破烂帐篷搭成的原始部落。

"城市是个半成品。"导弹说得口干舌燥，总算给城市下了个定义。

接着又自我解嘲地说,"我呢,也是个次品。"

私生子导弹谈论起自己的母亲丰田时,口气总有几分不恭,说她过去经历的一切他都记得,甚至记得小时候手背上被臭虫叮一口的事,可就是记不清她儿子的父亲是谁。

"这是有可能的,比方说,她当时被灌醉了,或者被打蒙了。"野猫解释道。

"是吗?"导弹狐疑地问,"这么说来她过去的生活作风很不严肃。"

"我不这样认为。"

"你是她过去的情人,说话自然要护着她。"导弹直勾勾盯着野猫看了半天,突然说,"他妈的!你总不会是我的父亲吧?"

"绝对不是!"

"那我就放心了,要不然这辈分都不好算。"

"也许艾勃是你的父亲。"

"艾勃,艾勃。想起来了,我曾听见我妈在梦里说起这个名字。"导弹问,"他是谁?"

"他才是你母亲的情人。你多大了?"

"二十八。"

"哦。也不对。"野猫算了算感到失望,"人家在地下就已经修炼了三十年。"

导弹听了他母亲丰田过去的事,觉得那个时候的人都傻乎乎地不开窍,对于野猫也曾想把丰田搞到手他表现出宽宏大度,挥挥手说:"这是可以理解的,在那个时代,你们的觉悟都不高嘛。"

一起事故

几个年轻人到一家舞厅里去跳舞,他们厚起脸皮上前邀请了几个姑娘。她们配合得很好,在幽暗的灯光和绵绵如诉的音乐中,他们紧贴在一起互相磨蹭,彼此能感觉到对方撩拨情欲的身体部位。他们后来发觉自己怀中的舞伴变得越来越沉重,稍一松手就往下坠,好不容易等到一曲终了,他们气喘吁吁地把姑娘们抱到座位上,然后逃之夭夭。他们谁都没看清楚自己舞伴的模样,却互相证实了他们的舞伴都是身体饱满手感丰腴的姑娘。这使他们不约而同地想起了自己初恋的情人。

他们在街上招手拦住了一辆出租汽车,又玩起一套别出心裁的游戏,他们不坐进车里,要求司机打开后箱盖,他们挤进了狭小的尾部后箱里。司机是一位身材瘦小、表情神兮兮的小老头,瞪着一双古怪的眼睛关上了后箱盖。

汽车在夜晚的高速公路上飞驰。

司机无意从倒车镜里看见一团白色的物体在空中划过一道弧线,立刻缩成小小的斑点迅速消失了,接着是两个、三个……

后来在警察局,司机受到审讯。

那几个年轻人密封在后箱里,时间一长,排出的一氧化碳气体使他们感到窒息。他们无法忍受,于是掀开后箱盖纷纷跳下车时被摔死了。

警察:"你一共摔死了几个人?"

司机一怔:"四个。"

警察:"老兄,你可倒大霉了。"

逃亡中,强盗和他的保护神

查巴钦布是一位有权有势的庄园主,他的绰号叫花椒。在一年一次的庙会上,一大群随员、女仆人簇拥着他坐在高高的阳台上观看民间歌舞的演出。像群星之中升起了月亮,花椒不意从熙熙攘攘的人群中发现一位美人。花椒并不知道这位叫朗萨雯波的美人是空行母的化身,经过一番纠缠,他命令仆人将一柄五色彩箭插在朗萨斐波后颈的衣领上,强行为自己的儿子许配了这件婚事。朗萨雯波嫁给花椒的儿子后终日闷闷不乐,一心想着遁入空门做一名佛教徒。尽管她小心伺候丈夫和公公,还是遭到小姑子的嫉恨,她在父亲和哥哥面前挑拨说朗萨雯波在外面与耍猴的艺人有奸情,被她抓住了证据,花椒和他的儿子一怒之下把朗萨雯波打死了。她从天葬合起死回生后便去了一座叫色拉亚鲁的寺庙,在寺内霞加强林活佛门下做了弟子。花椒得知这一消息,便率领村民组织一支武装力量去攻打色拉亚鲁寺庙,决心要讨回儿媳妇。一时间天昏地暗,刀矛林立,吼声如雷,到处腥风血雨。朗萨雯波出现在寺庙墙上,对花椒父子进行了一番痛斥后显现出空行母的真面目,把修行时披戴身上的白布当作翅膀,高高地飞向了蓝天。花椒父子见状大惊,当即扑倒在地向空行母叩头认罪,表示从今往后一定要弃恶从善,皈依佛门,才免遭惩罚。从此花椒一想起那件事就有些害怕,但他作为一方权贵,仍旧四处作威作福,横行霸道。当他知道艾勃出走的事,便带领两个民兵闯进艾勃的家。丰田和野猫正坐在屋里和艾勃的父母一起喝茶。丰田显得很悲伤,野猫在轻哄劝她,同时琢磨着怎样尽量把她搞到手,说不定没两天艾勃就从半道上回来了。艾勃的父亲起身开了门,他们一伙就闯进来,花椒气急败坏地揪住老艾勃推推搡搡,抬起脚踢他的屁股。花椒长着一具肥大的身躯,动了一阵手脚后累得气喘吁吁地说:"这家伙跑啦?没么容易,他往天上飞我也能抓住他脚后跟把他拖下来,他往地里钻我也能揪住他尾巴把他拽出来。"

老艾勃身体蜷缩成一团,只露出一对竖起的大拇指含混不清地哀求着。他的老伴把一床毯子裹在他身上,像守护受惊的孩子似的守护着自己的丈夫,无言地望着在屋里来回踱步的花椒。两个卫兵背着步枪像两具木偶机械地跟在花椒身后踱来踱去,他们肩上的枪口用红布卷堵塞着。我是不是给这两个家伙鼻子上一拳,他们会像砍倒的木桩一样倒下去,然后我夺下步枪用枪托在这个大人物高高隆起的肚子上狠狠捣一下。丰田呆呆看傻了眼,她没想到野猫如此英勇,干得如此利索漂亮。我不知道一个家伙的帽子里是否藏有一颗子弹。丰田死死抱住了那家伙叫道:"野猫你别管我快逃吧,我会永远等着你。"那个戴卷边礼帽的小个子民兵仿佛察觉出野猫的意识流里暗藏着危险的杀机,他果然从帽檐缝里取出澄黄铮亮的一颗子弹。他把尖溜溜的弹头在头发里摩擦了几下,摘下步枪,拔出红布卷,拉开枪栓把子弹推进了膛,一半暗示一半威胁地枪口不时朝野猫方向扫来扫去。

"我知道你。"花椒伸出肥肠般粗短的指头戳在野猫胸膛,"你这个坐在山上不念经,走下平川不干活的家伙。我知道你是那家伙的同谋。这是我管辖的地方,你这个外来的乡巴佬,趁我现在脾气还好的时候最好滚得远远的!滚到我圆圆的眼睛看不见的地方去!滚到我薄薄的耳朵听不见的地方去！滚到我红红的嘴巴喊不到的地方去！滚到我尖尖的鼻子闻不到的地方去！"

就这样，野猫也只好逃跑了。

花椒回到自己的官邸，丰田就跑来告密，告诉他说野猫原来是被他父亲通缉的对象，谁要能把他交还给他父亲就能得到一大笔赏钱。他高兴坏了，这样一来他不仅有机会能进城去玩一趟，说不定还能得到这笔数目可观的酬金。

第二天早上，花椒把全村人都召集在麦场上，民兵们扛着枪在场外警戒。花椒坐在一张木桌后面，旁边站着他的几个属下。他呷了一口茶，用十分威严的声音说："听着，各家各户通知你们家的青年男子，不管是有老婆的还是没老婆的，有儿女的还是没儿女的，打猎的要从山上叫回来，种地的要从田地叫回来，经商的要从市场上喊回来，病着的要从床上扶起来，死了的要从天葬台上驮回来。明天第一天，后天第二天，大后天第三天，我命令你们以智勇双全、不怕流血牺牲的精神，分头去把那个名叫野猫的外乡佬抓回来。他是个危险的敌人，是被通缉的要犯。你们不许借口说他高高地飞上了天空，不许借口说他低低地钻进了地下，不许借口说他被有权有势者庇护了，不许借口说他被无权势者偷走了，不许借口说他变成了狗追不上，不许借口说他变成了猫找不着。活着的我要看见他睁开眼睛的模样，死了的我也要看见他闭了眼的尸体。"

接下来，花椒的部下开始念花名册，把村里的男人划分成几个追捕的行动小组，每个小组又具体划分了尖兵组，搜索组，联络组，宣传组，后勤组，然后又配备了枪支弹药，绳索镣铐，马匹饲料。

到第三天出发时又是一番哄哄闹闹的仪式，最后男人们东倒西歪骑在马背出村开始了这场旷日持久大规模的搜捕行动。

没多久，丰田烧了艾勃家的房子，也逃跑了。一路上她哼着那首流传甚广的歌曲：

你走过漫漫长夜，
不用诅咒，没有感伤
也没有眷恋……

一条灰色的小道默默躺在寂静的荒原上，岁月把它遗弃了。从这条小道上匆匆而过的旅人除了强盗和逃犯，就是私奔的情侣和偷运武器黄金的走私者。小道旁有一块大岩石，刻在石壁上的一尊菩萨塑像的浮雕已褪尽了颜色变得模糊不清，岩石顶上盘踞着一只孤独的苍鹰，偶尔发出一声长长的啼鸣在无声的旷野上回荡。这是一片令人生畏的死一般寂寞的荒原。每一个路经此地的旅人都不敢放慢疲惫的双脚，唯恐被死神留下在此长眠不醒。就这样，刻在岩壁上与阳光和风雨做伴的孤零零的石雕像被匆匆而过的旅人彻底忽略了，没有人停下脚步朝它看上一眼。

如果不是那只苍鹰一声啼鸣扇动扑响的翅膀离开岩顶腾空而去，丰田也不会警觉地抬头朝那边张望。太阳正偏移在岩石后面，刺眼的强光迎面射来，晃得丰田眯起眼睛。一轮五颜六色的光环罩在岩石周围如同黑魆魆的怪物。除了岩石的轮廓，她看不见上面的浮雕，却看见了野猫躺在岩石下面阴影的地方，就像是被人杀死后扔在那里似的。她两根手指含在嘴里打了个响亮的呼哨——这个牧羊女的呼哨后来一度在大城市里的女孩子们中间流行起来，成为她们在街头招呼男孩时的一种时髦——尖厉的呼哨声通过岩壁折射进野猫耳朵里，所以他被惊醒后坐起来看看头顶上面，以为是菩萨吹出的口哨。

风低贴着寸草不生的大地阵阵拂过，荒原发出沉闷的低喘声。丰田抬头按住头顶，似乎想按住在她脸上不安分地飘动的头发。

野猫起身朝她迎面走去。两个没说什么，继续并肩而行。野猫的手掌搭在她后颈脖上，她的皮肤温暖而细嫩。在这遥远的旷野大地上不期而遇，两人多少有些迷惘。

一路上都有人追捕你，打听你。休息的时候丰田告诉他说她每到一个村庄都会被那里的公安特派员审问她是不是去找他的。这些公安特派员都是些表面老实巴交不动声色的年轻农民，个个歪斜着脑袋，手指夹着一根烟，总是把自己装扮得很愚蠢的样子麻痹对方。野猫说他们干嘛兴师动众地抓他回去，他不是已经被驱逐出村了嘛。丰田承认是她告的密，这样花椒就会把他送到他父亲手里，野猫一听也就无话可说了。

两人在荒原上行走了几天，来到山脚下一座破败的小尼姑庙，里面只有两个老尼姑。此地人烟稀少，好不容易见有两个香客进来朝拜，老尼姑十分高兴，热情地招待他俩吃喝，还好言相劝挽留他们多住几天。野猫把一个老尼姑叫到隔壁，问她们愿不愿意收他老婆作门徒，他说他也打算出家了，也好给老婆找条出路。老尼姑听了激动地说这一定是她们老姐妹俩天天在菩萨面前祈祷的结果。这座小庙最兴旺红火的时候曾有过二十一个尼姑，后来有一支探矿队来到附近干涸的河边安营扎寨竖起了井架，全都是小伙子，他们一下班就打扮得漂漂亮亮成群结伙装模作样来庙里朝拜，闹得年轻的尼姑们个个心神不宁。最可恶的是到周末他们还开着汽车来把尼姑们接到工地上搞联欢舞会，搞了几个周末的舞会就把一些尼姑的肚子搞大了。临走时勘探队开了个欢庆大会，庆祝在这里探出了矿石，同时也为十九对青年举行了集体结婚仪式，又热热闹闹开走了。从此这小尼姑庙变得冷冷清清，香火渐弱。老尼姑成天心急如焚，眼看来了一位远方的姑娘愿留此处遁入空门，也许是尼姑庙即将兴旺的吉兆，老尼姑感动得几乎要给野猫跪下来叩头。野猫说他老婆虽想出家，毕竟夫妻恩爱有些难舍难分，他问老尼姑有什么迷魂药让她吃了昏睡几天，等他走远了她自然心也就静了。老尼姑毫不迟疑照野猫的话去做，丰田刚喝了一碗茶就倒在床上睡死过去。

"善男子，我们就不留你了，你快走吧。"她们把丰田抬进厢房里催促他说，"你放心，她七天之内准醒不过来。"

野猫无牵无挂继续在荒原上游荡。有一天他忽然发现身后遥远的地平线出现一个黑色小点，他马上猜出是丰田，便慌忙拔腿跑起来。丰田是个健壮的姑娘，迷魂药在她身上几乎没起作用，她只昏睡了一天就爬了起来。她曾经一口气不停地跑过几座大山把被叼走的羊羔从豹子口中夺回来。就像乌龟和兔子赛跑，野猫刚跑到前面一片灌木丛林就被丰田追赶上了，他知道丰田决不会轻饶他，便在灌木丛里折断几根粗长的带刺的荆条拿在手中当武器。

丰田说："野猫，你把我卖给尼姑庙得了多少钱？"

"我一分钱也没得到。"

"你身上没钱还跑什么？"

"丰田你干嘛老缠着我。"他吊丧着脸嚷嚷道，"你有本事去参加国际马拉松长跑嘛，我看你说不定还能拿个好名次。"

"我能拿第几名我自己心里有数。哎，野猫，你把我当个包袱往别人家一存，自己就溜了，未免有点太缺德。"

"我也是想给你找个归宿，人生总得有个归宿嘛。"他辩解道。

"那你的归宿是什么？"

"我……还没找到，我不正在找嘛。"

"我替你想好了一个归宿。怎么样,愿意吗?"丰田冲他妩媚地挤挤眼皮。

"做你的丈夫!"野猫明白无误地说。

"怪不得艾勒说你很有想象力。你不觉得把你交给你父亲更合适吗?"

"丰田,你不能这样做。"

"我能,我能做到。"丰田步步逼近。

"那么,只好拼个你死我活了。"野猫沉下脸来,明知没有获胜的希望,他还是抄起荆刺条朝她猛扑过去。丰田拔出食肉用的小刀毫不含糊地也向他冲来,两人在旷野上打成一团,谁也不叫唤,知道叫也没用。阵阵扬起的尘土形成一缕缕的小旋风朝荒原轻飘远去。他狂舞着荆刺条把丰田身上的衣服抽得稀烂,绽裂成缕缕布条,但斗了没几个回合他就感到手脚绵软,被丰田打得东倒西歪站立不稳。丰田脸上被荆刺条抡划过几下,惹怒了她,也用小刀在他胸前割划出一道血口,野猫哇的一声惨叫跌倒在地上,眼神立刻变得黯然失色。

丰田也颓然坐下,她衣服上的碎布条在荒野的风的吹拂下像柳枝飘扬,她的脸蛋、胸脯和臂膀的皮肤上面布满一道道奇妙的红线。她深深吸一口清新的空气,凝视远方的雪峰若有所思地沉默一阵,接着咯咯笑起来;"你这个家伙,这下弄得我没衣服穿了。"

"你还是看看我吧!"野猫有些无赖似的仰面躺在地上,四肢乱蹬嚷叫道,"反正我流了这么些血也活不长了。"

"你死不了。"丰田撕下身上的几根布条给他的伤口严严实实地包扎裹紧了。

"谢谢你,丰田。"

"谢也没用。我还是要把你捆起来交给你父亲。"丰田又撕下裙子上的几缕布条,反正她已是衣不蔽体,也就不在意了,她把布条拧结成一根绳子准备捆绑野猫。

他们在吵吵闹闹中没察觉一位骑马的老人停在离他们三十步远的地方,当丰田看见后大吃一惊。他像是一头从未见过的怪物,鼻子不是鼻子眼睛不是眼睛,整个五官是一堆奇形怪状的肉疙瘩扭挤在干羊皮般乌黑的脸上。他身体裹在充满膻臊气味满是油污的羊皮袍里,犹如一尊裹成泥胎的肉身佛像。他苍老得像幽灵,像祖先的化身,叫人猜不出生命究竟还能藏在这具腐朽身躯的什么地方。然而他还活着,缓缓转过头巡视这荒无人烟的四周。跟他一样苍老衰弱的瘦马低下头,在没有一根干草的碎石地上嗅来嗅去。

躺在地上耍赖不起的野猫看见了丰田脸上的惊诧。他眼皮朝上一翻,看见一个倒立的形象,那头老怪物胯下裹在马肚的毯里露出一截乌亮的钢管,显然马肚下藏着一支经过改装的步枪。草原上的土匪装扮成普通牧人靠近对方时,在翻身下马那一时刻像变魔术似的便从马肚底下抽出步枪端端握在手中。马背上的老人身上隐藏着神秘莫测的传奇色彩和野蛮残忍的表情。野猫头脑一片空白,他仿佛嗅到了火药和血腥的气味,嗅到了土匪强暴地扒开女人的衣服时从她身体里散发出的肉体的乳香,他嗅到历史的气味,他好像猜到了这个神秘陌生老人的身份,他是死神的代理人。在野猫的记忆中,没有谁在离他这么近的距离还能活下来。野猫霍然坐起来,结结巴巴张着嘴想喊出什么。

"不错,我就是扬佩达基。"一个从天宇飘来的沙哑低沉的声音,因为看不清老人脸上歪扭成一团的五官——它们没有变化,像是蒙着一具丑陋的面罩,所以听起来这声音有些恐怖,像是冥冥之中的死神在替他说话。

扬佩达基!这本身就是一个魔鬼的名字。近一个世纪以来他在草原上家喻户晓，他的名字曾出现在城镇乡村报告栏的通缉令上，出现在政府的档案中，出现在军事情报处的机密文件中，他是本世纪高原最后的一名大盗——下个世纪的英雄好汉该是恐怖分子了——他那惊险辉煌的一生中披挂着鱼鳞般片片闪烁的传奇色彩使多少文人墨客杜撰出的强盗故事变得黯然无光。在大半个世纪的强盗生涯中，他抖动缰绳自由驰骋在九十多万平方公里——比一个法国加一个英国的土地面积还要大——的西部戈壁草原上，到处留下了他罪恶和正义的故事。

"你想把我怎么样？"野猫望着高高骑在马背上的扬佩达基朝他过来，他坐在地上屁股一点点向后挪，"我刚死里逃生你又想杀了我吗？"

"是她想杀你，这个狐狸一样漂亮的小娘儿们想，我亲眼看见的。"野猫这下看清楚扬佩达基开口说话了。他张开嘴巴满口没有一颗牙，如同一个黑暗的山洞。

丰田听见强盗自报出的名字后像野兔般蹦跳着奔跑起来，缠在她腰身的碎布条像是短跑冠军冲刺过终点后的飘带上下飞扬。她怎么也跑不远，只是围着野猫和强盗跑着大圆圈——这是一个对圆圈着迷的民族（贝拉语），哪怕是在逃离死亡的途中她恐怕在搞什么诡计想出其不意用她手上可怜的十五厘米长的小刀去袭击本世纪草原上最著名的大盗，也算是胆量过人了。

"是他想强奸我！"丰田远远地停下来大声喊道，"他是头野兽，把我的衣服扒光了。喂！老强盗，你有多余的衣服吗？"

野猫真担心丰田转眼之间会被一枪搁翻在地。这头骑在马背上的老怪物却在姑娘充满青春活力的叫喊声中苏醒了过来。野猫看见强盗松弛浮肿的眼皮底下的一对眼睛像镶嵌在古松树皮里的两颗小小的黑钻石闪着熠熠的光芒，正欣赏地打量着丰田近乎赤裸的肉体。然后他哆哆嗦嗦从胯后驮在马背上的一只皮囊里摸索一阵，掏出揉得皱巴巴的一团花布扔在地上。丰田跑过来捡起抖开一看，野猫认出是一面星条旗。他见老人脸上像是有几分愧色，便猜想大概是他前不久从某个探险旅游或登山的美国人的宿营地偷来的。不禁有些感慨：这个不可一世的大盗，昔日和正规部队勇敢交战的光荣岁月已一去不复返了。如今年岁已高，单枪匹马，落魄成干些偷鸡摸狗的勾当的草寇。

"这是哪个臭娘儿们穿过的花衣服？"丰田翻来覆去找不到袖筒在什么地方，只好把星条旗裹在身上。

扬佩达基缓缓回过头对野猫说："举起你的左手。我的孩子，把手腕翻过来。"

关于扬佩达基流传甚广的说法是：他有着惊人旺盛的情欲，也曾无数次从企图置他于死地的女人们的暗算中死里逃生。那些崇拜和热爱他的女人们只要生下了他的亲生骨肉便遵从他的意志给孩子们身上都做了标记，只要是儿子，都在左手腕大拇指的虎口背上文有卍形黑记，女儿则文在右耳背后。这一说法后来得到了证实，经有关部门初步调查统计，扬佩达基亲生的儿女们多达数千人，甚至包括在城里的一些著名学者、官员和艺术家。当然也不排除个别的赝品——有些人出于好奇或崇拜或别的什么想法也给自己的孩子做了这样的标记。

野猫听说过这事，他觉得只有扬佩达基才能救他使他能逃出父亲的追捕。他举起右手恶作剧般在空中晃来晃去使扬佩达基看不清他手背上究竟有没有标记，直到他发现老强盗脸上有几分恼怒地拧动起来才停止了晃动。扬佩达基慢慢才看清举起来的是毛茸茸的一只小野兽的黑爪。他仔细定神一看，原来是一只虎头虎脑憨态可掬的黑猫蹲在马蹄下扬起前爪像是亲热地跟他打招呼。

"啊，你是一只猫，原来你是我的保护神。来吧，猫，跳上来。咱们朝前走。"强盗说。

野猫轻巧一蹿,跑进了扬佩达基怀里,把马惊吓得吊起脖子慌乱地原地踏步。

"魔鬼!你把他变成猫了。"丰田慢慢醒过神,大惊小呼起来,"你把他带到哪儿去?他是我丈夫!我们是闹着玩的!哇——呀——!强盗,愿神灵咒死你!"

强盗快马加鞭,风一般冲进平坦坦无遮无拦的大荒原,正进行他最后的一次远征。

丰田懊悔不已,她又一次失去了做妻子的机会,只好回到小寺庙里做了尼姑,从此静心修行,她极有悟性,很快成了有名的瑜伽母。每逢十五圆月当空,她会在梦中显现出观世音菩萨雍容气度的慈祥面孔,并且看见艾勃和野猫像两尊金刚神守护在菩萨身边。

蚂蚁们

时间:秋末之夜。

场景:"夜光杯"酒吧。

人物:两个女招待、领班、客人、导弹、野猫、一个失意的剧作家、几个彼此都熟识的小伙子。

导弹的神情有些反常,显得激动不安。他的上司——城市规划建设局的老局长身患重病,刚刚去世了。老头子独身一人无家无室,把导弹当作自己亲生儿子一般对待。他生前就是找不到机会解决导弹入党的问题并把他提拔到领导岗位上来。病重期间导弹时常守护在他身边,为表示这些年对导弹的歉意,老局长在弥留之际给导弹讲述了时隔多年仍处于保密阶段的一件关于这座城市的惊险秘事——作为对他的信任和某种补偿。

城市北面一座大山顶上不知什么时候突然出现了一个巨大的湖泊，仿佛自然界经过了几百万年的演化进程它在短短的几天之内就完成了。根据调查的资料表明，湖泊的蓄水量十分可观，只需三分之一的水就足以将城市十层楼以下的房屋建筑通通淹没。地质水文站的专家们曾经上去测量过，湖泊是规整的圆形，湖岸呈倾斜的坡形，周围岩石坚硬光滑，湖面离山顶有近百米深的距离。根据计算，即使这里的气候出现反常使年降雨量变得像热带最稠密的降雨区，湖面最多也只能升高二十米，看来不会对城市构成任何威胁。至于它是怎样突然形成的，地球物理学的专家们正在进一步考察，测绘局的专家们也准备在地图上标出这一新冒出的湖泊。

有些事情就是说不清楚，在一个冰天雪地的冬季，驻扎在山顶雷达站的几个士兵偶然发现下面的湖水突然上涨了。起初他们感到挺有趣，下到湖边去测量，发现湖面每小时升高870毫米，这一速度是惊人的。士兵将这一情况报告了有关当局，当局派了专家爬上山进行了详细的观察和测量，发现水位确实在猛往上涨，即使用肉眼对着望远镜也能看得出来。专家们将获取的数据通过综合计算，得出的结果是：如果一直保持这个速度继续上升，大约五天之后，湖面就会漫过山顶。从地势上测量，南面一侧山顶凹陷成一道弧线，犹如一只碗边的豁口恰好对着城市，也就是说靠城市方向的山势最低，湖面一旦漫过山顶便会从这个豁口溢出，然后以一千多米高的落差形成一个巨大无比的飞瀑喷泻而下。城市面临毁灭性的大灾难！专家们带着这个极其恐怖的消息火速赶回城。最高当局召集了紧急会议，导弹的上司——老局长作为城市管理方面的专家也出席了会议。起初谁也无能为力，有人劝最高当局向全市人民发布紧急动员令，迅速组织力量疏散居民，转移重要财产，搬到城对面南山上，只好让这座千年文明的古城毁于一旦了。但军事部门立刻做出否决的反应，几位将军说，谁都知道目前边境局势紧张，双方都在集结大量的军队，随时都有爆发一场大规模战争的可能性。这座边境最重要的大城市一旦遭到淹没，无疑等于自己给自己的后方基地投掷了一颗原子弹，整个战略将处于完全被动的局面，敌国如果乘机发动战争，后果将不堪设想。专家们经过研究提交了一个方案：在山顶的另一侧用炸药炸出一个比靠城市山顶更低的一个缺口，让湖水流向北面山下。由于整个城市北部重叠起伏的山峦形成一道天然屏障，这样一来虽然会淹掉山那边的几个县的地区，城市却有生存的希望——如果确实能够炸出一个大缺口的话。这是一个艰巨而复杂的工程，时间迫在眉睫，当局立刻确定了这一方案，建立了临时指挥中心。从军队调来三个工兵团往山上成吨成吨地运炸药，天知道运了多少。工兵们从湖岸的内壁和外面的山崖同时爆破，炸掉一层岩壁清理出砾石松土又继续向纵深发展，如同把一只厚木碗边沿的内外侧一次次慢慢削薄，最后才有可能炸出缺口来。如果人们回忆一下就能记得起几年前的一个冬天，城市的山上惊天动地的爆炸声终日不绝于耳。为了不引起全城的混乱，当局封锁了消息，设置了警戒线，任何打猎和登山的人都不得进入这一地区，工程在秘密进行，人们都蒙在鼓里。湖水令人畏惧地不停地上涨着。军队的士兵们没日没夜拼命地干着，与湖水抢时间，一切按原计划顺利进行。在水位涨到标出的警戒线之前爆破工程已如期准备完毕，在湖岸外侧最后一层薄弱的岩石边堆码了足够的炸药，只要湖水一旦超过警戒线就把这最后的一道障碍炸开，这道将要炸出的缺口仅仅比流往城市南边的豁口地势低三米。时间已不允许士兵们再往下深掘，军队都撤下了山，只留下一些专家、观测员和负责启动爆破装置的士兵们埋伏在五百多米远的掩体工事里面。老局长和其他专家在里面举起了望远镜，一架直升飞机在空中监视，随时保持与地面爆炸小组和城市临时指挥部的联系。

"这是最最惊心动魄的时刻。"导弹脸色苍白地说，仿佛是他亲身经历了那个时刻，他有些支撑不住，结结巴巴说不出话来，捧着脑袋痛苦地呻吟。

"哎！你这是怎么了？"一个女招待过来摸摸他额头，"看样子得把他送医院。"

"再给我来一杯。"他哆嗦地接过一杯酒灌进嘴里喘息了一阵，把老局长说的话几乎是一字不差地讲给大家，"几个士兵像打机关枪似的飞快地喊了几声口令，年轻中尉手中的小旗一挥，喊：'起爆！'他身边捧着像半导体收音机似的无线电遥控起爆装置的士兵抬手往键钮上一按。天啊！没动静，大家全像被中了魔法一样僵硬不动了，至少有五秒钟。我……我们局长听见按键钮的士兵头一个清醒过来，他啪啪又接了两下说；'噫，这玩意出毛病了？'中尉一把抢过他手中的起爆器还顺便踹了他一脚，跟着在上面也按了几下。'这下糟了！'不知谁说了这么一句，我……我们局长吓得快瘫了。被踹倒的士兵爬起来抬着起爆器说：'指示灯是亮的，信号已经接通！这可不能怪我，是那边出了毛病。'他急得哭了起来。空中的直升飞机也传来焦急的叫喊，他们没有任何引爆的器械，连枪支弹药也没有。'还有二十分零四秒。'局长身边的一个工程师看着手表很平静地说。谁都明白，再不引爆二十分钟后湖水就冲下城市了。局长说当时真想把那个工程师掐死，他的声音简直像一个神明在宣告世界末日的来临。我敢说当时人人都神志不清了。事后才知道，那一头的引信装置是堆在几吨重的炸药堆底下的最深处，你们想想要把一箱箱炸药搬开一直从最下面找到引信装置再排除故障没有三五个小时是不可能的。你们猜他们是怎么干的？中尉真是个英雄，跟敢死队一样。他在掩体里那些从工地上收回来的破木箱里居然取出来几只雷管和一根导火索。他叫上三个士兵就来了个百米冲刺往爆破点跑去。大家全看得傻眼了，紧张地举着望远镜。只见他们跑过去后把雷管接上导火索，塞进炸药箱里，又搬了几箱炸药放在上面，导火索只有三四米长，点燃后他们往回跑不了几步准会被炸上天去。但他们还是点燃了，然后往回跑。那是多么悲壮的时刻，真正是在同死神赛跑哇，这边所有的人都忘了一切，向他们拼命喊加油。我敢打赌那个奔跑的速度已刷新了百米短跑的世界纪录。只见滋滋冒烟的导火索越来越短，眼看就要燃进去了。偏偏这个时候……"

"到底炸了没有？"女招待沉不住气地喊道。

"好精彩！"站在柜台后面的领班拍手鼓掌。

"别说话！一声枪响，叭的一声，然后局长说他身边的一个人瘫倒了，望远镜摔出老远，就像中了子弹一样倒下去。接着他前面的一个老专家也慢悠悠倒下去。中尉他们几个还在拼着死命地跑，其实用不着跑了，导火索熄灭了……"

"这是怎么回事？"另一个女招待问。

"还没听明白，有人用枪把导火索打灭了。"导弹摇摇头说。

"这故事的戏剧性太强。"剧作家在一旁摇头晃脑，"我不喜欢戏剧效果，宁愿质朴一些的。"

"你……他妈的……"导弹被激得说不出话来，跳起身朝剧作家扑过去像是要把他撕成碎片。大家急忙把他拉开。他带着哭腔喊道，"你不想想你是怎么活到今天的？咱们差点全完蛋了。这座城市，还有你，这个狗东西！"

"现在我们不是都活着吗？"剧作家说。

"真是个忘恩负义的家伙!"女招待痛斥剧作家。

"就是嘛!"领班远远地在一旁帮腔。

"简直是个堕落的文人!"野猫痛斥剧作家。

"人家拯救了这座城市,拯救了几十万人的生命,还那么不严肃。"旁边的几个小伙子也痛斥剧作家。

"那我该感谢谁呀?"他东张西望。

"导弹,告诉他!"野猫在一旁鼓励。

"这个……"导弹迷惘地嗫嚅道,"这个问题我也没闹清楚……该感谢谁。"

"我蒙了。"女招待抱着头说。

导弹一下子变得不那么激动,也不那么理直气壮了,仿佛惊天动地的英雄伟绩和惊险的高潮已经过去,剩下的只是一个不算精彩的结尾。大家听完后也感到莫名其妙,每个人都有一种被导弹耍弄后的困惑感。

燃烧的导火索是被山上一个牧人开枪击灭的。他的亲戚们住在山下的农庄。被政府强迫疏散后搬迁到他的牧场来。牧人决心保卫他亲戚和乡亲们的家园,便提了枪从牧场赶到这边山上来,面对热火朝天正在施工的几千人的军队他一点办法也没有,他连搞破坏活动的常识也没有,只好抱着枪在山上坐了两天两夜。等工地上所有的军队都开始撤退,山顶上出现一片寂静,他感到那一时刻快到了,巧妙地躲过了撤离警戒哨位的士兵,提了枪朝堆放炸药的岩壁方向跑去。这时他看见一个军官带领几个士兵以飞快的速度跑到那地方忙碌了一阵,接着看见一团白烟冒起来,军人们又像箭一样逃走。牧人伏在离爆破位置三四百米远的一块岩石后面,谁也发现不了他。他本能地感到那团隐隐可见的白烟就是要摧毁山脚下村庄农田和家园的罪恶之花,便毫不犹豫举起步枪，他不愧是神枪手，一枪就把导火索上的火头打灭了。正在远处紧张地举着望远镜注视着的专家，当场就有两个犯了心脏病吓昏过去了。

湖水以不可抗拒的威严浪潮般汹涌翻卷着升起来了。专家们和观察小组的军官士兵们像疯子一样漫山遍野地抱头乱窜，神志不清地大喊大叫。一位上校对着无线电通话器向城市临时指挥部喊道："完啦！全完啦！你们快逃命吧！"

在平静悠闲中度日的市民们永远也不会知道在短短的十几分钟内，最高首府的临时指挥部出现了怎样的混乱。连向全城发紧急警报的时间都没有了。直升飞机上的驾驶员为了保全性命，拒不执行将飞机撞向炸药堆自杀引爆的命令，拉起机头远远地朝边境方向叛逃了。临时指挥部里除了个别官员用手枪威逼司机驾车离城逃走，大部分官员都抱着与城市和几十万人民共存亡的决心默默等待死亡的到来。这时山上所有的人都跑得不知去向，只剩下一个发了呆的专家捧着脑袋坐在岸边，仿佛要亲眼目睹这场毁灭性大灾难的情景，他痴痴望着汹涌的湖水浸漫上了豁口边，眼看着已经涨满就要溢流出来。就在这个时候，湖水好像停止了翻卷，停止了溢出，变得平静温柔，在山顶微风的吹拂中湖面碧波粼粼，朵朵细碎的浪花轻拍岸边。整座湖泊变得盈满欲溢却又静止不动。大约两个小时之后，湖水又奇特地开始下降，卷着激流迅猛退却，仿佛在紧要关头湖底出现了一个漏洞。不到半天时间，湖泊里的水退得干干净净流得不知去向，露出一个巨大无比的干涸的盆谷湖底，站在悬岩边朝底下张望令人头晕目眩，那湖底中央果然有一个深不可测的黑洞。大自然像是给人类开了一个恶作剧的玩笑，并且留下一个令人费解的谜。专家们直到现在也没研究出个结果，谁也不知道湖水什么时候又会重新冒出来。

中尉和他的几个士兵由于过度狂奔，身心憔悴，喷血累死在途中。开枪的牧人后来受到嘉奖，并把他全家户口也转到了城里。

大家愁眉苦脸地思索着什么。野猫说："噢，这事我想起来了。"

"怎么样，我没瞎说吧。"导弹因为此刻出现了一位证人而感到欣慰。

"但那一枪肯定不是牧人打的。"野猫说。

"我也这样认为。"剧作家说。

"那湖水究竟是怎么回事呀？这是不可能的嘛。"女招待说。

"所以我觉得这个结构听起来不完整嘛。关键时刻想不出什么招来就让湖水自动退下去完事，现在的读者和观众们的理解水平可不低哩。"剧作家说完后，又转过头跟野猫以商量的口吻说，"老弟，咱们是不是重新构思一下。你看这样行不行，前面部分还算紧凑，也比较完整，就保留下来了。关键是从那一枪开始。"

"前面的事我不清楚，但那一枪绝不是牧人开的。"

"所以说结尾部分需要略加修改润色嘛。"

"你们在说什么呀？嘀嘀咕咕的。"导弹有些摸不清头脑地问。

"剧情的发展应该是……"剧作家一时想不起一个适当的词，做了个曲里拐弯的手势。

"把尼古拉大门也要打开。"野猫说。

"……什么大门？"他一愣，疑惑地看着野猫，"山上还有一扇大门吗？我怎么没听说。"

"我随便说着玩咧。"野猫耸耸肩。

"你严肃点，这故事还有点意思，看能不能写成一部电视剧说不定还能挣两个钱。"

"好哇！"导弹终于明白他们要干什么，站起来说，"我不许你们随便篡改历史！"

"你吵什么。"剧作家不耐烦起来，"我看你长得就像历史，需要重新给你涂脂抹粉了。"

导弹哑口无言，重新坐下犯起呆来。

"你们在说什么呀？"野猫也糊涂了。

"你打不打算跟我合作！"剧作家一旦发起火来，在座的都惧怕他三分。他阴沉着脸看看四周都悄然无声，才又说，"那一枪是这样开始的。一个强盗，当然是很有名的……"

"他叫扬佩达基。"野猫立刻插了一句。

"扬佩达基是干什么的？"剧作家停下来问。

"就是你说的那个强盗……"

"好吧，听你的，他就叫扬佩达基，反正总得有个……"

"他当时的脸色非常……"

"嘿！我说你要再打断我的话我把杯子捏碎了塞进你嘴里……你说呀……"

"我不说了。"

剧作家呷了一口酒，一边琢磨一边说起来：强盗嘛一般都讲迷信，有很多禁忌，每个强盗都会选中某种动物做自己的保护神，他们从不伤害自己视为保护神的动物，并对它抱着极大的敬畏。那个叫扬佩达基的强盗的保护神是一种黑猫（野猫听了频频点头）。他在完成他一生中最后的夙愿——杀死他最后一名仇人——的远征途中，从一个姑娘手中救出了一只黑猫。他知道此行凶多吉少，更需要保护神寸步不离地在他身边以便能消灾除难。但是黑猫野性未泯，它需要自由，需要空气和阳光，虽然感激强盗的救命之恩却不愿总是像囚徒似的被他紧紧裹在怀里，再说强盗身上的气味一般总是很难闻的（野猫更加频频点头，其余的人不知他说到哪里去了，纷纷皱起眉头），所以当强盗经过离城市不远的山脚下时，黑猫就趁机从他怀里逃走往山上蹿。强盗此行的目的不是城市，而是一个边远荒僻的牧场，他不敢进城，那里对他来说是一张天罗地网。他更不能失去这尊保护神，所以只能一边追赶黑猫一边朝它恳求呼唤。黑猫一旦逃脱了他的禁锢变得何等灵活，三跳两蹿就爬到了山顶。强盗知道这条路，翻过这座山下面就是城市。他又愤怒又悲伤，眼看黑猫已变成一个小点马上就要从山顶上消失无踪了。这时他看见山顶上几个士兵在迅速奔跑好像是在追捕黑猫。强盗宁肯从此失去一尊保护神也不能让它落入敌人手中，他只好绝望地摘下步枪端端地瞄准，朝那即将消失的小黑点开了一枪，随着枪托的震动，他的心也震动了，这个最杰出的神枪手在他多年的土匪生涯中生平第一次失手没有击中目标，他的精神彻底垮了，从马背上滚落在地上。而那失手的一枪几乎是擦着黑猫脊背飞过，不意击灭了山顶上即将燃尽的导火索，出乎意料地救了他的命。如果山头爆炸，湖水滚滚落下，顷刻之间就会把他淹没卷走。

野猫佩服得五体投地，连声说："神了！就像你亲眼看见的一样，事情的经过就是这样。"

"干我们这一行的，你说说还有什么邪门歪道离奇古怪的故事编不出来。"剧作家不屑一顾地说。

"这哪是故事呀，这绝对是真的，丝毫不差。"

大家都笑起来，有的嘲笑他傻乎乎听得认真，也有的嘲笑他公然在众人面前对剧作家溜须拍马屁。

"串味了，这事全串味了。"导弹甩着手连连摇头叹息。

一个小伙子说："讲了半天，那湖水是从哪儿冒出来又跑到哪儿去了，这才是最可疑的部分。"

"专家们不正在研究吗?"导弹说。

还是剧作家解开了这个谜:一个精神病患者被送进了疗养院。风景很好,他可以随意在院内的小山坡上散步。医生为了帮助他恢复健康,稳定情绪,允许他摆弄一些不伤害人的小玩意。他拿了一只圆形漏斗,一根空心软皮管,一只输液吊瓶。在院里小坡上看见隆起的土堆下面有无数的蚂蚁们爬来爬去,便与蚂蚁玩起游戏来。用空心软皮管把吊瓶的瓶嘴和漏斗底端连接起来,往输液瓶里灌满了水,把漏斗插在一座土堆上,皮管埋进土里。他拿着吊瓶蹲在旁边,当瓶子的高度慢慢超过土堆上漏斗的高度,水自然就缓缓流进漏斗。接着开始观察蚂蚁们的动静,几只蚂蚁爬到漏斗边缘看了看慢慢升起的水,有几只蚂蚁慌慌张张跑下土堆钻进了蚁穴。不一会儿就开来一大队蚂蚁爬上土堆,围着漏斗边缘忙忙碌碌。他慢慢站起身子,手中的瓶子一点一点抬高,蚂蚁们窜来窜去更加忙乱。当漏斗里的水快灌满时,蚂蚁们有条不紊地从土堆撤退下来,只留下十几只蚂蚁在漏斗旁的一个窝里挤成一团,又看见几只蚂蚁跑过去又跑回来。他身体越站越直,漏斗里的水即将溢出来,土堆上的蚂蚁惊慌失措地东奔西窜。就在这时,身后有人紧张地大喝一声:"蹲下!快蹲下!"他条件反射地蹲下来。冲过来一个人夺过他手中的瓶子,小心翼翼地放在低处。这个人也是个精神病患者,他指着那漏斗和土堆下面密密麻麻的蚂蚁,用极其恐慌极其颤抖的声音说:"你——简直是个比希特勒还病态的狂人,天哪!真是惨绝人寰,你是在准备毁灭这座城市,毁灭我们人类呀!"玩游戏的人定神一看,仿佛置身于高空俯览大地,眼下果然是一座大城市,蜿蜒如蛇的公路,密密麻麻的汽车和行人,一片片房屋建筑尽收眼底。他吓得面无人色,拖着沉重的双腿费力地走回病房,想到自己差点犯下好些人所永远诅咒的罪孽,越加后怕,终日变得萎靡忧郁,没多久便悒闷而死。

导弹听了后走到剧作家面前左看右看:"嗯,越看越像,你肯定就是那个神经病家伙的转世,要不怎么记得这么清楚?"

"这样说有问题。"野猫制止导弹,"他要是精神病人,我们就真是蚂蚁了。"

"你以为你们是谁呀,你们全都是蚂蚁。"剧作家说,"我也是蚂蚁。"

一则民间故事

年轻的婆罗门牵一只祭神的山羊走在路上,被五个窃贼看见后商量要弄到这只山羊。

第一个窃贼迎面过来对年轻的婆罗门说:"哎呀,世界上居然会有婆罗门牵一只狗。"当遇到第二个窃贼时也对婆罗门说了这番话,过一会儿遇到的第三个窃贼也是这样说,婆罗门用眼睛盯住山羊继续往前走。遇到了第四个窃贼,他说完后婆罗门就仔细审视山羊,发现它的确像长山羊眼和胡子的狗。最后又遇到第五个窃贼,他说的跟前面几个说的都一样。

婆罗门心想:"这准是个夜叉,变成山羊的样子来吃我的祭品。"再一看,那山羊已完全是一条狗,他就立刻把它扔掉走了。而那五个窃贼便把山羊牵到手了。

被锁进丰田记忆中的野猫

导弹在假日酒店一间环境幽雅宁静的餐厅里安排了野猫和丰田的会面。空荡荡的餐厅除了他们三个再也没有别的客人,室内假山喷出一股股清澈的泉水,一支柔和单调的钢琴声不知从什么地方冒出来的。领班和侍者笔挺地站立在一旁随时恭候吩咐。野猫见导弹陪着他母亲走进来时,丰田脸上一点也没有激动的表示,傲慢中带有几分勉强应酬,对他微微点个头就算是打了招呼。野猫怀疑导弹在搞什么恶作剧。

丰田双鬓显出几许银发。她仪态端庄,举止和打扮很符合她如今已是政府官员的身份。三个人简短地寒暄了几句关于天气的话题后,野猫便无话可说了,懒洋洋歪靠在高背椅上。丰田则落落大方地低头吮吸着饮料。导弹见他俩一个像满不在乎的小无赖,一个像假装正经的老处女,觉得很不像话,他实在看不下去,便招呼侍者送来印着英文的菜单。导弹一边翻译介绍菜单里的内容一边帮他们点菜。侍者身上火红鲜艳的制服在野猫眼前晃来晃去,不由得想起艾勃曾对他说起过的梦想。

"你们好好谈谈吧。"导弹完成了使命,起身告辞了。

过一会,侍者送上主菜摆在桌上按照不知哪国的规矩咕哝一声:"祝你们好胃口。"

丰田由于经常周旋于各种上层交际场合,很熟练地使用着刀叉,用餐的动作表现得无可挑剔。野猫在这方面很不在行,他招手唤来一名侍者低声在他身边吩咐了句什么,侍者会意地点点头走开。不一会儿，就冒出一段轻柔如诉的钢琴曲《让我们共同回忆好时光》。丰田大约是没有什么音乐细胞的，全然没有理会。吃到一半，抬头见野猫干坐在对面望着餐桌上的蜡烛出了神，她用餐巾布轻轻沾了沾嘴唇，说："孩子，这菜也许不合你的胃口吧？"

"孩……孩子？"野猫醒过神，结结巴巴起来，"你是在问我吗？"

"听我儿子说，你们常在一起。"

"是的，我们互相挺……谈得来。"

"年轻人在一起多谈谈总是有好处的。只是，要注意思想方法，对事物不要过于偏激，你说呢？好，时间不多，咱们是不是可以开始谈了。"

"那就……谈谈吧。"

丰田见野猫有些紧张，有些不知所措，看得出是一位新手。她笑了笑说："我先介绍一下咱们商业部门的大体情况。到目前为止，我们已完成全年计划的百分之八十，可望到年底能超额完成百分之十五点六，利润也有希望比去年增长百分之五。在完成计划的同时，我们主要抓以下几个方面：第一，提高服务质量。这首先从干部职工的素质抓起，我们对基层各部门的具体领导分层次地进行多种形式的培训和学习，使他们尽快提高追踪商品信息和完善服务质量。第二，进一步加强科学管理，我们要对商品市场进行宏观控制。你知道我们这个地方还很落后人们头脑中还缺乏商品观念和价值观念所以要多渠道多层次地全面发展商品经济，要平衡好生产和消费的关系我们的资金还不十分雄厚但要想方设法使它在最有效的流通过程中发挥它的优势就能获得最大价值的利润当然需要控制通货膨胀和赤字上升在一个时期内货币超经济发行的状况给商业部门既带来某些好处也带来不少困境由于我们的商业网点分布不均商品结构不合理因而出现某些商品供不应求而另一些商品则大量滞销所以我们需要采取以下几方面的措施：第一……"

丰田一口气讲了半个多小时，讲得红光满面神采飞扬。她停顿下来喝了一口葡萄酒润了润嗓子，正期待博得对方的称赞。

"丰田呀，你可真的变成丰田了。"野猫讷讷地说。

"你这样说是什么意思？"

"你全身都散发着商品的气味，就是闻不到人的气味了。"

"在领导面前怎么能如此放肆？"丰田面有愠色。

"我们是来叙旧呢还是来听你作报告的。"

"叙旧。"丰田警觉起来，"是谁指使你来的。"

"见了面你为什么一点也不激动？"

"你到底是谁？"

"天哪！"野猫惊讶得东张西望，"她居然问我是谁。我说她怎么激动不起来。"

"你不是报社来采访我的吗？难道是我弄错了。"丰田惶惑地摸着脑门，"成天事务性活动太多，都把我搅晕了。"

"连野猫都认不出来了。"

"野猫，哪儿窜来的野猫？"她直通通地问。

"可怜哪。"野猫痛苦地捧起脑袋自言自语道，"当干部时间长了就和传统的观念实行了彻底的决裂。这个大地的女儿把自己拦腰斩断了……"

"对不起！也许我们搞误会了，我不是你要采访的那个人。"丰田起身要走。

"没有误会。丰田，"野猫说。"你为什么要隐瞒你的历史呢？"

"这么说你是组织部门派来的。"丰田重新坐下，"我的历史有什么问题吗？我可是经历过多次审查，从没向组织上隐瞒过任何事情。"

"那你为什么不把野猫放在眼里呢？"

"野猫是谁呀。"

"瞧瞧，她就是不放在眼里。"

丰田发现自己又一次弄错了，被对方莫名其妙地在要弄，她真的恼怒起来。决心拂袖而去。但是野猫知道她一定是得了健忘症，只好用花言巧语安抚她，平息她心中的怒火。他保证自己是一个跟她一样的遵纪守法的公民，绝不敢在这位善良的妇女和值得敬重的领导面前有半点不尊。他只是想帮助她回忆过去，在过去的岁月中有那么一个人或者是一只猫跟她有过一番经历，她是不该忘记的，而眼前他正是那个人，至于说到他还这么年轻那是其他方面的原因。丰田这才渐渐安静下来，感到对方并没有什么恶意的企图，明白了他的意思。这个人在她昔日生命的轨迹中跟她有过点什么关系。她揉着太阳穴想了半天，才把自己心中的苦恼通盘托了出来："先生，首先要知道，我们这一代人是跨越了几个世纪的，这是不以人们的客观意志为转移的。所以许多人并不理解包括我的儿子也不理解我们这一代人要紧紧跟上飞跃发展的时代步伐是要付出多么沉重的代价。我们的历史犹如冥冥之中充满了无数的众神，我们周围的江河山，我们眼中的一草一木都散发着神性和鬼气。芸芸众生不知该诅咒什么该膜拜什么，昏昏然然生活在梦魇中，辨不清什么是真实和虚幻，什么是现实和超验，什么是今生和来世。人生的苦难没有尽头，永远缠绕在轮回的魔圈里面。宗教的气氛笼罩着城市上空，笼罩着善良无知的百姓。你有什么办法？只有保持清醒的头脑，现实就是这样，做佛教徒难，做无神论者也难。就说我吧，经过多年教育，我已经是个唯物主义者，不讲迷信，不信鬼神，不应该让自己的精神再回到充满神灵鬼怪的过去的时间里，可是有时一觉醒来很长时间都想不起是梦中发生的事还是确实发生的事。有时在街上看见一个陌生人就能认出他就是自己曾经膜拜过的某个菩萨显现的化身，你说该不该过去跟他打招呼，很难办。电影里不是常说过去的就让它过去吧。可是偏不，又回来了，很有可能我过去跟一个叫野猫……就算是你吧……打过什么交道，你看，你不就改头换面以我儿子朋友的身份又找来了。你到底是幽灵还是什么幻影我不清楚，反正看来你是想让我交出钥匙，把我记忆库的大门打开，你也知道我这里面塞满了妖魔鬼怪的记忆，我已经把它们都锁起来了，一旦它们从里面跑出来，我这个领导还怎么当，连自己都管不住自己，你说说看。"

"噢，是这样。"野猫听了点点头说，"看来你的处境也不是很妙，听你这样一讲，我能理解你的难处了。其实我也没别的企图，只是见见面，问个好，聊聊天，如果你想知道，我还可以讲讲咱们分手后我是怎么从扬佩达基手里逃出来的。记得那个强盗吧？当时你给了我一刀，我也在你身上……好，好，不谈过去。就让我作你儿子的朋友好了，过去的野猫就让他见鬼去吧，不过他总是一个存在物。我知道你的时间很宝贵，咱们今天就谈到这里？"

丰田看看手表，点头表示同意。风度翩翩站起来，姿势优雅地扬起手臂："见到你真高兴，欢迎你常来我家玩。我很愿意你和我儿子做好朋友。"

"谢谢你的款待。"野猫也不失风度地轻轻握握她的手，想起什么来，"我还忘了转告，艾勃向你问好。"

"艾勃他还活着！"丰田睁大眼睛惊呼一声。

"反正就那么活着。"

"快！快带我去见他！"她失去控制抓住野猫的肩膀摇晃。

"我不知道他住哪儿，我发誓真的不知道，他不告诉我。如果你一定要见他，也许我能帮你找找看。"

"艾勃！哦，艾勃！"丰田眼中滚出激动的泪花一遍遍温柔地轻唤。对野猫恳求道，"孩子，你一定要找到他。求求你……你不知道这么多年我一直……多么想念他。"

"好的好的，"他拍拍她的手背，"我一定尽力。"

"不管他在什么地方，一有消息就打电话告诉我。"

"一有消息就告诉你。"

"一定！"

"一定。"

"我等你的消息。"

"等我的消息。"

"谢谢你了。那么，再见！"

"再见，丰田。"野猫抱着最后一丝希望说。"现在你该想起我是谁了吧？"

"很抱歉，我还是没想起来，但我相信你是个好孩子。"丰田苦笑着摇摇头，挥了下手走了。

这个娘儿们，说什么都不愿回想过去啦，把妖魔鬼怪都锁起来啦。一谈起艾勃这妖怪眨眼间就想起了，跳得这么高，可是凭什么偏偏把我给忘了。都一把年纪了好像还怕我要娶她似的。连她儿子都不如，导弹怎么说人家还相信我跟他讲的那些事。他还嫌我那时觉悟不高，够高的了，在一起流窜的时候跟丰田什么事也没发生过，现在有谁能做到？野猫很沮丧，他感到十分不公平。

夜深人静的广场亮着几排橘红色的路灯，周围的一切都沉睡了。

野猫漫步在广场上,听自己笃笃的脚步声像是紧紧尾随在身后的一只捣蛋的精灵敲磕出来的。广场的静谧犹如一个漫无边际的梦,把他轻飘飘地托浮在一片虚幻中,夜的声音传来一阵嘤嘤的饮泣,从含混不清的呓语过渡到沉重的叹息,然后戛然而止。广场的东南角有一尊高大的白色佛瓮,在深夜还飘散着淡淡的青烟,灶膛里还亮着微暗的火光。从底部的方口出渣孔里传来小动物般急促的尖叫,野猫随即看见一团白色的东西从里面滚爬出来。一个七八岁的乞丐儿,满身满脸沾裹着白色的灰烬,他藏在里面的灰堆上借着灶膛的余热取暖睡觉,从上面掉下来的炭火烧在他单薄的破衣上把他烫醒了。他钻出来后脱下衣服在地上拍打,迸出的火星四下飞溅,他嘴里咿哩呜噜抽着冷气,勾过手抚摩背上被烫伤的皮肤。他伤口一定被烫得火辣辣,倒下身体脊背贴压在冰凉的地上来回滚了几下,爬起来后从出渣口里抓一把灶灰冲上面唾了几星唾沫,调成稠糊状当药膏似的往背后抹了起来,然后重新套上烧出个大洞的破衣服,有几分胆怯地朝出渣孔里看了看,再次钻了进去。

野猫怀着怜悯之心走过去,蹲在外面向里喊话:"出来吧。孩子,别睡在里面了。"

里面没动静。

"孩子,里面危险。"

"老兄,这儿挤不下了,你走吧。"乞丐儿在里面闷声闷气地说。

"你出不出来。"

"滚开!这是老子的地盘。"

"你小小年纪就成了霸权主义。"

"喂,你深夜非法闯入民宅,我可要打电话喊警察了。"里面传来警告。

"你敢威胁我。我非把你弄出来不可。我不能让你背上结出一串葡萄来。"

他脑袋刚挨近黑洞,里面飞撒出一把白灰蒙盖了他一脸。他被呛得猛咳了一阵,随即跪下身去,伸进一只手往洞里乱摸乱掏,骂骂咧咧要把这可怜的小东西揪出来。他抓住了孩子的衣服正要往外拉。忽然"哇呀——"的一声痛叫,整条胳膊颤抖地缩了出来,手腕上被咬出了血。他又恼又恨,简直拿这个赖在里面不出来的小孩没一点办法,只好站在外面咆哮了一阵后悻悻离开。

他离开广场,慢悠悠朝通宵营业的"夜光杯"酒吧店走去。路边孤零零地站着一只放生羊,它大约也在深夜中感到寂寞,看见了野猫便朝他走来。也许它很清楚自己耳朵上系了根红布条因而在这个宗教的人世间比那些没有系红布条被集体关在圈里的同类占有更加优越的地位,所以即使在孤独之中它也仍然带着自命不凡的神气,神气得像是要变成羊精,像是要跟人类进行对话。"嗨宝贝,这么晚了还像妓女似的荡来荡去。"野猫咕噜地说了一句。这畜生便扭动起浑圆的身体跟在野猫身后,不时伸出舌头舔舔他的手掌,舔得他心里痒酥酥的,他缩回手说:"走吧走吧,别跟着我了。"它四蹄钉在地上,野猫抬它不动,只好用拳头在它屁股上擂了两下。放生羊嗲声嗲气叫了几声,用鄙夷的眼光瞪了野猫一眼傲慢地离开了。

野猫浑身一哆嗦:瞧它那样,没准这家伙以前还真是个妓女,变了畜生还想勾引男人,罪孽深重!罪孽深重!

导弹照例还坐在里面。剧作家在给一个女招待看手相。还有几个男人围坐在一起像是谈生意。酒吧里灯光幽暗怪诞,不仅使人的肤色染成酱紫色,连人的面目在这种灯光下也变得有些走样,显得神秘和陌生,个个都像是梦幻中浮现出来的人。当野猫掀开红色金丝绒门帘进来时，导弹眯起眼瞅了半天才认出他。

"你说这家伙进来是打劫钱财的还是来参加化装舞会的？"导弹盯着野猫，向偎在他身边的一个女招待说，"虽然他看起来不算凶险，但我怀疑他是带了枪的。反正我是没有几块钱。"

伏在高高的酒吧柜台上打瞌睡的领班懵懵懂懂抓起藏在柜台下的电话准备悄悄报警。

野猫从墙壁的镜子里才看见自己脸上蒙满了白灰确实有几分强盗嘴脸。他径直到里面厨房里洗了把脸，出来坐在导弹对面。女招待已为他端来了一杯威士忌，他用酒往被咬伤的手腕上浇了一点，看了看伤口："还算没把皮给咬下一块来。"

"遇见饿鬼了，连人肉都馋？"导弹问。

"一个屁大的乞丐儿，都懂得搬出法律来保护他的私宅不受侵犯。"

"他也许真的会去控告你。"

"我只是想……帮助他。"野猫有些忐忑不安，"他咬我。"

"正当防卫。"

"你想为他当律师把我关起来？"

"我没那本事。喂，你们谈得怎么样？我一直在等消息。"见野猫脸色十分难看，导弹叹息道，"唉，谈崩了。"

"你当我在谈恋爱哪。"

"你们不是……老情人见面吗？"

"她说她记不起我来了。"

"这有可能。"

"为什么？"

"你也许就是一个超级骗子，只是想让她帮你买台彩电冰箱什么的。"

"可是我一提起艾勃她马上就有反应,而且还……挺动情的。"

"你怎么知道她过去跟艾勃也好过呢?"

"所以我并不是个超级骗子。"

"那你一定是个智者,我们的祖先曾赋予一切伟大的智者们的肉体和灵魂有随意超越时空的自由。你也许就是那一类人。"

"我也不是智者。"

导弹盯住野猫看了半天,笑着说:"噢!原来你是个装人变猫的怪物。这样一来很多问题就能解释清楚了。"

这时,门帘掀开。桑塔纳后面跟着两个小伙子走进来,桑塔纳一见导弹就要哭哭啼啼。两个保镖似的小伙子都是司机模样,一高一矮长得很壮实。

"麻烦事又来了。"导弹皱起眉头对野猫说,"这些女孩就是不自觉。"

"就是他!"桑塔纳指着导弹对身后的人委屈地说,"他不要我了。"

两人走过去,高个儿拍拍导弹的肩膀:"伙计,嫌我们桑塔纳不好,玩两天就把人家给淘汰了?"

"你们是她的朋友?"导弹问。

"我们还没那资格配做她的朋友。我们是修理工。"矮个儿说。

"我爱怎么就怎么,你们管什么闲事。她——真是,毛病多。"

高个儿说:"有点毛病找人修理一下嘛,又不是什么大不了的事,我们就是干这一行的。你动了嘴皮,咱们说什么也得争口气。"

矮个儿说:"听说你在外面喝过几碗洋酒,就那么崇洋媚外?就那么瞧不起我们国产货?"

"听听,桑塔纳——国产货?"导弹感到不可思议地对野猫说。

"是的。我问过她,她承认是国产的。"野猫点点头说。

"瞧瞧这些道。"导弹激动地站起身挥动双手说,"人都变得没了个人样，全他妈都物化了。"

"物化是什么？"矮个儿问高个儿。

"这家伙小看咱们没文化，用些高深莫测的词来侮辱我们。老子让你尝尝咱们工人阶级的铁拳！"

说完导弹就被一拳打得贴在墙壁上，他手中的杯子朝高个儿脸上砸开了花。一场混战开始了，野猫紧紧捂住自己的半杯酒说什么也舍不得让人夺去当武器。一时间桌椅掀翻，杯瓶乱飞，到处是叫骂声。领班的悄悄拨动了柜台下的电话报了警。没过几分钟，外面传来尖厉的警车声，冲进几个警察，见导弹满脸血污倒举起一只残破的空酒瓶疯疯癫癫还在挥舞，估计他是一个恶劣分子，掏出电棍照他脸戳去。他全身弹跳起来，接着瘫软倒在地上，转眼之间导弹已双手戴了手铐被架了出去。最后一名警察夺过野猫手中的半杯威士忌一口喝干后，放下杯子追赶了出去。

第二天，野猫去警察局替导弹如数交了罚金，值班的警察带他去释放导弹。开了拘留室的门，里面空无一人。值班警察又带他找到昨晚值夜勤的那几个警察，他们住在单身宿舍里还没起床，他们蒙蒙眬眬也想不起导弹被关在哪里。"哟，想起来了。"一个警察说，"那家伙态度不老实，就把他给铐在后院，一直就忘了。"他们又来到后院，导弹双手紧紧环抱着一棵粗大的老榆树，整个身体和脸上的鼻子眼睛贴在粗糙的树皮上，没法动弹半分。他就这样站立着整整被铐了一夜也算受尽了皮肉之苦。值班警察打开手铐后他身体已经僵硬，仰面倒在地上四肢还直直蹬在空中，瞪着眼睛说不出一句来，野猫像扛一张四条腿的桌子似的把他扛出了院，在街上叫了一辆三轮车拉回了家。

从此以后导弹神经受了刺激。每当出去跟姑娘们幽会，一旦进入拥抱接吻的状态，他就突然发现自己抱着粗大的树干，满嘴啃着苦涩坚硬的树皮，立刻发出痉挛的尖叫，情欲像汹涌的退潮骤然消失，弄得人家很痛苦。几番下来，那些跟他要好的女孩子们一个个都跟他断绝了交往。他开始变得精神压抑，脾气越来越坏。丰田和野猫一有空就陪伴着他，想尽各种办法使他开心。替他找医生四处求方买药吃了也无济于事。后来野猫从一个专家那里打听到适当地吸一点海洛因会克服约会时出现的精神障碍，他便在黑市上搞到一点让导弹试试。导弹一试就成功了，第二天早上回来后精神焕发。丰田得知儿子精神好转自然也很高兴，母子俩十分感谢野猫，设了顿丰盛的家宴表示一番心意。丰田对这位来路不明但可能跟自己早年生活中有点什么关系的年轻人也越加有了好感，表示愿意在适当的时候把他回忆起来。尽管野猫时常告诫和提醒导弹，他还是渐渐染上了毒瘾。野猫气得骂过他揍过他，没用。导弹在每过一次瘾之前总要认真地研究一番马克思的学说，并且做了大量笔记，然后进入了幻觉就开始与马克思探讨一些问题，常常争辩得还很激烈。野猫还从没见过像导弹这样极其崇拜马克思的年轻人，并且常常固执地坚持自己的观点不肯轻易让步。那些命题对野猫来说是无比的深奥难懂，不由得暗暗佩服导弹的才华。他看见导弹幻觉消失后显得筋疲力尽，仿佛每一次他坚持的观点都被马克思成功地说服而放弃了。丰田知道儿子上了瘾后，像所有善良正直的母亲一样，她感到痛心疾首，又无可奈何。她责怪起野猫当初不该想出这个馊点子把儿子推进了不可救药的深渊。野猫有口难辩，承认自己干了一件蠢事，但这一切还不是没法补救，他和丰田商量建议把导弹送往戒毒中心治疗。丰田来到儿子的房间，见他一副萎靡不振的样子，又气恼又心疼，威胁说再这样下去她只好叫警察了。

"叫什么警察嘛。"导弹不耐烦地说，"妈妈你们以前过足了瘾，现在也得让我们体验一下嘛，到头来你能戒我也能戒。"

"我什么时候吸过它呀。我们那个时候根本还没听说过这种东西。"

"'宗教是人民的鸦片'，你们吸了一千多年了到现在还没完没了。你不是当初也做过小小的宗教领袖吗？"

"谁说的？"

"野猫。"

"喂！"野猫担心丰田知道他在她儿子面前提起过去的事会变得愤怒，打断了他们的话，"关于宗教和鸦片的问题，听说现在这种提法有些不妥。马克思的意思是……"

"你们没有资格跟我解释马克思，我是这方面的权威。"导弹说。

"呸，你不配！"共产党员丰田大义凛然说完后转身狠狠带上门，又推开门对野猫用平静的口气说，"孩子，如果你不能对我儿子有什么帮助，就请你离开他，回到你父亲那儿去吧。他一定很需要你。"

"唉！这么说你知道我是谁了。"野猫惊奇地说。

"不，我只知道你的父亲。"

"他长得什么模样？"

"一头老猫。"

"这就对了，他比谁都老。"

"我说的话请你考虑一下。我有你父亲的住址和电话号码。我不希望以不愉快的方式通知你的父亲。"

"原来是这样。丰田，你别把我交给我父亲，我并不想……这是一个复杂的问题。对我来说，包括对你……这里有历史的、现实的、梦幻的、想象的……等等一系列……比方说生存空间也许应该有第四维、第五维甚至更多维层次的空间。这样必然将涉及到事物的结构方法……和观念意识……以及对于有形和……无形世界的把握……"

丰田听不懂他在胡诌些什么，大约连野猫自己都不知道自己在胡诌些什么。但是丰田隐隐看见她生命河流中的某一个风雨之夜，在古堡废墟的地下室里和她的情人缠缠绻绻时，一个令人生厌的幽灵的声音在黑暗中喋喋不休。难道她手中砸过去的铜灯盏随着脆响和飞迸的火星使那个幽灵从此在她灵魂的某个角落永远地占据了一个位置？她似醒似梦，恍恍惚惚像个梦游者一样轻飘飘地走了出去。

"该死的，她破坏了我的幻觉。"导弹看看表，忧伤地说，"又错过了会面时间。他老人家《一八七四年经济学手稿》中的许多问题我还没弄清楚。"他有些精神不正常地自言自语，"这个可怜的女人。我发现了一个秘密，她是跟一个木匠乱搞时把我搞出来的。我是通过《戴尼提》①发现这件事的。"

丰田的简历：牧羊女——尼姑，瑜伽母——流浪到城里——朝圣，向游客兜售廉价的古玩和纪念品——自己经营了一个卖旅游纪念品的小摊点——因偷税漏税被重罚而倒闭。跟一个相好的木匠生了个儿子——与一位小职员结婚——在一家国营商场当售货员——任柜台小组组长、营业部主任、调机关任供应科科长——入党。在党校学习（她儿子导弹武断地认为她没通读过《共产党宣言》，这不符合事实，只是由于她文化水平所限而未能理解得很透彻。比方说开篇的第一句话："一个幽灵在欧洲大地徘徊"，她总是下意识地将"幽灵"与魔鬼的幻影交织在脑海中。）——毕业后提升为副所长——过两年就准备退休。

---

① 戴尼提：DLANETICS，西方盛行的一种自我心理调节技术。

一个结尾

笔直的公路通向一座军营，周围是绿茵茵的草地，附近有茂密的树林，夏天的时候许多人来这里郊游。离军营不远的公路边，一群男女工人在干活，他们嘻嘻哈哈，打情骂俏，他们唱着歌干一阵活就要停下来歇息，熬着茶吃点东西，又闲聊很久，工程进展得很缓慢。饮食服务部门准备在此修建一座麦克唐纳快餐店，这个想法不坏，不管是郊游的年轻人还是军营里的军官士兵都将成为快餐店里最好的顾主。

卫兵背着自动步枪在军营外的水泥墙下来回踱步。公路这边干活的姑娘跟他开着挑逗的玩笑，他听不懂她们的语言，也就不予理睬只是偶尔朝那边乜视一眼。

黄昏的太阳在西边的天空放射出灿烂巨大的玫瑰色光焰，大地被抹染得一片绚丽金黄。

这个时候，正在挖沟准备铺设下水管道的工人们，把艾勃从地层下面挖了出来。

艾勃骨瘦如柴，近乎赤身裸体，浑身上下，只挂着几缕腐烂的布条，蓬乱的头发和胡子粘连在一起，像是从博物馆里跑出来的野人标本。猛然间重见天日使他的双目一时看不清周围的景象，他对被工人们抬到草地上感到很气愤，坚持要回到地下。几个年轻人跳下坑穴举起双手挡住他。

"大叔,这可不行,你再钻进去我们就没法工作了。"

"他是谁呀?"有人问。

"大概是个瑜伽师。"有人猜测。

他们劝说艾勃:"就算你再藏在里面,过些日子这里成了餐馆,上面成天人来人往吵吵闹闹,你在底下待着也烦呀。"

"你们是怎么搞的。"艾勃说,"这么多空地往哪儿挖不行,偏偏把我给挖出来。"

"大叔您看不见哪,周围就这么一小块空地,到处都盖满了房子。"他们说。

"我记得这远远近近一大片都是荒草滩呀。"艾勃说。

"大叔,您一定在下面修炼得有些年头了。"

艾勃问现在是哪一年,他们告诉他。他掐起指头算了算:"唉,三十多年了。"

众人喝彩。

工人们嫌他身上奇臭,给他指了市区的方向,就下班离去了。

艾勃抱着双肩,一个人被撇在草地上。远处的卫兵幽幽地看他一眼。他不觉一阵怅惘,自言自语道:"唉,说出来就出来了,这算是怎么一回事?"

草地上有一只黑猫,不慌不忙走过来高高地竖立起尾巴,对他叫唤几声。两只金色的瞳孔闪动着奇异的光芒。艾勃从这只黑猫的眼睛里看出它极有灵性,从它的声音里领悟出它要告诉他许多事情,它要带他去一个地方,那里有个什么人正在等待他。

艾勃迈起蹒跚的脚步,信赖地跟在黑猫后面走上了公路。

士兵对草地上发生的一幕反应冷漠,像是不感兴趣,他仍然孤零零地在水泥墙下来回踱步。

天色将晚,暮色朦胧。军营的广播里响起军人们熟悉的歌曲《十五的月亮》,带着凄楚缠绵的中原韵味。卫兵仰望夜空,开始怀念起遥远的故乡。

地　脂

认识索加的人问："索加，你干吗像金刚菩萨一样老站在这儿？"索加听了笑笑，照样靠在门框上。这扇门很古老了，镶十字形花纹的铜皮卷起了残边，门上干裂粗糙的沟纹像老人的脸。刻着小方块深凹的菱形图案的门框边磨出了乌亮的光泽。从低矮昏暗的隧道走过去，里面是一个居民院，有十几户人家。索加在院门前站了很久。他不知道自己在这个位置上站了有多长时间，记得三岁时就站在这里，那时父母是一对活宝，常常到晚上撇下他去朋友家喝酒，直到深夜才回来，那时他站在院门口等他们。天长日久，索加发现脚下这块古老厚实的花岗岩石块被他踩出了一个光滑的圆坑。邻居家的姑娘有时也懒散地在院门口站站，跟索加有一句没一句地闲聊。他不喜欢她们，也许从小就在一个院里长大彼此太熟悉，从她们身上再也寻找不出一点激动人心的秘密。她们很善良，也很尊重他，可能是因为他有一辆崭新的本田——145型摩托车，虽然她们中间还没有一个人被他带出去兜过风。

"皈依呀——"这个声音每隔一阵就在宁静的院里响起来，像是一个梦魇者发出的沉重叹息。这是住在楼上一位疯疯癫癫的老太婆的喊叫，她是一个还俗的尼姑，至今还是一名狂热的信徒，据说她的疯癫是因为对宗教的过分狂热，每当遇到宗教节日或集会她的病情就会加重。她是一个怪人，索加的朋友桑杰说，他每次来都害怕听见这声音，他说他神经受不了，索加细细一想，周围那些平淡无奇的邻居中有不少都是怪人。住在楼梯边的一位小伙子是个暴力狂，无休止地跟人打架，脸都被打歪变了形，不知在医院急诊室和公安局的拘留所里进出过多少次，这两个地方的工作人员都成了他的老朋友。还有形形色色的舞迷、酒鬼、赌徒、预言家，还有一个在粮库里做搬运工的女人，每年的四月十号她的前夫都要来她家住上几天，据说是互相重温旧梦，她现在的丈夫便毫无怨言地搬到单位住几天。还有一个跟索加相好过的姑娘在别人家的婚礼上跳舞，由于过分猖狂，被舞伴搂着从房间里旋转出来一直转到没有围栏的过道上，然后双双从三楼摔下来，男的被摔成严重脑震荡一年多还没清醒过来。她摔断了一条腿，从医院拄着一根拐杖出来后每过两天还要到群艺馆的舞会上去，孤零零坐在一边再也没人邀请她。还有索加的朋友桑杰是一个写作狂，像中了魔似的迷上小说，却从来不被发表，他毫不气馁地向内地几家有名的青年文学刊物上投稿，收到的退稿信上除了编辑对他作为一个少数民族青年能够运用流畅的汉文写作表示赞赏和钦佩外，照例是概不采用。他大概写疯了，连班也不去上，后来因精力不集中在单位上班时出了一个严重的事故后被开除了工作，到现在成了穷途潦倒的待业青年。索加跟他一样虽然也没工作，但凭着他天生会经商的本事单枪匹马地一个人做生意，并且常常是神不知鬼不觉做各种危险的交易，他很想在经济上帮助一下桑杰,但是艺术家通常的一钱不值的清高和自尊使桑杰傲慢地拒绝了朋友的援助。他需要的是被人理解,所以常常揣着被退回的小说在索加面前发一通牢骚:"你猜猜这位老兄提的什么意思。呵,猜不出来吧,你听:'……只是,个别细节和词句写得不太文雅①。'啃他妈的尸,我敢打赌这家伙生来没长屁股,所以从没见过厕所里面是什么样的。"

"行呵桑杰,哪天我开车带你去找那伙计,用锥子在他屁股上戳出个眼来。可是,你写厕所干什么?"

"你先听我读完再说。"

索加对小说没有鉴赏能力,不知道桑杰写得如何,听起来很难让人激动,也往往听不明白,但他每次都竖起耳朵听他朗读。为了表示自己是一位认真的听众,有时还打断他的朗读提出一些疑问。桑杰不满意地瞪他一眼说:"你小子根本不懂得艺术。"索加只好乖乖闭上嘴听他胡说八道。

"……跳蚤们手舞足蹈地狂笑,一齐张开了血盆大口……"

"等等!"索加忍不住了再次打断他,"你说……跳蚤怎么能张开血盆大口,是野猪吧?再说,你见过跳蚤先生的笑容吗?"

"这是美国跳蚤。呵,记住,是美国货。你刚才没听我在读,前面不是说了吗,它们全躲在那位尖下巴的美国佬奥端的领子缝里。"

"哦——"他闭上眼点点头,"我猜得用放大镜才能看清它们是怎么笑的。"

"是这样笑的。"桑杰露出一副龇牙咧嘴的狞笑。

"这模样肯定是跳蚤它爷爷的笑脸。"

---

① 拉萨人的藏语中经常夹杂汉语,异体字为小说人物讲的汉语。下同。

"你还打不打算听我读下去？"

"当然。向你保证我会管好自己的嘴巴。"索加像个老实的小学生闭上嘴听桑杰继续往下读。

桑杰停住笔，提起桌边的一只热水瓶倒了一杯甜茶。他对自己正进行的这篇名叫《巴廊人》系列之一的短篇小说开头不太满意。他烦躁地拍打脑门，没想到一开头就稀里糊涂地把自己也写进去了，并且把自己写得那么窝囊，他可不想写自己，自从最后一次被发电厂开除公职后，日子过得倒也清闲，不必每天一大早起床蹬自行车去上班，当然每月八号邻居家的年轻人兴高采烈地领回一份工资也没他的份了。只好把自己关在牢房般黑暗的房里写小说。一只苍蝇像个窥视者在他头上盘旋，嗡嗡的声音像是在读着他乏味的小说。他趴在低矮的方桌上，用一支很短的铅笔写初稿，拇指和食指夹着笔头看起来就像捏一把镊子在纸上捉小虫，这是藏族人传统的握笔方式。他像用功的小学生全身趴在纸上，歪着脑袋，吐出一团舌尖，鼻子眼里发出拉风箱般沉重粗浊的声音，鼻尖上垂悬着一滴汗珠，每当汗珠正要滴落在纸上的一瞬间就被他抬起胳膊无意识地一把抹去。

他抬起眼皮幽幽地盯着索加走进来，就像盯住了一个蹑手蹑脚的小偷。

"伙计，你知道什么叫横向参照吗？"他仰起脖子粗声粗气地问。

"是干什么的？"

"想知道吗？"

"好的。"索加站在他面前。

"我也不知道。"他直起身子，"别冒充硬汉子形象站在我面前，坐下，你这个小白脸。大概是这么回事，我看了一本美国黑人作家写的小说，他写的是美国个有……等等。"他翻了翻桌旁一个破塑料本，

"美国纽约曼哈顿哈莱姆黑人区,就是这个地方,我看出了那儿有我们巴廓的影子,这就叫横向参照。懂吗?"

"那儿也有珠拉康一样的寺庙吗?也有转经的人吗?"索加很感兴趣地掏掏耳朵问。

"不是一回事。我说这影子是一种……内在的,一种……本质的,一种……我他妈也说不清,反正是那么回事。你没去过美国,你是个傻瓜,我也没去过美国,可我凭直觉。"

"啧啧!"索加露出了惊叹和钦佩,"你真——是个智者,是个了不起的超人。"

"我是个被开除了三次的待业青年,是个除了拉萨哪儿也没去过连火车和轮船也没见过的笨蛋。"桑杰一想到这点便心烦意乱地嚷嚷起来。

"可你还是个智者。你想呵,你没去过的地方凭着……凭着,你刚才说的凭什么?"

"呵,直觉。"

"凭直觉就能去。"

"不是去,是感受。"

"我什么也感受也没有,只是今天很难受。我感冒了,瞧,鼻头很红。"

"你的感冒多半是跟姑娘们亲嘴传染上的。"

"你也这样感冒一回吧,值得。"

"你感冒了就跑我这儿来炫耀吗?你以为我就嫉妒了吗?你还在学英语吗?"

"在学。"

"做生意的,用手指伸进别人的袖筒里捏捏指头[1],老一辈就是这么赚钱的,你学英语还想跟外国人搞什么合同吗?"

"我打算,搞一个什么……"索加吞吞吐吐地说,"我说不清该叫个什么……"

"地下夜总会。"桑杰尖刻地说。

"那是做什么的?"他狐疑地问。

"跳光屁股舞的地方。"

"不!我不喜欢光屁股,我是正派青年。对,我的意思是,支持那些自学成才又没工作的青年,帮助他们解决生活上的困难……"

"自学成才青年基金会。"桑杰不假思索飞快地替他想出一个名称。

"那又是个做什么的?"索加警觉起来。

"这就是你说的意思,给那些青年创造条件。"

"那恐怕就是这个意思。"

"这主意不错。"桑杰听了感到兴奋起来,摩拳擦掌在屋里转来转去,"这样,我每月就可以得到一笔补助,我现在连上甜茶馆的钱都掏不出来了。基金会搞起来后,我每月能得多少?"他关切地问。

"你要多少你尽管说,我每次一说要给你……"

"你当我是要饭的乞丐吗?"桑杰气愤地喊道,"我是问基金会能补助我多少,我绝不会接受你的施舍。"

"可是……基金会是我搞的,还不是一回事。"他结结巴巴小声说。

"这跟你有什么有关系?那是一个组织,你是个人,这他妈是两回事。"

"是吗?"他痛苦地摇摇脑袋,他被弄糊涂了。

---

[1] 藏族人做交易时,互相在袖筒里捏捏指头表示讲价钱,不让旁观者知道。

桑杰又缠住他要读自己的小说，索加有点不耐烦了，他说："你干吗不写写我呢？你写了这么多的人也没把我写进去。你总是写没影的事。你可以在我身上大做文章。"

"不是文章，是写小说。"

"哦，小说，卖不出去的小说。"

"是发不出去，不像你卖臭羊毛那么容易。"

"我刚卖完一批，生意还不错。"

"想起来了。听说你最近跟一个外国娘儿们在鬼混。"桑杰低下眉梢盯住他，有点幸灾乐祸地说，"投降吧！这可是我的一个邻居看见的。"

"你是说，我跟丹妮丝？"索加掏掏耳朵天真地问。

"她当然不会叫卓玛、央宗、德吉、拉姆①。她是哪国人？"

"美国人。"

"你真——行啊。"桑杰一听羡慕得直咂嘴。他在一位文学老师的指导下迷上了美国小说，崇拜起美国作家，"可我就是碰不上一个美国人，外国人长得全是一个模样。在大街上遇到他们，一问，是英国人，一问，是意大利人，再一问，没听说过这个国家。好不容易见一位老兄帽子上写着 USA，上前一句，是他妈的新疆人。"

"你老想找美国人干什么？"

"聊聊呀，他们对黑人是怎么看的，那些丑陋的黑人兄弟？"

"那你问丹妮丝好了。"

"她怎么样，漂亮吗？"

"你只想问这个？"

---

① 卓玛、央宗、德吉、拉姆：均为藏族女性名字。

"我主要想问……她是哪个州的，田纳西州？宾夕法尼亚州？密执安州？阿拉斯加州？佛罗里达……"桑杰一口气炫耀般地说出美国十几个州的地名，他是个认不出谁是美国人的美国通。

"她是在拉萨教英语的。"

"我还以为你是在跟从印度回来的一位藏族老先生学英语呢。"

"桑杰，最近我发现，我经常站在我们院的大门口，不知什么时候把大门地上的那块石头站出一个坑。"索加才想起他来这里要告诉桑杰的正是这个。

"那又怎么样？"桑杰诡秘地眨眨眼问道。

"不怎么样，我只是想起来了随便说说。这是怎么回事？"

"是呀，我正要问你，你干别的什么不行，干吗非要把那地方站出个坑来。伙计，说明你太空虚了。"

"我是说，"索加试图解释，"这也不是件容易的事，我觉得我还有两下子，还有点功夫。"

"要是我乐意的话，我还可以把你写成一个傻瓜，成天站在大门口脑袋是空的。"桑杰得意地说。

"那么，你是打算要写我了。我还以为你从来没把我放在眼里呢。"他舔舔嘴唇笑起来。

"你本来就是我笔下的主人公，我早把你创造出来了，你还不明白吗？要不你怎么会来我这儿。不明白？我赋予了你的灵魂……和意志，你干的一切都是我写出来的。只是……你现在还没定型，我不知道该把你写成一个优秀分子还是堕落的青年……"

"我肯定是优秀的，菩萨可以做证。"索加急忙声辩。

"这由不得你。"桑杰低下头沉思，"当然，人物一旦变得有血有肉，有性格，他就会摆脱作家的控制，作家只好跟随他的性格发展去完成对他的塑造。写作教科书上是这么说的。现在,你还控制在我的手里,我知道该怎么写你。刚才我们之间的对话,我觉得写得还不错。想想吧,你为什么来到这个世界上?"

索加愣愣地望着他暗自想道:这家伙有点疯了,一定是有点疯了。他把我当成了他小说里的什么人了,这样下去连他自己是谁都会认不出来的。

"要是我朝你鼻子揍上一拳你会怎么样?"索加忽然问道。

"你……你敢!"桑杰吓得后退一步,"我是在写你,你没权利这样对待创造你的作家。"

"我现在还不想。"

"你别惹我生气。"桑杰警告他,"我是什么恐怖的场面都能写得出来。要是你哪天把我惹火了,我可能会控制不住自己的笔把你打发到天葬场去。"

"那你现在打算让我干什么?"

"你打算干什么?"

"我想我最好回家去。"他看看表,"一会儿该去学英语了。是这样的吧。"

"跟丹妮丝约会的时间到了。"桑杰怪声怪气地说,"演出开始了。"

"你不想跟丹妮丝聊聊美国吗?"

"请转告她。"他一字一句狠狠地说,"桑杰我根本就不想认识她。"

他立刻为这句话感到后悔。

"好的。"索加想了想,"我转告她,一个她从来没听说过的小伙子根本不想认识她。"

"卖国贼,滚!"桑杰气愤得大叫一声,从床边抽出一只破皮鞋朝他扔去。

"是啰，我滚！"索加飞快地逃出门外。

天空阴沉，下起小雨，空气中透出新鲜的愁闷感。城市居民屋顶上冒起了淡蓝色的炊烟和巷口边弥漫的宗教的香火潮湿缓慢升起后又被凝重的空气压下来四处飘散。野狗们闷闷不乐地在屋檐和墙根下避雨，小巷两旁漆着黑色方框的窗户里亮了电灯，从收音机里播出软绵绵的印度音乐。这样的天气叫人变得像爱打瞌睡的小猫，很想钻进被窝里舒舒服服睡上一觉。索加双手插在裤兜里，叼着一支香烟无精打采地走在泥泞的巷道里。桑杰这样下去会像楼上那个不停地怪叫着"皈依呀"的老太婆，变得疯疯癫癫起来。他说我是他写出来的一个人物的时候那口气一点也不带开玩笑的，两人经常开玩笑心里都明白，他说这话可是十分认真。索加忽然有一个摆脱不掉的念头：也许他真是像桑杰说的是被他创造出来的。"想想吧，你为什么来到这个世上。"桑杰十分严肃地问他，他从来没想过这个问题，爸爸妈妈睡在一起就把我弄出来了。如果这也是桑杰编出来的那我可说不清楚我为什么来到这个世上了。也许真是这样了。可是他又不知道丹妮丝是谁，这可怪了。那么桑杰又是谁创造出来的，还有这么多的人这个巴廓……这样说来……索加坠入一团昏昏沉沉的糊涂之中。

桑杰写到索加回家路上陷入了深深的迷惘和那副沮丧的样子，心里产生一种恶作剧后的满足感。他走到门口把那只破皮鞋捡了回来。屋里光线昏暗，又没有电，他没法再写下去了。翻遍了衣兜找出了几角钱，去了隔壁一家甜茶馆。里面的人已经不多，有几个正离开座位匆匆离去。他让倒茶的姑娘打开录音机，放起了一盘有关爱情的音乐。望着铅灰色的天空，伴随淅淅沥沥的雨声，微凉的风吹过麻木的面颊，陶醉在似睡非睡慵倦的蒙眬中，涌现出缠绵不绝的遐想。他后悔不该气冲冲地把索加赶走，他俩好久没坐在一块喝茶了。该问问他最近的生意，提醒他别在黑道上走得太深，顺便也诉说一点自己的苦衷，当然还得问问他跟那个美国姑娘的事情。他本来只是对索加瞎咋呼，没想到还真有这回事，桑杰给自己惹出了麻烦，他无论如何也没本事写出一个藏族小伙子和美国姑娘的故事来。他真后悔不该拒绝索加邀请他一起去见见丹妮丝，他还从来没跟一个真正的美国人交谈过哪。不过桑杰能想象出索加在那个美国姑娘面前那副萎靡不振的样子，他太会装模作样了，并且是个搞恶作剧的行家。丹妮丝……桑杰很快想象出她的模样，她不是30年代好莱坞的美人，是一位普通健壮的姑娘，走在大街上也不引人注目。男主人公不是英雄，女主人公不是美人，故事虽然很平淡，但桑杰还是怀着跃跃欲试的心情提笔写起他俩的故事来。

跟索加站在院门口聊了会儿天的姑娘伸了个懒腰，嘟噜地抱怨这样的天气还不如回家睡觉，她半开玩笑地问索加愿意跟她一块睡觉吗？索加遗憾地告诉她，两天前他去色拉寺找一个喇嘛打了一卦，这一个月内他不能搞女人，否则邪气会侵袭骨髓。姑娘知道他在瞎编，捣捣他腰，没趣地离开了。

"儿子，吃饼子吗？刚烤出炉。"母亲朝他喊道。

"不，我不饿。"他头也没回。

"你在等谁，等旺堆吗？"

"没。"

"我告诉你，"她看看四围，院里没别的人，"别跟他一块干了。周围邻居要知道是你造的孽，会用石头把你脑袋砸成肉饼。"

他走出院门口，在对面墙根下撒完一泡尿，抬头看见过来一个碧眼金发的外国女郎。他猜不透她的表情究竟是困惑是尴尬是害臊是蔑视还是一丝高傲的冷漠。

女郎嘴角努力绽出一丝淡淡的微笑,发出像唤小猫似的声音,用不纯熟的汉语说:"您好!"

"我撒尿的时候不需要有人向我问好。"他用藏族尖刻地回答,也不管她听懂了没有。又慢腾腾回到院门口。

他点燃一根香烟,看见外国女孩像喝多了酒身体失重似的跟跟跄跄走了过去。她背着高高的一只带钢架的墨绿色旅行背囊,像是永远在世界各地到处流浪。她所有的财富都装在这只大背囊里,从护照到香烟鸭绒睡袋照相机避孕药地图对话手册笔记本,也许还有点毒品。在巴廓那几家外国人下榻的旅馆里,索加经常看见他们从旅行袋里掏出的就是这些东西。他想捉弄一下这个外国姑娘,却总提不起精神来,两个语言不通的人在一起很容易被对方捉弄。前不久在街上碰见一个大胡子的外国人,他凑近索加,脸色紧张神秘地看看四周,掏出厚厚一沓全是面值五十元一张的兑换券,晃一晃又揣进怀里,索加估计有五千元。外国人很激动很认真地对他比画着叽里咕噜说了有三分钟,索加一句也听不懂,急得抓耳搔腮不知对方要跟自己做什么交易。你要什么?黄金?古铜佛?不是?是什么古董文物?想找几个娘儿们?想搞点情报?你说什么呀?走私军火?那到底是什么?索加跟他说不清楚。外国人叉起腰想了想,仿佛非常遗憾地扬扬手跟他告别了。索加呆若木鸡站在街头冥思苦想,既然这家伙也看得出自己一句也听不懂,干吗还缠住他啰啰嗦嗦半天,还掏出一沓钱晃晃又缩回去。他觉得那家伙要么是疯子,要么是吃饱了撑的,故意拿他寻开心,他像傻瓜一样被人捉弄了。他变得愤怒起来,瞪起眼仿佛要找什么人寻衅闹事。对面过来一个长着可爱的胖猪脸的外国人,像好兵帅克,他摇头晃脑面带微笑正观看这古老城市的街道。索加随地捡了一块刻着经文的破石片走到他跟前,鬼鬼祟祟亮出石片像是在秘密出售一件稀世珍贵的文物，用藏语悄声地絮叨了一通："我一看你的模样比我还傻，只知道傻笑。我刚才被耍弄了，现在也拿你开心。你好好看看，这是石头，一钱不值的石头，你这个丑陋的家伙你闻闻，上面还有狗尿味儿，你蒙了是吧。这上面写的是：啃你妈的尸。对，跟我学一遍，啃你妈——的尸。"好兵帅克模样很认真地发音走调地学了一遍，点点头表示感谢。索加殷勤地堆起笑脸把破石片塞进了他的包里。OK！OK！好兵帅克连连点头还跟他握了握手，继续重复他学的那句话笑眯眯离开了。

他在捉弄另一个年轻的外国女人时，被对方不停地摇晃着一罐可口可乐举到他脸前拉开了环，射出一股强大的液体气流喷得他差点憋过气去。才知道这女人是懂藏话的，并且懂得那些猥亵的语言。

她就是丹妮丝，索加半个月以后在她开办的私人英语速成训练班上见到她，羞愧得无地自容。丹妮丝抿起嘴，意味深长地朝他点头微笑，表示她认出了这个捣蛋分子。她个子不高，罩一件宽松的圆领短袖衫，穿一件破牛仔裤，一双棕色的大腿使她看起来像是一名短跑健将。她一口流利的拉萨话使在座的四十多名年轻男女学生惊讶不已。她举止随便，不拘小节，搭起一条腿侧坐在课桌上就介绍起自己的名字，说不管你们在座的现在英语水平如何，我还是首先从国际音标开始教起。她保证她的学生半年之内掌握基本的英语会话，如果他们能按时来上课并且不是用肚脐眼听她讲课的话。学生们每人领到一份复印的教材，那上面附有许多幽默画插图。接着大家哼哼唧唧地跟着她念字母。要是她瞧见哪个学生不专心东张西望，她就会掰下一截粉笔头像弹玻璃球似的从手中射击出去。她这一手干得很漂亮，颗颗不落空，专门弹在对方的鼻子上，不管他离得有多远。据说她这一招在美国佐治亚州的一个城市举行的弹玻璃球比赛中获得过冠军。奖金是没有的。后来她说，在美国什么花样的比赛都有。离下课还有十几分钟，不知是谁喊了一声："哦嘁，今晚电视里有法国队和巴西队的足球赛，马上开始了！"

不少小伙子一听站起来撞倒桌椅夺门而出，外面七八辆摩托车一起发动，还有一些人推起自行车一阵揿铃和喧闹都跑回家看电视去了，剩下的姑娘们面面相觑，夹起复印的教材怯生生看着丹妮丝，也悄悄溜了。

丹妮丝坐在讲台上，空荡荡的教室只有索加老老实实坐在位子上。她耸耸肩，双手抱在胸前，笑了笑说："都走了。"

"A——B——C——D——E——F——"索加孤零零一个人有点恶作剧地装出一副虔诚认真的模样念道。

"你为什么不去看足球比赛？"丹妮丝问。

"我，曾经是一名出色的中锋，"他费劲地像是很紧张地回答，"有一次，我的睾丸挨了一球，就……再也不踢足球了。"

"咯……"丹妮丝响亮地大笑，"所以你成了一名好学生，我想坐在教室里学英语对那玩意儿是很安全的。"

"我也这样认为。"

"男孩子喜欢体育，我很高兴。"她说，"以后我安排课程最好先跟电视台联系。"

索加显出一副百无聊赖、愁眉不展的表情说："丹妮丝小姐，能向您请教一个问题吗？"

"当然可以。"

"我想知道，美国的跳蚤，会笑吗？"

她抬起头认真地想了想，回答他："我想它们是会笑的。"

"是吗？"他显得非常困惑，"我想象不出来，它们是怎么笑的？"

"是这样笑的。"她点点头,开始扭动面部的肌肉像是在寻找一个恰当的表情,最后冲着他露出一副挤眉弄眼的笑容,看起来要比桑杰所形容的表情迷人得多。

"这模样肯定像跳蚤它妈妈的笑脸。"索加满意地点点头,"看来,的确是这样。谢谢!"

"你叫什么名字?"

"索加。"

"哦。索加。"

"我可以送您回家吗?我是骑摩托车来的。"索加慢吞吞地说,"听说最近拉萨晚上的治安情况不太好。"

"看来,我没法谢绝你的好意,好吧。"丹妮丝跳下讲台,两人离开教室。

当丹妮丝骑坐在他身后双手搂住他腰时,他感到一种焦虑,不管怎么样,他一定要让这个美国姑娘见识一下藏族小伙子高超的车技,要让她知道不光是美国人或日本人会玩摩托,他会玩得更漂亮。他加大油门慢慢松开离合器,准备一出大门就加足马力像狂风一样飞起来,不管街上有多少行人,他一定要让身后的美国姑娘吓破胆。他鼓足了勇气开出了大门,这下他要露一手了,他要拧大油门让前轮悬空飞起来。丹妮丝拍拍他的肩膀说:"谢谢,我到家了。"

索加侧过头一看,大门旁边是一家叫吉日的旅馆,住的都是外国人。

"你住这儿?"他昏头昏脑地问,他才开出还不到20米。

"很近,不是吗?"她跨下车说。

他脑袋一片空白,不知该说什么。这时走来两个摇摇摆摆穿羊皮袍的牧人,见一个外国姑娘从他身后刚下车,把他当成了日本人或中国香港人，撩起皮袍下的一串银质装饰物向他兜售："啊罗！这个的买不买？"

"滚你娘的！"他狠狠地骂道。

牧人一听他说拉萨话，互相看了一眼，吐吐舌头悄悄说："错了。"

桑杰如行云流水一般写完这一节，他觉得整个过程显得自信和从容不迫，他对此很满意，他觉得自己完全有能力把后面的故事继续写下去。

"皈依呀！"又响起了那个声音。

索加的母亲在院里朝南临街的底层开了一间小杂货店。她对经营杂货店似乎并不那么热心。她蹲在院里，也不在意长长的黑色裙角边缘浸在污水里，卖力地擦着儿子那辆引人注目的摩托车，就像擦拭着家中框子上的铜佛像和一盏盏供圣水的银碗那样怀着一丝不苟的认真和虔诚，连车轮上的每一根钢丝辐条都擦得不沾一点泥星。母亲对这辆米黄色的本田——145型摩托车怀有很特殊的敬畏，时常看见她躲在一根柱子后面或某个角落里远远注视这堆被烤漆和电镀装饰得十分华丽的钢铁，就像远远膜拜着一个神圣的偶像。她从来不敢跨上后座让儿子带上她出去兜兜风。那一次索加笑嘻嘻把她抱上后座，轰起油门正要缓缓开出院门，母亲感到双腿麻酥酥地颤抖，绷紧了全身的肌肉抓住儿子的头发摇晃着喊道："天哪，我受不了！"索加只好把她抱下来，她已是软绵绵地瘫在儿子怀里。索加每次把车从楼底过道的柱子后面推到院里要出门，母亲都上前来帮他一把。她眼中掩饰不住一股狂热的神情站在门前长久地目送儿子骑着摩托在轰鸣声中冲出小巷。

她把一块污黑的抹布用自来水搓洗后搭在铁丝上。双手叉着腰，神气十足地站在旁边观赏着一尘不染崭新铮亮的摩托车。她抖动肩膀，咂响嘴巴，像是有种说不出的满足，最后神经质地将她结实饱满的拳头往身边的一只大汽油桶上狠狠砸了一拳，发出像爆炸般震撼的响声。她的拳头被砸疼了，捂在胸前来回摩擦。

"儿子，吃饼子吗？刚出炉。"她朝长时间站在院门口的索加喊道。

"不，我不饿。"他头也没回。

"你在等谁，等旺堆吗？"

"不。"

"我告诉过你。"她看看四周，院里没别的人。"别跟他一块干了，周围邻居要知道你是造的孽，会用石头把你的脑袋砸成肉饼。"

母亲进了屋，过一会儿，拿了块烤熟的饼子倚在墙边，把饼子掰成碎块塞进嘴里，望着过道尽头站在大门口的儿子的背影说："哦，我差点忘了，你早上还在睡觉的时候，那个姑娘来找你。"

"哪个？"索加掉过头问。

"瞧瞧，"她拍拍额头，"名字我给忘了。过去还是你的同学，就住在巷口，她爸爸是木匠朗杰。"

"梅朵卓嘎。"

"对对，是她，她跟青海回民一起做生意。"

"是的。"

"她干吗你不跟你一块干呢？"

"她来的时候你为什么不叫醒我呢？"

"她肯定是来买你的羊毛，你已经没货了。"

"我能搞到。"

"她干吗不跟你一块干，非要跟青海人混在一起。"

"她早上来的时候，你干吗不叫醒我呢？"

母亲笑了笑，不知该怎样回答。

"她身上抹了这么多的香水，呸！"母亲抬起手像挥赶一只苍蝇似的在鼻子前扇动。

"谁，谁抹香水。"他又掉过头来。

"难道我又说了一个什么人吗？"

"梅朵卓嘎。"

"是她，哪像个藏家姑娘。"

"我感冒了。"索加走进院里。

"要吃药吗？"

"不。"

"那就别吃，明天自己就好了。儿子，你一会儿要出去玩吗？"

"给我拿盒烟。"

母亲进了小店取下一盒烟递给他："天天下雨，到处是泥。你去哪儿？"

"你想去哪儿？"

"去哪儿嘛？"

"星期六晚上没有我们年轻人可去的地方，这简直太不文明了。"

"要不，去舞会玩玩。"

"听起来还有点愉快，可我从不去那地方，全是流氓小偷……"

"阿飞妓女。"

"真的吗？"桑杰瞪圆了眼。

"我给你找几个漂亮的舞伴。"

"不，"他想了想说，"我就坐在一边看看，再随便喝点什么。"

"坐在角落里偷看。"

"是观察。"

"是观察。观察了一肚子回去写文章。"

"写小说。"

"哦小说,卖不出去的小说。"

"是发不出去,这不是卖你的臭羊毛。"

"这不,我刚卖出一批,生意还不错。"

两人走到一家正要关门的尼泊尔商店门口,索加跟年轻的店主打了个招呼,进去买了一瓶大肚子威士忌酒。他们都是熟人。

"今晚?"店主问。

"老地方。露西她们也都去吗?"

"当然。"

"很好。一会儿见。"

索加把酒瓶塞在桑杰宽松的夹克外罩的腋下,嘱咐他藏好,别让人看见,舞会上不让喝酒。他俩去了群艺馆,买了两张舞票走进圆形舞厅,里面已经有些人了。乐队的几个小伙子正在调音。索加看见院里那个跳舞从楼上摔断了腿的姑娘坐在另一张桌子边,一把拐杖藏在桌子底下。他上前打个了招呼。她淡淡一笑,朝第一次来舞厅的桑杰努努嘴问道:"他是谁?我没见过。"

"我的哥儿们。是个作家,对女孩子绝对温柔,愿意让他来跟你聊聊吗?"

"你骗我,他是便衣警察。"

"他有点鬼鬼祟祟,是不是。没关系,他只是脑袋有点紧张,作家都是这样。"

"是警察,你瞧他身上鼓鼓囊囊的,好像怕别人看不出他带着手枪。"

"当然,"索加翻起白眼,"那恐怕是一颗……顶呱呱的手榴弹。"

年轻人陆陆续续走进来,不一会儿,舞厅周围的一圈座位都坐了人。一些外国人也走进来，他们住在附近的几家廉价的旅馆里，也来打发周末无聊的晚上。他们一个个穿得破破烂烂仿佛在表明自己也无产者的一员。过一会儿，和索加在生意上常打交道的几个年轻的尼泊尔混血儿和侨居印度来拉萨做买卖的康巴人也进了舞厅。小伙子们都是蓬松的鬈发长过肩头，有的前额系一条黑色束带，穿紧身皮衣或宽松的牛仔衣。几个姑娘都穿着绷紧的皮裤，米娜和阿丽玛有尼泊尔血统，皮肤黝黑，鼻梁挺直。露西是个爱笑的大块头美人，饱满的胸脯在笑声中剧烈抖动。这伙人跟当地的拉萨人不太来往，自己聚在一堆。他们不喜欢两个人搂在一起的交谊舞，只爱跳显示个人技艺的迪斯科或霹雳舞。乐队奏出一个长长的标准音，完成了统一的对音。桑杰抱住脑袋望索加闷声闷气地说："演出开始了。"

　　桑杰不会跳舞，索加就陪着他。从他腋下掏出酒瓶拧开盖子悄悄喝了两口又藏在桌子下面。场内有三个值勤的警察来回巡视，发现有人喝酒就将他赶出去。

　　"你的脚别把它踢翻了。"索加提醒道。

　　"我也想来一口。"

　　"低下头喝。"

　　"呃！你买的什么怪味酒？"

　　"轻点！"他举起从小卖部买来的可口可乐，"来，干杯！你这个乡下佬。你观察到什么了吗？"

　　"我不喜欢这个地方。"

　　"你会喜欢的。"索加朝那群年轻的商人招招手，他们正眼巴巴等待着放迪斯科的音乐，"喂！露西。"

　　露西笑吟吟地走过来坐在索加身边。

　　"好久没见你了。"索加拍拍她肉乎乎的手掌。

"前些日子去了印度。"

"喝点酒吧。"

"有吗？"

"我带了一点。"

"真棒。"她缩缩脖子轻声赞叹。

索加歪过身子挡住站在墙边两个警察的视线，露西迅速灌了两口。

"这是我的朋友桑杰。这是著名的霹雳舞女郎露西，一会儿你会看到她的精彩表演。"

"得了吧。"她笑着挥挥手，"待会儿完了他们几个要去阿丽玛家搞家庭舞会。来吧索加，还有你，哥哥桑杰。"

桑杰转过头看看索加。

"我听你读过你写的什么贴面舞会，"他凑过来低声对桑杰说，"根本不是那么回事，你应该亲眼见识见识。"

"不……这怎么行？"桑杰涨红了脸。

"他怎么了？"她困惑不解。

"我的朋友刚从监狱里出来。"索加说，"你知道，在里面憋了好几年，现在恐怕……有点不行了。"

"啊……"她点点头，"他犯了什么罪？"

"强奸罪。"桑杰闷声闷气地回答。

露西忍不住笑出声来，胸脯剧烈地抖动。

"当时，他只是喝醉了酒，进错了厕所。"索加板着脸说。

桑杰凶恶地将五指攥成一团伸到他鼻子底下，警告他闭嘴。

"好了，我什么也不说了，"索加举起双手像投降一样转过脸对她说，"提起这些，他很难过。"

"是的。"露西轻衾着嘴唇，眼中饱含温柔和怜悯地望着桑杰，"没关系,哥哥,你出来就好了。等会儿你跟索加一块来,你会玩得很开心的,来啊。"

她起身离开了他们。

"多好的姑娘。"索加望着她那大块头的背影嘟哝道,"绝对富有同情心和牺牲精神。"

"有意思。"桑杰扭动身子说,"但我绝不跟你去跳那种舞。我是个规矩人,呵,规矩人哪。我从来没跟警察打过交道,倒是我爷爷跟警察打了一辈子交道。他已经替我打完了。"

"你爷爷肯定比你伟大。"

"什么?"

"没说什么。对不起,我屁股开始发痒了,我得活动一下。"

"去吧去吧,我需要一个人冷静观察一下。"

桑杰看见角落坐着两个士兵,一直在东张西望,脸上露出欣喜和胆怯的神色,看样子是刚从没有人烟的边防线出差来拉萨的,其中一个是藏族,黝黑的脸上印着乡下人的憨傻和纯朴,他俩忸忸怩怩在角落坐了很久。这时场内气氛很热烈,人们谁也不会注意谁,都陶醉在良好的自我感觉中。连桑杰也有些坐不住了,忍不住想混在人群中扭摆几下。他看见两个士兵站起来脱去军装,汉族士兵大概是个班长,穿一件难看的绿毛衣,脖子出一对皱巴巴的衣领,军皮带上翻着一圈灰色的毛裤腰围,半个身子就像是从肥大的军裤里冒出来似的。藏族士兵跟班长的打扮差不多。他俩离开座位,弓着腰像尖兵在搜寻目标东张西望。大兵们开始行动了,桑杰想。他俩直奔离桑杰不远的索加的邻居姑娘身边。藏族士兵紧张地搭上了话。

"阿姐,我们是从边防来的,这里一个人也不认识。这是我们班长,他想请你跳个舞。"

班长点头哈腰。

姑娘似笑非笑地摇摇头。

"莫得啥子关系吵,跳一个嘛。"班长晃着一条腿。

姑娘皱起眉头看看藏族士兵。

索加气喘吁吁回到座位,提起酒瓶灌了几口又悄悄藏好。桑杰拍拍他肩膀指指那边。

姑娘从桌子下面抽出拐杖说:"那么,请你扶我起来吧。"

两个士兵愣住了,搔搔短发圆头尴尬地说:"对不起!对不起!""我们不知道。""向你道歉。"

"向你学习,解放军叔叔!"姑娘尖刻地说。

他俩又缩回到角落,气冲冲互相指着对方的鼻子像是在吵架。

"他们是故意来欺负你的吗?"索加走过去问她。

"不,我想他们只是有点憋得慌。"她轻松地说。

这姑娘是残废。桑杰觉得惊讶。

"应该让大兵解解馋。"索加像是自言自语从桑杰身边经过朝正在活蹦乱跳的露西她们走过去。他跟几个姑娘低声嘀咕几句,她们摇头晃脑尖声大笑。他像赶母马似的在她们屁股上拍了一下便走了回来。她们说说笑笑扭着腰身朝角落的士兵走去。班长急忙起身相迎,可能太紧张了,他还朝她们行了个军礼。她们面面相觑互相做鬼脸。阿丽玛亲热地搂住了藏族士兵,他腼腆地咧出一排雪白的牙齿,满脸绯红。班长带着严肃和冷峻的表情搂住足足高出他一个头的露西跟她跳起来。露西俨然如同居高临下的侵略者开心地笑个不停。班长跳得很蹩脚,被露西放肆花哨的舞步弄得昏头转向。露西揪住班长领子背后飞快地旋转,班长像条挂在她胸前的围裙双脚悬空离开地面,矮小的身体被高高地抛起来。

几个外国人疯疯癫癫地朝他们鼓掌,并且边喝着罐装啤酒边笨拙地扭着身体。

"你这个混蛋!"桑杰指着索加的鼻子骂道。

"啧啧,这些姑娘们的心肠多好,总是给人留下难忘的记忆。"他仿佛没听见似的歪着头望着她们发出由衷的赞美,"我敢说解放军叔叔回到边防后会天天想她们的。"

班长受不了啦,他拼命想从露西的怀里挣脱,他惊慌地叫喊:"这跳的是啥子舞哟,放开我!"

哈哈大笑的露西一把捧住班长的脑袋将它死死捂在自己丰满柔软的胸脯里面,班长差点被闷死,发出呜呜的呻吟,他迸足力气推开露西,涨红了脸结结巴巴地喊道:"闹鬼啰!想要我犯错误呀,这是搞啥子名堂嘛。"

他气急败坏地跑到角落抱起桌上的衣服和帽子骂骂咧咧地逃出舞厅,他的同伴也从阿丽玛的肆意蹂躏中挣脱出来去追赶班长。

"解放军叔叔,再见!"姑娘们甜甜地挥手喊道。

舞会开始进入最后的高潮,桑杰也趁机混进了狂热的人群中跟着爆发出野牛般的嚎叫,像只青蛙上蹿下跳。年轻的商人和那几个姑娘展露起他们的绝技,头顶倒立在地上旋转,做起各种花哨的动作,场内口哨声尖叫声大作,警察分开人群冲进来制止他们这种有失体统的动作。姑娘们不听,继续躺在地上像蛇一样扭动肚皮。警察们不得不动武,像踢耍赖的母狗似的踢她们的屁股,那部位肉多不会踢伤,踢起来也挺过瘾,把她们一个个都从地上踢了起来。她们一点也不在乎,不断地在地上翻跟头并尖声怪叫。索加在兴奋的怪叫中离一个老警察太近,警察闻出了他呼出的酒气,把他拉到一边。

"哪有什么酒,我身上什么也没有。"他眨眨眼皮。

"你的酒全藏进你肚子里去了。听着,酗酒者不得入场。"

"你见我喝了吗?"

"你喷出的全是酒味,是六十度的烈酒,我闻得出来。"

"那是……我吃的粮食兴许在肚子里发酵了,我有胃病,消化不良。"

"我叫你尝尝这个,兴许能帮你治治消化不良。"老警察将黑乎乎的电棍指在他鼻子尖前面。

"向你道歉,先生!"他尝过这玩意儿的厉害,后退两步。又指着那几个外国人,"可是那几位先生摇着啤酒晃来晃去你怎么不去治治他们?"

"人家是外国人,我要管的是你。"

"要是……要是他们醉了闹事怎么办,听说他们的拳击很厉害。"

"有我在,谁也不敢在这里举行拳击比赛。你怎么样,还不打算滚出去?"

"我早就打算滚了,请允许我把我的舞伴一起带走,留下她一人回去不安全。"

"早点回家,别带着她深夜在外面鬼混。"

"是啰,先生。"

索加挤进人群把正在兴头上说什么也不肯离开的桑杰拉了出来:"走吧走吧,马上就要结束了。"

"这里能产生很多灵感哪。"桑杰两眼愣神地说。

"是的是的。再见,先生!"索加搂着桑杰的肩膀从警察身边走过。

"你这个……狗娘养的!"警察气得低声骂道。

外面夜深人静,林荫道没有路灯,借着朦胧的月光走在大街上。桑杰气喘吁吁显得很激动,他告诉索加又构思出了一篇小说。

"那么,你不再写我了。"索加听了松口气,"这下我就自由了。"

"你想溜是溜不掉的,你本来就是我笔下的人物,包括我们刚才在舞会上,还有现在我们走在大街上。"

"那你干吗还老骂我。"

"因为你太缺德,拿当兵的寻开心。"

"我真糊涂了。"索加心里又蒙上一层忧郁的阴影。

这时,从黑暗中飞来一块石头,把桑杰的一边脸给打歪了。远处响起一个声音:"给你吃!你这个绝我们藏族人升天的家伙!"

一阵脚步声咚咚跑远了。

桑杰捂着鲜血淋漓的半边脸,嘴里吐出黑色的血沫。睁圆了惊恐万状的眼睛,发出口齿不清的尖声怪叫:"这他妈……简直是惨无人道!"

"你怎么啦?"索加还没明白过来,惊讶地望着他痛苦的惨状。

"莫名其妙!莫名其妙!"他一屁股坐在地上号叫。

"这也是……你正在写的吗?"他蹲下身小心翼翼地问。

"怎么会呢?我……不知道。"他捂着脸伤心呜咽起来。

桑杰从医院回来后脸上被缝了七针,脑袋被绷带裹得严严实实。他不明白这是怎么回事,但是他从偷袭者的话中捕捉到可疑之处。首先他肯定是这次袭击中无辜的受害者,那块石头看来是冲索加飞来的。他隐隐感到索加干了一件见不得人的事情。绝我们藏族人升天的家伙——这可不是件闹着玩的事,他觉得一定是那种事了。他无法忍受这次白挨一石头的奇耻大辱,于是抑制不住自己的想象力为这次袭击找到合乎情理的依据,他想起在北京东路那家住满了外国人的吉日旅馆,院里的墙壁上贴满了张贴物,那上面用各国文字写成的各种内容的纸条使这里如同一个繁华的交易所:"本人出售一双八成新的耐克牌旅游鞋。""我的钱包丢了，愿意廉价出售五卷从新疆到西藏沿途拍摄的各种风光及风俗的彩色菲林，技巧高超，质量可靠。请来305房黄头发的戴维。""我将徒步从拉萨到日喀则入境尼泊尔，愿有一位伙伴同行，女士谢绝。708哈雷。""这个地方真脏野狗太多。""谁偷了我的一顶狐皮帽子？""你想以一百美元的代价换取一次目睹西藏喇嘛教最隐秘的密宗仪式吗？雪域旅馆105房的露易丝·安妮愿您效劳。""本人出售亲手酿造的苹果酒，请来315房。""你想延长在此地的签证日期吗？我有办法……"丹妮丝坐在贴着各种纸条的墙下一条长椅上补裤子。她穿一件苹果绿的短背心，皮肤晒成了棕色。中午的时候，这座院式的旅馆里没什么人，只有二楼走廊上坐着一对老人捧着书在看，一个瑞典人在院中间的自来水管边洗衣服。索加给丹妮丝送来一小瓶酥油茶，坐在长椅上陪着她闲聊。他能够结结巴巴讲一点日常的英语了。丹妮丝认为他是一名聪明的学生，就是不够用功，所以他的鼻子没少挨丹妮丝弹来的粉笔头。有些学生学了不到两个月就溜了，有时在上课时他们又忽然闯进教室问丹妮丝："老师，请问'这件东西是稀世珍宝'这句用英语怎么讲？"丹妮丝一字一句告诉了他，他一字一句重复后，说声谢谢便关上门又溜了，到下课后见那人还蹲在门口捧着脑袋没走，一问，说他一出门这句话又给忘了。

"老师。"索加闷闷不乐地说。

"请叫我丹妮丝，你总是忘记。"

"是，丹妮丝，"他慢吞吞地说，"你为什么……总是用粉笔头弹在我的鼻子上呢？"

"如果你在上课的时候不去跟身边的姑娘调情的话。"

"我是说，这样下去，我会被你弹出个大鼻子来。你瞧，它都红肿了，并且有点歪了。"他捏起自己的鼻子凑给她看。

"哦，对不起，也许我很喜欢你的鼻子。"

"是吗？但是你完全可以弹在我鼻子上面的什么地方。比方说额头。"他拍拍脑门，"我这里长得很平，不在乎被弹出一个大包来。"

"好的，我就往这儿弹。"

"谢谢。"

他又问起丹妮丝这一口标准流利的藏语是怎么学来的。丹妮丝告诉他是在尼泊尔学的。当初，她是为了寻找她姐姐去了尼泊尔。

桑杰写到这里停住了笔头，不耐烦地敲了敲桌子，自言自语地说："真见鬼，她怎么又冒出一个姐姐来？"

"她是谁？"桑杰后来把索加揪进一家甜茶馆里，先聊了一些国际国内和拉萨街头的新闻，立刻把话题转了过来。

"你说谁？"索加没头没脑地问。

"丹妮丝的姐姐呀。她是个什么样的人物？"

"你——怎么会知道的！"索加跳起身惶惑地看着他。

桑杰笑眯眯友好地拉过他重新坐下，告诉了他是怎么回事。

"什么，又是从你小说里蹦出来的！"索加听了痛苦得要揪自己的头发，"既然丹妮丝也是你编出来的干吗还问我？天哪！我真不该把她的名字和她的什么事告诉你，我一分钱也没赚到。"

"可我就是不明白她怎么还会有一个姐姐，她们干吗去尼泊尔。想想吧索加，你得讲讲良心，我和我女朋友所干的每一个细节都向你坦白过。你想想吧，我可从没问起你和她睡过觉没有，我也不会问，只求你说说她姐姐是怎么回事。"

"你太关心她姐姐了。你是想咱哥儿俩跟她姐儿俩好是吗？"索加噘噘嘴问。

"你看这事有希望吗？"桑杰兴奋起来了。

索加低下头像发牢骚一般把丹妮丝的经历告诉了桑杰：丹妮丝可能是一位富翁的女儿，这只是他的猜测，因为她聊起三岁时乘父亲驾驶的私人飞机在空中差点坠落的事情。她姐姐当年是一名嬉皮士，十六岁时跟一群嬉皮士离开了美国，来到喜马拉雅山麓下的国家尼泊尔，去寻找东方的神秘主义，幸亏当时西藏还没开放，他们被挡住了没进来。这些人迷上了印度瑜伽、西藏的密宗以及各种邪门歪道的巫术。丹妮丝曾经是她姐姐的崇拜者，三年前在美国收到姐姐寄来的一封长信，像是疯癫者的梦呓，谈到了她同伴受到的摧残和精神的升华，谈到佛陀和世间的轮回，不生不死。丹妮丝知道这是她临终前的遗言了。她赶到尼泊尔四处打听，在国境线一个小镇上才找到姐姐的下落，她已经死了，听说死得很惨。她的同伴有的因海洛因中毒而死，有的成为走私犯被终身监禁，有的疯了。她姐姐到后来沦为娼妓，染上重病，躺在路旁一张破席上全身溃烂，靠来往的行人丢下几个钱维持着最后的生命。丹妮丝后来就在当地一座寺庙里跟一位西藏老喇嘛学习藏文的教义，两年后又来到西藏，从当局那里获得逗留两年的居住权。她在拉萨开办私人英语速成训练班，同时研究西藏的佛教和文化。她还告诉索加，在美国上大学时因狂热地崇拜过托洛斯基和列宁而加入了美国共产党。

"同志，可找到你了！"索加听到这里，模仿电影中常见的主人公在苦难中找到了党的那副激动的样子，抓起丹妮丝的手紧紧握了起来。

这回丹妮丝跟不上他的幽默，困惑地看着索加不知这是什么意思。

"要是桑杰见到你，会这样激动起来的。"

"他是谁？"她问。

一位像法国喜剧电影中的矮胖男人双手拈着一张纸条站在他俩跟前，彬彬有礼地做了个请让一下的动作。他俩给他让出一个空位，他勾起身子把纸条端端正正贴在了墙壁的一个空隙处，然后提起两只沉重的行李包放在雇来的一辆平板手推车上，干瘪的车主不声不响地把车推出院，男人若有所思地跟在平板车后面，他显然是乘民航离开拉萨。

"那纸条上写的是什么？"索加问。

"'我很遗憾没能看到西藏的天葬仪式。'"丹妮丝翻译出来。

"他是个笨蛋。"他说，忽然揪住自己头发自言自语说，"我也是个笨蛋。"

他起身告辞。丹妮丝对他送来的一瓶酥油茶表示感谢。

"这是我母亲为你打的茶，她说昨天的事真不好意思。"

"噢，没什么。"她挥挥手笑起来，"我很喜欢她。"

母亲的想象力既丰富又古怪，见丹妮丝的第一面，她就固执地认为丹妮丝看上了她手腕上的表。这是一块年代已久的英纳格牌手表，表盘早已发黄，玻璃膜被磨出许多划痕。这是她爷爷留下的遗物。她爷爷曾经是一名军官，在1904年那场抵抗英国远征军入侵西藏的战争中阵亡。在江孜战役中，一天晚上，他爷爷率部偷袭了英军上校佛朗西斯科·荣赫鹏的使团营地。在战斗中，她爷爷在使团营地附近的沙地上捡到这块不知是哪位英国军官在仓皇撤离中遗失的手表。只有一支小小卫队的英军成功地抵御了大约八百名西藏士兵的夜袭，西藏军队以死伤二百五十多名官兵的代价只换取了四名英军的受伤。她爷爷头一次见这新奇的玩意儿，以为是英国人身上佩戴的护身符，他相信这种护身符一定很灵验，便用一根红布条把手表挂在胸前。两个月后，在西藏近代战争史上最悲壮的江孜炮台战役中，她爷爷站在被炮弹炸成废墟的城墙垛上指挥残部顽强抵抗攻城的英军，被一名冲得很近的英国军官手中的大号左轮手枪击中头部，一颗子弹掀掉了半个脑袋。

母校对异族人总怀有敌视的态度。原以为儿子又带回的是一个风骚的姑娘随便跟她玩两天。母亲对儿子这点很宽容，前不久还带来一位漂亮的汉族姑娘，给她介绍说是从内地来拍电影的演员。母亲撇撇嘴根本不相信儿子编的鬼话，但还是尽心招待了姑娘，并抱出一床干净的被子放在儿子床上。她看见丹妮丝和儿子说说笑笑进了屋，叉起腰拒绝给丹妮丝倒茶，双眼朝着屋顶拖长了腔调说："儿子呀，我还以为你带回的是一位将来掌管钥匙的好媳妇。瞧瞧，她的皮肤那么白就知道她躲在地狱里从来没见过太阳。"

索加抓起一颗水果糖跳起身冲过去捂住母亲的嘴，像拖俘虏似的把她抱到外面的厨房。

"呜呜哇哇。"她扭动身体挣扎道，"狗小子，你想亲手害死你妈妈吗？"

"求求你，妈妈，她听得懂藏话。"

"是吗？"她惊讶得张开嘴，口中的糖块掉在他手上黏腻腻的。

丹妮丝乐滋滋地听着母亲和儿子在隔壁厨房里小声激烈地争辩。

"说不定我爷爷就是被她爷爷的爸爸亲手打死的？"

"丹妮丝是美国人，不是英国人。"

"你不就是在跟她学英国语吗？"

"是呀，美国人也讲英语，只不过美国的英语……"

"是呀，这样说来你怎么肯定这娘儿们就是美国人而不是英国人呢，难道她额头上刻着美国两个字吗？"

"你认识美国字吗？"

"我不认识。你就没从她脸上瞧出点什么来吗？说不定她来西藏就是为了找她家祖宗当年丢失的表呢，你没见她一进门眼睛就直盯着我手上的表吗？"

"丹妮丝。"索加只好转过身问她，"你到西藏是找你祖先丢失的什么东西吗？"

"是的。"她回答，"我已经找到了，不过不是这块表。"

"听见了吗？"母亲对他说，"我没弄错吧，她总是来找什么东西的。"

"你找到什么了？"他好奇地问。

"古希腊人的一句名言：唯有在闲适和宁静之中才有尊贵和光荣。"

"她身上抹了这么多的香水，呸！"母亲的手像赶苍蝇似的在鼻子前扇动。

"谁，谁抹香水？"他又掉过头来。

"难道我又说了一个什么人吗？"

"梅朵卓嘎。"

"是她，哪像个藏家姑娘。"

"我感冒了。"索加走进院里。

"要吃药吗？"

"不。"

"那就别吃，明天自己就好了。儿子，你一会儿要出去玩吗？"

"给我拿盒烟。"

母亲进了小店取下一盒烟递给他："天天下雨，到处是泥。你要去哪儿？"

索加撕开烟盒顶上的锡箔纸，弹出一支香烟点燃后叼在嘴上。他觉得很冷，身上在颤抖。在桑杰看来，这个动作表现了索加内心的恐惧，他为自己所做的事情感到害怕和后悔。他一开始就感到事情有些不太妙，外国人一听脸上就露出了贪婪的神色，他们每个人脸上都露出贪婪的神色，接着一张张钞票塞进了他手中几乎全是兑换券，他忙

195

碌得都来不及清点。他们来西藏不就是为了看这个吗？先生、女士你想看天葬吗？索加站在吉日、巴朗雪、雪域、亚旅馆①的登记室旁凑近那些刚下飞机登记住宿的外国人用英语低声问道。他们一听脸上就露出了贪婪的神色，从嗓子眼里挤出噢的一声怪叫，简直不相信刚到拉萨就能遇见这样好的运气。请明天一早五点钟在大门等候，每人收五十元的交通费和导游费。这当然不贵。他们激动地问个不停：天葬从什么时候开始？到多久结束？能跟死者的家属和天葬师交谈吗？旺堆的车还没来，外国人在门前等候。天还是黑沉沉的，街上的路灯冷清地亮着，远处有沙沙的声音，那是早起的清洁工在扫大街。转经的老人也起得很早，带着小狗手摇经筒围绕城市开始一天的宗教活动。有个大胖子说他是奥地利人。你知道维也纳吗？索加摇摇头，心想奥地利人也没见比别人更豪爽地多付几块钱。大胖子身上挎了三架照相机，胸前那只黑乎乎的变焦长镜头像一件新式武器，跟索加说话时伸直的长镜头总是对着他，他不得不一次次用手小心地把它推挡开，总担心随时会从里面射出一发炮弹来。还有一个穿戴花花绿绿的瘸腿老太太提一架小型摄像机，像指挥官大模大样走来走去，操着不知哪国的语言像是在发号施令，却没人理会她，她只好朝唯一好奇注视她的索加频频挤出多皱的笑容。这支由照相机摄像机还有录音机武装起来的花花绿绿的外国人队伍实在太庞大太显眼了，装了满满一车厢。索加急忙钻进了旺堆的驾驶室里，旺堆是个爱钱如命却又不会算账的家伙，索加给他分三成，也就是每跑一趟他得六百五十元，他高兴得哼哼直叫唤。他的绰号叫"麝香"。因为无数次把汽车四轮朝天地开翻进沟里，司机们称翻车叫"晒麝香"。索加最担心他如果把一车的外

---

① 吉日、巴朗雪、雪域、亚旅馆：拉萨城内专门接待外国游客的中低档旅馆。

国人倒扔进沟里可不是闹着玩的。幸好去天葬台的路只有八九公里，坐落在拉萨北郊山脚下色拉寺旁边，路面宽敞平坦。当东方露出白色的晨曦，外国人像一群偷袭的士兵纷纷跳下车厢行动诡秘地从四面八方各个角度悄悄包围了天葬台。那块巨大平坦的岩石下面燃起烟火，附近停着一辆拖拉机，看得见一些模糊的人影在晃动。索加和旺堆躲在车里不敢去看，彼此心事重重地吸着烟，他们明白自己作的什么孽，但是金钱总是那么诱惑人，这是一笔轻易到手的大买卖，几乎不费什么事，一个星期内索加就赚到上万元。但是，越来越多鬼鬼祟祟的外国人包围着天葬台使威严的天葬师和死者的家属大为不满，他们手中镁光灯的频频闪烁和不顾种种古老禁忌的行为使得这件庄严神圣的仪式越来越难以完成。天葬师不得不龇牙咧嘴晃动手中血淋淋的刀警告这些靠上前来的侵略者。山顶上，在藏族人心目中早已成为神鹰的秃鹫们感到了某种不寻常，在空中盘旋迟迟不肯飞下来。天葬师终于发怒了，高声骂道：外国佬，难道你们也是一群秃鹫想来尝尝人肉的滋味吗？呀！送你们一块。天葬师抢起一条被肢解的人腿朝跟前的外国人扔去，他们被这意想不到的行为吓得哇哇乱叫全趴在地上。也有那些大概在世界各地跟魔鬼打过无数次交道的冒险家们毫不躲避，眼疾手快地拍下这一镜头，然后满不在乎地抹去溅在脸上的血水。秃鹫躁乱地在山顶上跳跃盘旋，发出一片抗议般的聒噪，它们的眼睛比任何动物都敏锐，它们从山脚下的外国人脸上发现跟自己有某些相像之处，他们的鹰钩鼻和凹眼睛使得秃鹫们把他们误认为是同类，山下的同类正用一种黑色的圆筒朝上对准它们，它们从远处微小的玻璃镜头的反射中看见了自己的形象。也许它们正闻到了山下同类身上的香水味，这对它们来说是一种陌生的凶兆和臭不可闻的邪气，这气味败坏了它们的胃口，各自张开翅膀远远飞到荒僻的山沟里寻找其他动物的尸体。

这是一个危险的信号，藏族人正面临着死后难以升天的灾难，这种现象越来越严重。就像发现臭肉的苍蝇，外国人成群结队地拥去，搭拖拉机的，骑自行车的，步行的。幸好有关当局及时采取了措施，颁布了严禁外国人和其他游客去天葬台进行参观和拍照的法令。但是索加早已在这桩生意上获得了相当可观的一大笔数目。

桑杰冲进他家时，他正在点钱，桑杰从来没见过这么多的钱。从桌上柜子上床上到地上全堆着成捆的和零散的钱。索加坐在钱堆里满头大汗一沓一沓正在清点。桑杰不相信他干这件罪孽的事仅此一项就得来这么多钱。

"你……是不是刚刚抢劫了一家银行？"他紧张得喘不过气来，软绵绵靠在门框上。

"老兄，你把话说颠倒了，我正准备把这些钱存进银行。"索加点钱的技法娴熟老练，把一沓钱散码成一排扇形，五根指头飞快地弹动，看起来就像是在单手弹钢琴，每弹一下手腕就翻带起五张钞票，眨眼工夫就数完一沓。

"我这双手天生适合跟钱打交道。"他头也不抬地说。

桑杰看呆了。

"头上的伤好点了吗？"索加数完一沓，手指麻利地用根橡皮筋捆扎好后扔在一边。

"医生说，过两天可以拆线了。"桑杰感到已经愈合的伤口像要重新裂开一般剧烈地疼痛，他再也无法忍受心中的怒火，作为一个遵纪守法的城市公民和一个藏族人，他无法容忍有人对天葬这一神圣的仪式进行亵渎和破坏，他把索加骂得狗血淋头，比魔鬼还可恶。他越骂越激动，暴跳如雷地挥舞双手，把那些钱扇舞得满屋子乱飞。索加愣愣地坐着不动，任凭飘在空中的钱像秋天的落叶纷纷落在他的身上。

他悲哀地想道：这家伙有些疯了，的确有些疯了。他什么都编得出来，他的脑子里怎么塞满了这么多古怪的念头。居然把自己想象成将外国人骗到天葬台赚他们的钱。要是桑杰有一天异想天开地去警察局告他杀了人那可就一时说不清。

等到桑杰精疲力竭地停止了号叫，索加只好向他指天发誓：向最神圣的意西罗布佛起誓，索加我绝没有干这样的事情。桑杰被他的起誓镇住了。索加还拿出他跟青海人做羊毛生意的合同书给他看，那上面的金额数目相当大。索加只是中间的倒手人，只能提取一小部分，其余的都要交给卖主一方。

桑杰半信半疑，指着自己裹满白绷带的脑袋问："这又该怎么解释。那家伙说——你这个绝我们藏族人升天的家伙，指的不就是我刚才说的那件事吗？"

"这不都还是从你小说里写出来的吗？这样瞎编，当心哪天还会编出你挨枪子儿。"索加皱起眉头说。

桑杰浑身一震，挺起胸膛说："你别想用死来威胁我。"忽然又捧起脑袋呻吟道，"我脑袋受了刺激，你还用这样的话来吓唬我，我受不了。"

"别装模作样，怎么样，出去玩玩。"索加提议道。

"你说去哪儿？"

"你说，随你。"

"你想去哪儿？"

"去哪儿嘛？"

"星期六晚上没有我们年轻人可去的地方，这简直太不文明了。"

"要不，去舞会玩。"

"听起来还有点愉快，可我从不去那地方，全是流氓小偷……"

"阿飞妓女。"

"真的吗?"桑杰瞪圆了眼。

"我给你找几个漂亮的舞伴。"

"不,"他想了想说,"我就坐在一边看看,再随便喝点什么。"

"坐在角落里偷看。"

"是观察。"

"是观察。观察了一肚子回去写文章。"

"写小说。"

"哦小说,卖不出去的小说。"

"是发不出去,这不是卖你的臭羊毛。"

"这不,我刚卖出一批,生意还不错。"

时间还早,他俩窜进一家甜茶馆里,里面人很多,吵吵嚷嚷乌烟瘴气,两人在靠门的地方找了个空位,桑杰又从屁股兜里摸出一篇刚被退回的小说,他说这篇小说索加没听过,一定要给他读读。

"你猜猜这位老兄提的什么意思。呵,猜不出来吧,你听:'……只是,个别细节和词句写得不太文雅。'啃他妈的尸,我敢打赌这家伙生来没长屁股,所以从没见过厕所里面是什么样的。"

"行呵桑杰,哪天我开车带你去找那伙计,用锥子在他屁股上戳出个眼来。可是,你写厕所干什么?"

"你先听我读完再说。"桑杰读了起来:"他望着电子表液晶显示屏上的数字,时与分的数字中间极有规律地闪出两个黑色,代表秒针一闪一灭一闪一灭,他感受到了世界的脉搏,生命的节奏,人类心脏的跳动,老牛卷起一把麦草在嘴里紧紧嚼动,一个泼皮无赖低头用肩膀一下下撞击对方想挑起事端——一系列极其准确的节奏——泼皮没意识到对方早已远远躲开了他走出很远,他一下一下的空撞就像个疯子在大街上扭股摆肩的神经质舞蹈,像一只上足了发条的机械玩具……"

从索加的眼前望去,大门外是一条冷清的马路,直通巴廓环形转经路,来往的行人和车辆像影子一样从门前闪过。他听见一个唰唰响的声音越来越近,心里一阵痉挛,他真害怕那声音从大门进来到他跟前。那人出现在大门外的马路上,并没有朝甜茶馆里望上一眼。他笔直地站立,又匍匐在地。是他!这个职业磕长头的汉子有一副铁塔般敦实的身体,光着圆脑袋,额头中间凸起一团鸡蛋大的肉瘤——那是额头无数次在坚硬的地上磕出来的。一双大大的招风耳威风地张开。他脸上所有突出的部分——额头、鼻尖、颧骨、嘴唇和下巴都沾印着灰色的尘土。一双眼睛永远在狠狠地遥望远方,似乎能看见天国的一隅。他赤裸上身,露出壮实的肌肉。系一块厚实的灰绿色帆布围裙,围裙中间有一个大口袋,装满了善男信女们施舍的各种面额的钱钞,像斜挎着功勋带似的红布条上系一只银色的护身符背在腰后,据说这护身符里藏有一绺五世达赖喇嘛的头发,这是一件稀罕的圣物。现在只有他一个人了,他曾经率领的一群徒子徒孙们不知现在何处流浪,那个晚上他们被吓坏了,简直吓得魂飞胆丧。

桑杰念道:"于是,他朝那头身体庞大的牦牛走去,在它黑色的肋骨上写下了自己的思想……"

索加骑着摩托,绿色小灯照耀下的里程度上的指针已升到时速80公里。他参加完一家婚礼的庆贺仪式,不顾朋友们的劝阻,一把抢过自己的车钥匙。我没醉,你们滚开!姑娘们死死抱住他,哥哥索加,危险哪!今晚就住这儿吧,求求你。他把一个拦腰抱住他怎么也不松手的姑娘的辫子系在了窗户的铁条上,她脑袋被扯住了才松开手。她们全都那么善良,善良得简直有些多管闲事了。他加大油门,在夜深人静的巴廓狭窄拐弯的街道风驰,它唤起了一个人要与世界共同毁灭的疯狂的冲动和极度的快感。唰——唰——唰——一片亘古的摩擦声在寂静的巴廓环形路上响起来了,这是人的身体和大地接触的声音,是人对大地的膜拜和顽强敲叩着来世天堂大门的响声,冥冥之中,神明以它的沉默唤起苦难者在人世间解脱苦难的挣扎声。惨白的水银灯下,一排黑色的人影按个头高低依次排列。他们共有九个,排在最后的孩子大约只有七八岁,他们全都跟铁塔汉子师傅一个模样:清一色光圆的脑袋,满脸的尘土,赤裸的上身,厚实的帆布围裙,高高举起的木板护套,红布条斜挂在腰后的护身符。他们并肩排列,朝右边横跨半步举起双手,合在胸前,身体匍匐在地,一排手臂向前笔直地伸出,一齐爬起来后再向右横跨半步。

桑杰念道:"'你为什么要让这头牛身上带着看不懂的咒语呢?''我只是把我的思想灌输给它。''可是,有思想的牛肉一定不好吃。'"

索加像骑在一匹脱缰的马背上,已经无法控制摩托车速,眼睁睁看着前方一排黑影正扑在地上,形成一团可怕的障碍物铺天盖地飞快朝他冲来,他拧着油门的手僵硬得无法松开,全身死一般的恐怖和紧张使他的眼珠暴凸了出来,他张开大嘴,迎面扑来血腥和糊臭的空气封住了他的喉咙,窒息得他喊不出声,他低趴在车身上,听天由命地闭上眼迎接着毁灭来临的那一瞬间,在高速的冲击中摩托车向上升腾了起来,把他身体飘飘悠悠带向空中,那一排扭成团的黑影从他眼皮底下一掠而过,他听见一个撕心裂肺的童声在惨叫:"妈妈——"

桑杰念道:"他勇敢地摸了一下她的光头,尼姑的光头除了佛爷是不能随便让摸的。摸着她发青的头皮就像摸自己刚刮了胡子的下巴麻酥酥的细嫩,手感非常好。"

当他迷迷糊糊清醒时,摔在地上的摩托车在水银灯的斜照下拉长了一片变形的投影,像个神秘的怪物,前轮高高仰抬起还在转动,仿佛已经缓缓转动了好几个世纪。他吐出一口夹着沙粒和铁锈咸味的黑色唾沫。随着摩托车从空中坠落在地的猛烈震动,他的下巴像是被重重地挨了一拳,牙齿咬破了舌头,嘴巴麻木得什么也感觉不到。他瘫软地坐在地上,像在梦中看见了几个不真实的瘦小的影子四处逃散躲进了黑暗中,只有为首的这位铁塔般的汉子站在他身边,一双眼睛死死盯住他。他在慌忙中爬起身,艰难地扶起摩托车跨上去狠狠踩了一脚马达,居然发动起来了。路灯的水泥杆下,一位密探似的老太太伸出个头,幽幽望着他。半晌,才恶狠狠地小声说:"你不得好死!"

桑杰发现索加心不在焉,根本就没听他在读自己的小说。索加清醒过来,看见桑杰眼中饱藏着哀怨正远方地望着他,他很尴尬地咧嘴一笑。两人半天没话可说。

"求求你,再坚持几分钟,马上就读完了。"桑杰朝他竖起一对拇指低三下四哀求道。

索加用手在脸上抹了几把强打起精神,诚恳地点点头鼓励他继续读下去。桑杰凄切地瞟了他一眼,又读了起来:"……奥瑞想起明天就能抵达黄金一般的圣城拉萨,他还将走街串巷寻找他的女友,想起这几个月来孤独的流浪生涯,从边防站那间小屋死里逃生,在草原上与充满敌意的当地牧人巧妙地周旋,在断粮的日子里烤地老鼠为生,他双眼流下热泪,最后瞥一眼满天繁星,很快进入了睡梦。不一会儿就感到身体奇痒难受,小动物们开始捣乱了。跳蚤们手舞足蹈地狂笑,一齐张开了血盆大口……"

"等等!"索加听得认真,忍不住打断他,"你说……跳蚤怎么能张开血盆大口,是野猪吧?再说,你见过跳蚤先生的笑容吗?"

"这是美国跳蚤。呵,记住,是美国货。你刚才没听我在读,前面不是说了吗,它们全躲在那位尖下巴的美国佬奥端的领子缝里。"

"哦——"他闭上眼点点头,"我猜得用放大镜才能看清它们是怎么笑的。"

"是这样笑的。"桑杰露出一副龇牙咧嘴的狞笑。

"这模样肯定是跳蚤它爷爷的笑脸。"

"你还打不打算听我读下去?"

"当然。向你保证我会管好自己的嘴巴。"索加像个老实的小学生闭上嘴听桑杰继续往下读。越往下听越觉得不对劲,原来桑杰所描写的这位叫奥瑞的美国冒险家穿越了整个藏北无人区,来到拉萨是为了找他的女友丹妮丝。但是索加从来就不知道丹妮丝有个男朋友在拉萨找过她。

"但是我知道。"桑杰得意地说,"我什么都知道。"

"可你还没见过她是什么模样哪。"索加提议让桑杰见见她。

桑杰有些激动了。

"她可是一个真正的美国人,"索加站起身说,"走吧。"

"美国人。"桑杰神经质地反复念道。

以后的事,索加证实了桑杰对于丹妮丝的描写有一部分预见得很准确。桑杰曾经形容丹妮丝是一位"小偷"。他俩一起走进丹妮丝的房间里,索加才明白这其中的含义。房间的墙壁和桌子柜子上展示着许多丹妮丝从西藏各地收藏的经幡,破旧珍贵的卷轴画,头盖骨,镶银皮的人腿骨法号,用骨头刻成的一颗颗小骷髅的佛珠,刻有菩萨浮雕的石板,古铜佛像,刻有六字真言的硕大的牛角头。还有墙上贴的许多彩色照片,都是丹妮丝在西藏各地拍摄的人物风光照,数量最多的还是喇嘛们的照片,其中还有几幅天葬的照片令人毛骨悚然,全是一堆血淋淋的肉和连着头发的人头。索加伸手把那几幅天葬的照片撕得粉碎,他这一举动使得正交谈得非常投机的桑杰和丹妮丝为之愕然,索加嘴里浮现出一丝狞笑对丹妮丝说:"没什么,咱们是哥儿们,不是吗?"丹妮丝惶惑地点头又摇头,不知索加为什么要这样。索加不想再打扰他们,让他俩兴高采烈地交谈。见丹妮丝的第一眼,桑杰就惊奇地发现她跟自己所想象的一模一样,不到一分钟他俩就谈得很愉快了,丹妮丝坐在床上半靠着被子做出一副彻夜长谈的姿势,桑杰坐在椅子上也像是有一肚子说不完的话。他或许是过于激动,在丹妮丝面前既严肃又做作,不断滑稽地模仿外国人耸肩摊手的动作。他们谈起美国黑人问题,从林肯的解放黑奴运动到马丁·路德·金的《我有一个梦》,索加对此一窍不通。他唯一所能干的就是毁了丹妮丝拍摄的天葬的照片,然后一下对丹妮丝感到陌生和疏远。他觉得他根本就不认识丹妮丝这个人。相比之下,桑杰才最熟悉她。桑杰说得对,丹妮丝的确是个"小偷",她偷走了藏族人顶礼膜拜而不敢靠近的东西。但桑杰后来的各种行为也证实了他是一个卖国贼!

天空又下起了小雨,城市在雨幕中变得忧郁和沉静。下班的邻居推着自行车进了院子,石板地淌下一道道湿漉漉细长的车轮胎印,他们终日无所事事站在院门口的索加淡淡地打了个招呼,院里响起黄昏时忙碌的喧闹,谁家打开了收音机在调台,响起一串干扰的噪声。高压锅在冒气,有谁往墙上钉东西,自来水管不停地哗哗响。孩子在啼哭。哪家的录音机响起一个男人悲凉而激昂的歌声:"……可你却总是笑我一无所有……"索加想离开这嘈杂的时刻出去走走,又不知该去什么地方。他从裤兜里掏出烟盒,里面空瘪一支不剩。总是从母亲的杂货架上拿烟他真不好意思,但他实在没钱买烟。他高中没毕业就退了学,起初在一家建筑公司当搬运工,又在一家铁木合作社敲了几天铁皮,他发现干什么都没意思,便什么也不干,成天心灰意冷无所事事,靠母亲养活他。母亲辛劳地操持着小小的杂货铺仅够母子俩的生活,她天生乐观,儿子没有工作不交往任何朋友成天站在院门前不知想些什么她一概不责怪,只是开开玩笑地说:"儿子,你那条腿像不安分的马蹄总是在地下刨什么,想刨出个坑来吗?"索加低头一看,他脚下的一块古老厚实的花岗岩石块不知什么时候被他踩出了一个光滑的圆坑,他感到惊奇和沮丧,又有了一点小小的自慰和得意。这个光滑的圆坑记载了他空耗的岁月,同时也因他长年累月站在这里望着蓝天白云,望着城市的房屋上空飘扬的蓝白红绿黄五彩经幡布为自己编织了一个又一个并不离奇的梦想,他沉湎这些幻觉之中经历了自己的生活,只是无人知晓他在幻觉中所经历的是些什么样的生活。现在,他口袋里只有三元钱。关键的是,他干什么工作都觉得没意思,他发现自己唯一干得漂亮的就是在院门前的石头上踩出了一个光滑的圆坑。

母亲站在院里跟他搭讪几句话,他无精打采地回答,掏出手帕擤了擤鼻子。

"我感冒了。"索加走进院里。

"要吃药吗?"

"不。"

"那就别吃,明天自己就好了。儿子,你一会儿要出去玩吗?"

"给我拿盒烟。"

母亲进了小店取下一盒烟递给他:"天天下雨,到处是泥。你去哪儿?"

他没有回答。竖起单薄的衣领,埋下头走出院门。

"皈依呀——"楼上的声音又在回响。

天色早早地暗了,小巷和街道上行人稀少,汽车从湿淋淋的街上驶过,车轮带起地面的雨水发出粘连的沙沙声,从屁股后面的排气管冒出一团团白烟。索加又拐进一条小巷，他真想在这个雨蒙蒙的城市中结识一个好朋友，他叫米玛、扎西、边巴或桑杰①都没关系，重要的是，他希望从友谊中感受到生活的意义。

天空晴朗的时候，桑杰带着丹妮丝在巴廓的小巷里转来转去。他是一名出色的导游，对巴廓的每一个角落都很熟悉，因为他祖祖辈辈都生活在巴廓，他能说出每幢房子的旧名称和它们的来历以及各种逸闻趣事。他带领丹妮丝来到门牌上写着吉赛巷36号的一处院门前介绍道："这座院过去叫德达色，是一家商人住的，它有六百年的历史。"院门前有一块石头，那上面有一个光滑的圆坑，旁边站着一位俊俏的拄拐杖的姑娘好奇地打量他们。他指着石头上的圆坑继续给丹妮丝介绍："这个圆坑有几种传说，一种说法是这个商人很吝啬很贪婪，他收藏了世界上各种珍贵的宝石，但是还不满足，成天向菩萨祈祷能得到一颗天上的星星，菩萨答应了他的要求，说这颗星很重，问他用什么东西来接，他摆了一口铜锅放在门前接，那星星掉下来后把锅砸漏了底，把门前的石头也砸出个大坑。还有的传说是有一天来了个乞丐到这里想讨点吃的，商人见乞丐样子很丑陋就把他赶了出去，关上大门。乞丐便坐在门口长叹一声，一屁股就把这石头坐出一个坑，把院里的房子都震塌了几间，原来这个乞丐是一位得道的高僧。"

"在前一种传说的基础上，我想有可能是天空陨石落下来造成的。"丹妮丝说。

这时，一直倚在门旁的拄拐杖的姑娘开口了："还有一个传说：从前，这里有个年轻人，他很穷，又没本事，每天都站在这里幻想着自己变得很富有，还娶了一位国王的女儿，结果除了把这儿站出一个

---

① 米玛、扎西、边巴或桑杰：均为藏族男性名字。

坑来他什么也没得到，后来，他出家去寺庙当了喇嘛。我奶奶告诉我的。"

桑杰笑了，拉拉丹妮丝衣角说："咱们走吧。"走出几步，他低声说，"这肯定是她随口瞎编的，听起来一点意思也没有。"

"不过，我认为这姑娘讲得很美妙。"丹妮丝毫不客气地说。

"为什么呢？"

"听起来让人产生许多联想。"

桑杰一字一句地提醒他："我讲的可是地地道道的传说，没掺半点假。"

"所以你可能永远不会成为一个好作家。"丹妮丝说完哈哈大笑起来。

"为什么？"桑杰傻乎乎而又固执地追问下去。

拄拐杖的姑娘望着这两人走在小巷里。也许是阳光强烈、耀眼。她眼睁睁看见这两个人在一片耀眼的白色中像施了魔法一般慢慢地融化、消失了。

"这也是一个传说。"姑娘喃喃地说。

西藏，隐秘岁月

1910—1927

十二岁的达朗去屋后撒尿，有一只红头蓝羽的小鸟在他前面。他蹲下身，像只青蛙跃身扑去，小鸟从他手指缝里溜掉又飞到他够不着的一块石头上，他又一跳，小鸟一直把他引到溪流边的瀑布口就飞了。他站在草地上往下一看。发现有人上廓康来。开始他不敢肯定是来廓康的，因为山脚下的坳口还有一条道岔到廓康背后的邦堆庄园。那人走进了峡谷，沿着飞溅起浪花的溪水往上攀来。达朗跑进屋把他所看到的告诉了大家。

全廓康的村民都跑出来站在溪边的草地上俯视来人。这里居住着两户人家，共六个人：旺美和他四十多岁脖子下垂着一颗大肉瘤的女人，儿子达朗和女儿穷拉；另一家是七十五岁的老人米玛和他忠实的老伴，他俩无儿无女，相依为命。大家站在那里，一声不吭，默默盯着来人。每次山下来人，总要带走廓康的一两户人家，到五年前，这里就没剩几户人家了。有一个叫洛嘎的漂亮姑娘死了父母，成天唱着歌起床，唱着歌放羊，唱着歌生气，边生病时的呻吟也像哼歌。她不论干什么都毫不在意撩起裙子露出白白的大腿，挑逗得廓康的男人个个着了魔似的盯住她，连有了两个孩子的旺美也常常趁着老婆睡得死沉时往洛嘎的空房跑。不过她不嫁任何人，大家知道她在等山下的什么人来接她。有一天，果然冒出一个全身裹着黑色皮毛的高大汉子，趁洛嘎在山上放羊时，他进屋把里面的食物全吃光了。大伙发现时，他躺在门槛下睡觉。把他摇醒问他从哪儿来，他不答应，只哼出几声尖细的吱呀声，比画着各种令人不解的手势。原来是个痴呆的哑巴，大伙没趣地散开了，洛嘎回来后当晚把平时不上闩的门板抵死了，把那汉子留在了屋里同宿。人们只是半夜时听见她发出痛苦的尖叫，男人们愤愤不平地提了棍子准备惩罚那个高大的痴呆哑巴。过一会儿又听见她唱歌了，他们无可奈何关了门睡自己的觉。第二天，不知谁发现了哑巴身上穿的黑皮毛原来就是长在他身上的，他是坐在太阳下翻开肚子上的毛捉虱子时被人看见了红红的肚脐。年轻时当过猎人的米玛老人细细观察后，把自己得出的结论告诉了全体廓康人：这家伙根本不是哑巴，而是从深山跑出来的一只人罴[①]。大家一听，吓得魂飞胆丧，纷纷钻进家堵死门，连声祈祷菩萨保佑。洛嘎也吓坏了，但她的魂已被那人罴掳走，无论怎样只有跟了它。当晚，她把几件衣物收拾好，带了些吃的，跟一家家死死关住门的邻居一一告别后，流泪唱着歌爬到了人罴背上，那人罴人手托住她，一手按着地三蹿两跳跃下廓康。大家看清了猴子般灵巧的动作，更确信它是人罴无疑，都为洛嘎姑娘前世造下的孽果而叹息。几个男人更是气得跺脚，但他们又斗不

[①] 人罴：即野人。

过那力大无穷的家伙,只好愤愤乱骂一通。不久又爬上来一位宁玛[①]教的高僧,扬言要在此隐居三年零三个月。早有几户人家纷纷来请他做自己奉养的福田。高僧巡视一番廓康边的荒坡,北边是哲拉山顶流下的溪水,东边是巉岩的峭壁,南边是峡谷间的远山,摇摇头说此处原来早有位得道的密宗大师在此修行,不可冒犯,说罢掉头下山。人们拽住他要问个明白,他回答说该明白的人心自明白,不该明白的人也就无须明白。当即有几个出家心切的男人舍家跟这位宁玛游方喇嘛做弟子下了山。前两年,又上来一个男人,衣衫褴褛,形骸放荡,疯疯癫癫,成天念着一种谁也听不懂的密咒。他住在寡妇加央卓嘎家,她男人就是跟了宁玛高僧下了山。不到三天男人又把加央卓嘎带走了。后来听说他是一位外道的持密修士,为了修"起尸法",把加央卓嘎作为修法对象用各种方式折磨而死。在静修过程中,女尸舌头连吐两次都未能被他咬住,第三次吐出时他用牙终于咬住了尸舌,但由于功夫不深,未能将舌尖一口咬下,那尸体反把他舌根连着气管以及肚子里的肠子一起拉了出来,当场死亡。加央卓嘎因此起死回生,裹着雪白的氆氇走出密室去了江对面一个叫萨瓦曼娘顿的尼姑庙出家当了尼姑。前不久旺美去夏隆宗路过荣巴雅朗山口还特意代表全廓康的村民看望了她,并在萨瓦曼娘顿尼姑庙里奉献了供品。

  来人是个木匠,叫次多吉,住在廓康山背后走上半天路的邦堆庄园里。他刚从拉萨来,自称是旺美的胞弟,是受年迈的母亲的嘱托来找哥哥的。旺美只知道自己是个弃儿,不知道母亲就住在邦堆,更不知道还有个弟弟,他打量着陌生人,狐疑地摇摇头。长着一脸络腮胡

[①] 宁玛:西藏喇嘛教的一种意为红色古老,也称红教。

的次多吉把哥哥拉到一边，说出了他大腿根部有块章噶尔[①]大的红色胎记这个秘密的特征后，他相信了。再说，细心的老婆发现哥儿俩眼珠都有点斜视，说话的时候也爱不自觉地微微耸起右肩，这下没什么可说的了。

廓康人围坐在旺美家，屋角火塘里熬着一大罐煮羊肉，阵阵散发着馋人的肉香，大家盘腿边喝茶碗里浮着一层淡薄的酥油花的清茶，一边听次多吉讲外面的见闻，次多吉接过米玛老人递来的牛角鼻烟壶，在大拇指甲盖和食指中间关节上抖出一撮烟末，擤了把鼻涕开始慢慢讲述：情况像下弦月一样黯淡，十三世圣僧大宝佛爷[②]刚刚结束了五年多的流亡日子，回拉萨不到三个月又被川军赶到印度去了。次多吉摇摇头，全廓康人也跟着摇头。他还谈了一路上各种离奇古怪的见闻，最后谈到这次来是遵从母亲的心愿，她活不了多久，不无想念分离了四十多年的儿子，她当时并不是有意抛弃儿子，只是在逃难的路上一时眼花，背起妇女们放在一起的锥形柳条筐就跟着人们跑了。第二天才看清柳条筐里装的是一个大萝卜。因终日皈依三宝，积德行善，菩萨有眼，前几天神灵托梦告诉了她儿子的下落，她这才打发小儿子次多吉照她梦中所指的方向和景象找到廓康来。再说，邦堆庄园的租地如果两年之内无人种，德贡仁钦管家会派人没收，并且照样支付各种捐税差役。

大家默不作声。明天，阳光从山坡背后升起，这里就只剩下一户人家了。旺美的女人还没来得及把罐里的肉捞出来，米玛老人撑起身，心事重重离开了旺美家，跟着，老伴察香也站起身来。

[①] 章噶尔：旧藏币。
[②] 圣僧大宝：对达赖喇嘛的尊称。

这一夜，廓康山沟里显得异常寂静。黎明前一刻，万籁俱寂，一切声音都被哲拉山的重量压得死死的。

察香醒来时天还没亮，她感到身体有些异样，摸了自己的肚子，隆起了拳头大的一个包，她惊慌不安用脚蹬了睡在另一条薄垫上的米玛，米玛一夜思虑刚刚入睡被擂醒，他爬过来摸了摸，最后认定这症状表明老伴怀孕了。

"哪有这样的事？"察香似哭似笑地说，"你想想，我们在精力旺盛的年轻时没生下过孩子，在像成熟的果实般的中年时也没有过孩子，如今头发像海螺般花白，嘴里珍珠般的牙齿也没剩下几颗，怎么会有孩子呢？"

"这里正是女人怀胎的地方，靠近右髋骨，那就是说一定是个女孩。"米玛嚷嚷道。

"你怎么对女人的这些事知道得比我还多？"察香很恼火。

米玛并不理会，弓起身在昼夜不熄的小佛灯昏暗的映照下，数着墙上划的小白道："喂，今天是供食的日子，快准备吧。"

察香穿好衣服，开始生火熬茶。

山脊的遮挡，看不见东方微明，月光在溪水和草地下泛着亮光，察香提着把热乎乎的茶壶和一小羊皮口袋糌粑轻轻开了门，一股清晨寒冷新鲜的空气扑面而来，她悄悄走在一条隐隐可见的小道下，溪水挡住了去路，她看不清那上面间隔的几块墩石，便提起裙角，赤露的脚脖子和小腿浸漫在刺骨透凉的溪水里哗哗走了过去，来到高大陡峭的岩石下，岩石壁下有个陶壶大的洞，她蹲下身，脸正好对着洞口，它被地下杂芜的荒草和盘缠在岩石根下的藤蔓所遮掩，平时很难发现。察香撩开杂草藤条，伸手轻轻取出一只空茶壶和一只空瘪的糌粑皮囊袋，把满满一壶热茶和胀鼓鼓的皮囊袋伸进洞里，里面台上垫着厚布，东西放进去后无声无息,为的是不打扰在里面隐居修行的大师。这一切完毕后,她重新合上草叶藤条,不留痕迹,退出几步,跪在地下磕了三个头,双手合在胸前喃喃祈祷了一番六字真言。这个时候,那边旺美家也有了起床的动静,一股浓浓的炊烟向四处弥漫,整个房子罩在了白色的烟雾中。

次多吉醒来闷闷不乐,他对自己做的梦怀有一种负罪感,他羞于告诉旺美,吃完早饭后还是忍不住告诉了他。

"这,没什么,我也常做这种梦,梦见自己啃一间屋里的柱子,廓康的人都做这种梦。"旺美不以为然,他正紧张地收拾迁居的东西。

次多吉梦见自己啃吃一只丰满的大腿,它像是次多吉在隆子宗一个开酒馆的情人的,又像是小时候他家中的那个爱打瞌睡的姨妈的。如此说来,这里必定是一个饿鬼之乡,难怪没剩几户人家,他想。

旺美一家在中午太阳往西偏移时离开此地了,大家把储藏的最后一罐淡酒盛在碗里,每人右手无名指尖在酒里沾三下,朝空中弹开,表示吉祥平安和祝福。旺美的女人把所有能带走的小杂物扎成一个硕大的包袱背在身后,她脸上几道泪痕,眼睛红肿,像是伤心大哭过一阵。次多吉头上顶着几对磨得露出了麦秆片的垫子,一手夹着一张矮桌;小女儿赶着十几只羊。旺美最后出来,他抱着被灌醉了酒睡得正香的儿子达朗交给米玛:"这是我们全家的心意,这孩子,就当一只小狗陪你们两个孤单的老人做伴吧,他好养大,有一点残茶剩饭扔给他吃就行。"

"这……"旺美是重情义的汉子,为了几十年的老邻居,将爱子当作薄礼奉送。米玛老人想起早晨察香身体出现的征兆,不好收下孩子。但是他还能开口对旺美说不久我们就会有自己的孩子了吗?她已是快七十岁的老太婆了，谁会相信呢？

旺美一家走了两个时辰才在山底的那片沙丘地带拐过了山弯，一路上，旺美一家都像喝醉了酒一样脚底不稳，不时歪歪倒倒，次多吉头上的薄垫也滚到山脚，老人站在瀑布边高喊小心慢走。旺美刚转身要挥手，又跌了一个跟头。

达朗一觉醒来，发现不是躺在家里，两个老人满是皱纹的鼻尖几乎要挨着他脸颊死死盯住他。

"我爸爸呢？"他问。

老人直起身互相对视不知该怎样回答。

"他们把我留在廓康了，是吗？"他委屈地喊了一声，从老人的胳肢窝下飞逃出了门。

次仁吉姆是在察香怀孕两个月之后出生的，降生的那天，天空降下一场甘露般的雨水，洒落在帕布乃冈山区河谷平原正灌浆的麦田，接着天边又出现一道七色彩虹，这一切都是吉祥的征兆。四天后，两个老人在没有左邻右舍、亲朋好友前来祝贺的情况下，为孩子做了清除污浊的礼仪，用指头捏一点糌粑放在次仁吉姆的额头上，并在门前堆了一堆小石子，在石堆旁燃起香草松枝，然后用酥油在次仁吉姆的脸上、额头上和茸茸的胎发上亮亮地抹了一层，把她放在太阳下晒着，年迈的父母这时也坐在门前墙根下在炎热的阳光下打起瞌睡来。米玛不知什么时候被吵醒，他看见达朗那孩子正抱起躺在草地上还不会说话的次仁吉姆逗着她玩，脏黑的手指捅捅她红嫩嫩的脸窝，嘴里反复嚷嚷道："你长大了要做我的女人。"一见两个老人醒来面无表情地望着他，便放下次仁吉姆，像只偷食的小猫三蹦两跳就跑掉了。他俩知道达朗没有下山追赶迁居到邦堆的家人，他就在附近不远的地方生活，但这一带再没有别的人家。他们不知道一个十几岁的孩子是怎样生活的。

就在旺美一家离开的第二天,米玛开门便发现廓康一夜之间变得荒芜萧疏,像一座多年没有人住的空荡荡死沉沉的村庄,到处残壁颓垣。旺美家的门前挂满了陈年的灰蒙蒙的蜘蛛网。门框绽开许多裂纹,像一根根难以支撑的朽木。压着草坯木棍和硬土的屋顶中间陷塌下一块,许多老鼠从屋里、窗栏上爬来爬去。但是当天太阳落山的时候,那些以前只是在哲拉山背后那一片灌木丛深沟里栖息的一大群小脑袋、浑身滚圆、动作笨拙的贝母鸡拖着莹蓝的长尾巴高高地飞到廓康来了,它们大模大样互相咯咯地召唤着在这些空无人迹的废墟里寻找粮食,接着又从山坡上窜来几只战战兢兢竖起警觉耳朵的灰色和浅栗色的野兔,又从高高的岩石上左右敏捷地蹦跳出两只獐子,它们身上发出强烈刺鼻的麝香气味,眼神如同初恋少女似的羞怯与温柔,走到清澈的溪水边,深深嗅了几下廓康神秘的气味,昂起的脖子又如同公主般的傲慢。从此,每天太阳刚刚出山和下山的时候,廓康便成了这些动物安全饮水的地方。

次仁吉姆长到两岁时便显示出了种种与凡人不同的迹象,她没事就蹲在地上划着各种深奥的沙盘。米玛不知道女儿划的就是关于人世间生死轮回的图盘。刚会走路就会跳一种步法几乎没有规律的舞,她在沙地上踩下的一个个脚印正好成为一幅天空的星宿排列图,米玛同样不知道这是一种在全西藏早已失传的格鲁金刚舞,她从"一楞金刚"渐渐跳到了"五楞金刚"。但这一切显示出诸神化身的迹象很快被来到廓康的陌生人所冲没,种种叫人惊奇不已的显示变得无影无踪。她成了一个普普通通的山区女孩。

那天,察香开门去溪边汲水,发现从岩石下冒出一群人头,为首的一个模样奇特,嘴上有一撮胡子,脸上的皮肤又白又红。她扔掉水桶大叫一声慌忙跑进屋死死抵住门，歇斯底里高喊碰见了魔鬼。米玛问是不是又爬上来一只人罴？比那更可怕，察香的脸也像魔鬼一样可怕地说，它长着红头发。俩人抱着次仁吉姆跪在屋里土台上供奉着几尊古旧的铜佛像声音颤抖地连连祷告，请求大慈大悲的菩萨保佑，驱除这群魔鬼，别让它们闯进来残杀无辜的生命。这时，怀中的次仁吉姆拼命哭叫起来，一个劲向外挣脱。外面有人说话，用尊敬的语言请求主人出来迎接辛劳的旅人，这种敬语是米玛年轻时去夏隆宗向宗本老爷送去两张火狐皮时听见那些贵族们互相言谈中所吐露出来的。米玛将门开了条缝，那岩石上的确坐着一个红发鬼，他衣着奇特，背一个沉重的囊袋，弯下腰，双手按在分开的大腿上喘息，那样子显得非常疲倦，边上还站着几个赤脚的藏人，也背着很多东西。过一会儿又爬上来一个跟红发鬼模样相似的人，他俩叽里咕噜说了一遍，后者显得有气无力，刚爬过岩石便倒在草地上痛苦地摇摇头，为首的红发鬼弯下腰拍了拍另一个人的脸。见门开了条缝，便用一口纯熟流利的藏语招呼米玛，并走了过来。大约一个时辰，廓康的人才渐渐消除了恐惧和警觉，这两人告诉老人，他们是英国人，不是什么魔鬼，是为考察雅鲁藏布江最终流向何方，沿路来到帕布乃冈山区。他的同伴病了，走在山脚不见前面的村庄，用望远镜发现了隐藏在半山峡谷中的廓康，决定爬上来休息一夜。那几个藏人则是服劳役的差民，英国人拿出了十三世达赖喇嘛和九世班禅活佛的照片给廓康人看。米玛接过照片半信半疑，他不太相信这两个不知哪儿钻出来的英国人能够把圣僧大宝的影子随身带着。当那个英国人递给他一架双筒望远镜，让他举在眼前往南边山下广阔的江面和遥远的群山眺望时，米玛的心一下收紧了，那些景象一下跑到了他的跟前，连江面一只牛皮船都看得清清楚楚，他半张着嚅动的嘴唇将那架颇有分量的黑乎乎的望远镜惶惶不安地还给了英国人，相信了这些人也有自己的法术。察香便为他们做饭烧茶，米玛还发现了他们眼睛的颜色很怪，一个人是蓝色的，另一个人是灰色的。吃饭的时候，英国人问这一带的地貌情况。米玛竭力想使他们满意，振奋起精神，滔滔不绝讲起自己年轻时自由的狩猎生活。英国人听着直皱眉头，他们不再问什么，饭后给了米玛几个章噶尔。米玛摇摇头，他想要英国人的一件衣服，英国人困窘了一阵，最后还是从背囊里翻出一件半新的绿色卡其军便服给了他。那些平时惯例来廓康饮水的贝母鸡、野兔和獐子凭着动物异乎寻常的本能嗅到了什么，始终没有飞到廓康溪水边的草地上来，只是在百米之处的乱石缝里叫唤着，英国人很有兴趣地观赏一阵，他摸出一把大号左轮手枪瞄了半天，总算没有放枪。另一个生病的英国人被抬到了旺美原先的破房里，跟随的藏人用块布在溪水里打湿后放在他额头上，看样子活不过这个晚上了，心肠慈善的察香便在佛像前跪下做了一番长时间的祈祷。另外那个身体健壮的英国人正坐在火塘边写着什么东西时，忽然脑袋上挨了一颗石头，抬眼一看，一个十几岁的少年从岩石上冒出机灵的小脑袋，英国人问米玛是他的孩子吗？米玛摇摇头。英国人便愤怒了，举起枪便放了两声，米玛大吃一惊，英国人笑笑，说他不过是用枪声把这个讨厌的小家伙赶走。第二天那个昏沉沉的英国人没事了，根本看不出生过一场大病。他们临走时才注意到像小动物般在大人腿下钻来钻去的次仁吉姆。病愈的英国人抱起了次仁吉姆，面有难色地看了看她那张肮脏的小脸蛋，最后还是在她右脸颊上吻了一下。这一吻，使得次仁吉姆被什么扎疼了似的号啕大哭，捂住脸在草地上打滚。一行人离开了廓康，攀下并不险陡的岩石走进深谷时，米玛发现他们不时地摔跟头，有时连人带包滚下好长一截爬不起来，十分狼狈。米玛这才明白，凡是从廊康离开后不再上来的人下山都会摔跟头。旺美一家也是摔跟头下山的，他们不会再来看望老邻居了。

这两个英国人一个是F. M. 贝利中校，为英国皇家地理学会会员，随荣赫鹏远征军入藏，后任英印驻西藏春丕和江孜的贸易代表，四十年后，写出《中国—西藏—阿萨姆》和《无护照西藏之行》等书；另一个是他的助手H. T. 摩斯赫德上尉，在几年后的第一次世界大战中，他以勘测斯匹兹卑尔根群岛①，而闻名于欧洲，后来在缅甸遇害。

次仁吉姆自从被H. T. 摩斯赫德上尉吻过一下后，右脸隆起了一块红肿，被那钢针般粗硬的胡子扎出了几个小眼不停地流淌出浓液，米玛气得对英国人破口大骂，察香行动不便地爬到岩石下不知从哪儿拔来一些草叶在石头上捣碎后拌着唾沫涂在女儿的脸上，并日夜祈祷，三天之后次仁吉姆脸上的红肿消失了。但是从此她的目光不再像以前那样透射出神明的聪慧，也不会再划沙盘，更不用说跳那神秘的金刚舞，总之体现在她身上的种种度母化身的迹象从那以后全然消失。只是脸上永远印着几粒浅浅的黑痣。

次仁吉姆刚刚进入青春期就有一种洗浴狂，每隔几天便脱光上身，跪在山顶流下来的洁净的雪水边洗自己头发和身体，如果几天不让她洗，她便扯住头发、衣服痛苦地呻吟说浑身奇痒难忍，任凭母亲察香用什么药料涂抹在她身上也不管用，只有冰凉的水浇在她身上才感到很舒服。自从胸脯上渐渐隆起了一对结实浑圆的乳房，有一次她无意间手臂触摸到乳头，以后她总要忍不住去抚摸这块恼人而又快乐的地方。忽然一双粗糙的大手从她腰两边伸上来，像钳子般的指头夹住了她的乳头。回头一看，又是那个美男子达朗。她

---

① 斯匹兹卑尔根群岛：北冰洋上的群岛，在北欧巴伦支海和格陵兰海之间。

感到揪心的酥麻，软绵绵闭上了眼。达朗常常在她洗澡时从她身后蹿出来搂她，他二十七八岁了，蓬头垢面，十几年在深山里的独居生活，使他变得行动异常敏捷，谁也不知道他住在什么地方。但是他常常来勾引次仁吉姆，每逢这个时候，老得像干木条的察香总在要门缝里恶狠狠地监视女儿，发出一声悲哀的号叫，达朗一听见这声音就像听见了什么诅咒一样沮丧地逃开。事后女儿会受到严厉的责备。次仁吉姆渐渐长成了一个美貌的姑娘，而衣裙愈发地破烂，从衣衫里露出的皮肉使米玛成天不好意思抬起眼睛，总像是在寻找地上的蚂蚁。他受不了这光景，终于翻出十几年前英国人留的绿色军便服扔给女儿。次仁吉姆新奇地穿到身上，这衣服像有什么法术，次仁吉姆身上不再奇痒难忍，再不去溪边洗澡，并且一直穿到死没脱下来过。

每隔一个月，年迈的父母便向岩石脚下那个被草叶枝藤遮掩的小黑洞里给隐居修行的大师送食物，次仁吉姆早已看会了每次灌多少茶水，添多少糌粑，怎样不发出一点声响地在洞边取出空茶壶和皮囊袋再送进新的。

"他在里面住了多久？"她问。

"只有菩萨知道，"母亲回答，"四十多年我们搬到廓康时，刚有一位老人去世，据说他就在这儿向大师供奉了一辈子。"

"他为什么不出来？"

"呸！"女儿挨了一脸母亲吐出的唾沫。

"你不可以怀疑这位僧人的存在，"父亲在旁解释，"他的灵魂常常随意离开身体从小洞里飞出来，在世间漫游。如果你在山上看见一只鸟，一匹马，如果你看见从你面前刮走的一阵小旋风什么的，都可能是大师种种化身的显灵，万万不可伤害一切生灵。"

悬崖之光

　　这是次仁吉姆五岁时与老人的一次迷惘的谈话。从此,她知道该怎样保守小洞里的秘密,不可让外人知道,父母一再叮咛。并且,次仁吉姆也确信了大师的存在,因为母亲常常送完茶饭回来后激动不已地告诉丈夫:大师问话了,有时问小溪的水是不是变得浑浊些了?今天是否有只大鹰从天上飞过等等一些看来无关紧要的话。

　　次仁吉姆常常抱着一只愿意在她怀里小憩一阵的贝母鸡或抚摸一只变得驯服的野兔发呆,她知道一旦父母去世,达朗就会从岩石后突然蹦出来娶她做妻子。他十几年来一直像鬼魂般出没在附近,就是在顽强地等待着那一天。但是米玛自有打算,他知道自己在人世间的日子不多了,与老伴商量后,在一个黑魆魆的夜晚,拉着次仁吉姆,全家跪倒在岩石小黑洞前的草地上,父母一遍遍轮番喃喃祷告祈求神秘的大师对女儿出家为尼进行受戒加持。在此之前跟女儿说定了,如果洞里没有一点动静,那么在他们之后,次仁吉姆将按照自己的意志去生活。此刻静悄悄的,这种异常的宁静使人觉得随时会爆发出奇迹。果然,正当外面的人缓缓垂下了绝望的头颅时,一缕隐隐的白色从洞里飘然而出,一条纯白的阿西哈达①轻盈盈挂在了次仁吉姆的脖子上。米玛见此,紧紧揪住胸口连声颤抖地说:"看哪,这真是吉祥的奇迹,这难道不正是僧师赐予的灌顶加持吗?"次仁吉姆像被电殛般昏倒在地。她被母亲用凉水浇醒后,浑身无力地被扶进了屋里。当晚,在昏暗的油灯下,父亲用一把年代已久然而刀口锋利的腰刀,在她头上浸了水,削去了她马兰草般乌黑油亮的长发。到了深夜,米玛气数已尽,临死前忽然发出一声惨叫:"三宝佛法僧啊,我爱女次仁吉姆在我之

---

① 阿西哈达:为一种质地名贵的哈达。

后继续供奉你,莫非是我米玛今生未能积满二资粮①所应得的报应?"说完便挺直了身体。察香的星相本该再活七年,听丈夫临死前这一番呐喊,便在惊厥与悲愤中与丈夫同逝。察香享年八十八岁,因生前积德行善,皈依三宝,戒除了女人天生所具有的"五毒"②,功德圆满。在洞中隐居的高僧默默为其超度亡魂时,出现脑门突然破裂,脑浆飞迸出来的奇迹,察香的灵魂从头颅飞出升向了天界。随后尸体自动被抬起飘出门外,被一股无形的力量托向哲拉山的一块奇峰上,在那里早已密集着一群鹫鹰。米玛终年九十二岁,他的尸体飘出门外后,则沉重地坠入山脚,落到了雅鲁藏布江中。

现在,达朗像只雄鹰高高站在岩石上,一言不发默默地等待次仁吉姆从屋里出来,一直等了三个时辰,毒辣的太阳晒得他汗水糊满了眼睛和胸膛,他一动不动铁铮铮地站立着,最后次仁吉姆低垂着头慢慢走出来,手中端着一尊铜佛像,站在门前不敢抬头望他。当达朗看清她渗冒着斑斑红色血珠的光脑袋和拿在手中的佛像以及系在脖子上雪白耀眼的哈达,他一下子伤心地哭出声来,仰起脖子对空中使出全身的力气,长长地叫出一声毛骨悚然的哀号,把十八年一肚子的艰辛与漫漫期待的破灭全部发泄出来。

一八七七年的某一天,四十二岁的猎手米玛爬上一座叫桑扎普的山顶狩猎,前面是一片斜坡草滩,背后是深不见底的悬崖。几只火球般的狐狸从远处的草滩出现了,很快就会来到离他不远的一条溪边饮水。他肚子忽然一阵鼓胀绞痛,忍不住要解大便。晨风正从背后吹来,

---

① 二资粮:指佛教中的祝德与智慧资粮。
② 五毒:即贪心、忿怒、愚痴、娇矫、嫉妒。

猎人知道狐狸嗅觉非常灵敏，为了不让粪便的气味飘到前方，他悄悄离开原来的位置，挨到令人眩目的崖边，撩起后摆，双手小心抓住石缝里伸出的高寒植物树枝，整个身子悬在半空，一憋劲，一股体内的秽物滑脱喷泄而出。但那东西高高地坠入深渊时没有发出任何微小的回声，使米玛顿时产生一种空荡荡不踏实的感觉。他悄悄赶回原来的位置，这时，那几只浑身红火的狐狸正冲他奔来，它们舒展着一双柔软的爪子纵身前扑，身体腾空而起，跟着富有弹性的后腿紧紧收贴在腹部朝前轻轻沽落在地上又高高地跃起，全身茸茸的皮毛随着身体的起伏在风中柔曼地飘逸，那根粗粗的长尾巴在身后左右摆扫，它们奔跑的姿势像优美的舞姿令人如痴如醉，心花怒放。狐狸们来到溪水前并不急于探头饮水，这种静止的状态正是猎人开枪的最佳时刻，它们一阵亲昵的嬉闹，互相原地追逐扑滚一番，发出尖细的欢叫声。米玛心烦意乱，脑子里总有个甩不掉的怪念头在缠绕，那堆粪便在轻悠悠地往下坠呀坠，却永远也坠不到地上，这个念头破坏了一个熟练的猎人镇静机警的本能，他失去了耐性，紧张地握着火铳枪托，狐狸不肯安宁的身影像一道道火焰上下飞滚，搅得米玛眼花缭乱，他勾动了扳机。

一阵尖厉的呼啸声撕裂了空气，飞速划破一道长长的口子传向远方，狐狸们本能地贴下身，立刻后腿一蹬，把地上的草屑都高高掀了起来，拖着大尾巴像闪电般身体贴着草地，眨眼就变成遥远的小点，无声无息地消失在草滩的地平线里。这时，山谷对面传来长时间沉闷的回声，像山神发出的一声威严的叹息。

一切又恢复到刚才的静寂。

米玛失望地拖着枪起身向草滩小溪走去，唾手可得的猎物转眼间像梦一样无影无踪，这个经验富足的猎人还是头一次碰到，这里面总有什么地方出了毛病，他实在想不通。

他坐在溪边，愣愣地望着草地上清早沾在草叶尖上的露珠被狐狸们嬉戏时压出的一片颜色变深了的湿痕，他宽厚的巴掌摸摸上面，仿佛感觉到了狐狸身体下的余温，他扇扇鼻孔，空气中还弥留着他所熟悉的那股腥臊味。他忽然在旁边的一堆乱石上看见一只狐狸的脑袋，本能地举枪瞄准。幻觉消失后，才看清那块巨石上原来刻着一尊菩萨的浮雕像，在岁月的风吹日蚀下面目已经模糊不清。他走去细细观看，心里哆嗦起来，菩萨的心脏部位有一处被硝烟熏黑的弹痕，他沾了下上面的黑粉凑到鼻子下，分明嗅到一股辛辣的火药味，他一下瘫坐在地上，心里顿时咯噔一声，好像有什么东西从腹部一下把整个胸腔填塞满了。

米玛因为那个早晨闯下两个大祸，一是枪击菩萨雕像，一是从崖石上泄出的粪便落到了山底下一个正在闭目静坐的僧人头上。他原先住的村庄遭到了山石崩塌的灭顶之灾。幸亏他早有准备，半夜听见山顶发出了异样的隆隆声，把早已准备好的一点钱财和食物塞到女人察香手中，自己身背年迈多病的老母亲摸黑逃命，向村外那片平坦的河岸逃去。到天亮，母亲已硬挺挺死去，他知道这是应得的报应，默默地为母亲清洗身体时，从空中飘来一块布片落在母亲干瘪的胸脯上，他捡来一看，是张偈语，也没给妻子看，将母亲身子洗遍后，面对天空跪下，默默念诵了七七四十九遍六字真言，将母亲的遗体投入江中，又对着顺水漂逝的母亲祈祷一番，最后拉着妻子，照偈语中所指示的走到哲拉山一条坳里，然后攀上流着瀑布的峡谷来到僻静的廓康。这时廓康正有一位年岁已高的老人刚刚去世，米玛加入了廓康人为老人送葬的队伍。以后便在此定居下来。

悬崖之光

1929—1950

　　哲拉山位于帕布乃冈山区南部，是一座海拔五千三百公尺的巨大的锥形平顶山，层峦叠嶂，沟壑纵横，山势崎岖不平，夏季的几场暴雨冲刷着贫瘠的土地，裹走泥土，只剩下一堆乱石和道道断崖裂缝，地里的庄稼像长了癣的老牛身上的毛，稀稀落落，东倒西歪。周围的群山在古老的雅鲁藏布江边绵延不断，高低起伏伸展下去。哲拉山顶是一片浩瀚无垠、静默荒凉的大平原，光秃秃地一望无尽，地上布满坚硬的土块和碎石，平原的一侧紧挨着另一座叫嘎荣的雪峰，融化的雪水沿峰座下的浅沟从平原边缘的豁口流下，穿过深谷半山里的幽静的廊康飞跃到山脚，然后缓缓淌过江岸边那倾斜的沙丘地带汇入江水中。平原另一侧是望不见底的深渊，邦堆庄园就在悬崖下面。旁边不到五百米处还有一座平原，只是面积小得多，从这端走到那端只要三顿饭时间就到。从江对面看去，整个哲拉山犹如两级大平台。最顶上的大平原正中央有一个圆得十分精确的湖，像一面平滑的镜子倒映着天空的靛蓝，沿湖边有一圈很宽的青草地带，是座水草茂盛的天然好牧场，足够喂养几千只牛羊。

　　在达朗之前，没有人上来过。

　　据存在桑耶寺书库里的古老经书记载，多年前，乌仗那①的阿阇

---

① 乌仗那：在今巴基斯坦为特河谷一带。

黎①伯玛炯勒莲花生②大师在哲拉山顶上携带他的两个仙女化身的妻子驾着喷吐五色火焰的飞车离开西藏驶向了南方,神奇的火焰在平原中央喷出一个大圆坑,日后便形成了一座碧蓝的湖。

次仁吉姆是廓康唯一居民,除了供养岩石洞里隐居修行的高僧,伴她度日的只有几只山羊,一群贝母鸡和野兔,山羊每天自己在附近光秃秃的乱石缝里一点点寻找小草,小草长得很低,犹如一块块苔藓,羊几乎是在啃地皮。达朗上到山顶时赶走了她家的十四只山羊,其余的什么也没拿,甚至没有最后一次抚摸她。

除了用羊奶提炼成的酥油去换点茶叶、盐巴和一些粮食,次仁吉姆极少下山,常常坐在门槛上提一串父母留下的佛珠,默默地数着,望着日出,望着日落,慢慢地回忆模糊不清的童年生活,她怎么也回忆不起父母慈善的面容,但他们的声音却是那么真切,她什么时候想听听父母生前曾经说过的一些话,耳畔就响起来。在这种静止的状态中回忆往事时便靠在门框边打一阵瞌睡。有时她心神不安东张西望一阵,总以为达朗立刻就会像从前一样从什么地方跳出来,现在没有人管束她了,门缝里不会有母亲恶狠狠的监视,也不会听见母亲十分不满的号叫,可是达朗再也不会来了。年轻的次仁吉姆姑娘叹口气,转身进屋,她平静地生活在没有时间概念的永恒的孤独中。

因为,从洞里取出的茶壶和皮囊袋只要是空的,她就永远不会离开这废墟般的荒寂的廓康。

山顶平原靠湖边的草地上,立着一顶黑色帐篷,远看像头野牛在

---

① 阿阇黎:梵语意为大宗教师或大戒师。
② 伯玛炯勒莲花生:乌仗那的第二佛祖。

卧地休息。达朗放着一群羊独自熬过两年后，实在忍受不住了，他每天都要花很多时间跑到平原和雪山交界、溪水流入峡谷的豁口边俯瞰一阵隐藏在深谷里的廓康，他能看见早晨从底下升起一缕小小的炊烟，还能看见次仁吉姆比黑蚂蚁还小的身影在下面移动，当她走进阴影处，他便什么也看不见了。如果当初我把她扛到山上来，让她跟我在这儿一块过日子，达朗常常想。他知道这是不可能的。于是他深深吸足一口高原纯净的空气，打定主意，空着两手从另一侧下山了。

　　快入冬时，他带回一个女人，年纪轻轻，颇有风韵。达朗背了步枪，边捻着毛线，女人温顺地牵着一匹马，上面驮着一些将来在山上用得着的日用品。这女人不久前还是一位受人尊敬有身份的年轻太太，她丈夫是一位宗本老爷的总管，因为她一胎生下三个女孩在方圆几百里地引起了惊恐，人们一起扑向寺庙连连磕头要求喇嘛降伏这位从阴间钻出的妖女。驱妖仪式在当地那座小寺庙外的广场上举行，全体喇嘛念了一天一夜的咒经后，第二天一早把她带来，她双手反剪，倒骑一头老毛驴，附近十几个村落的村民骑马步行纷纷赶来观看这一场驱妖仪式。她的三个死胎用泥封好后装在三只法钵里，将要被埋在地下，上面立一块白石牢牢地将这些孽种镇在阴间。大家好奇地伸长了脖子等待观看怎样处置这位面目妖冶媚人的年轻女人。达朗路过此地，也凑过去围观，好奇地打听了一番。那个年老的喇嘛示意两个凶煞的中年妇女上前扒下妖女的衣服，两个人愤怒得像猩猩，不住地冲着妖女唾口水，在她身边左右乱跳，像扒皮似的疯狂地剥下了妖女的衣服。她全身一丝不挂站在广场中间，面无表情，似乎在愣神地回想什么，人群发出一阵轰然的笑声。一见这女人毫无遮掩的肉体，达朗顿时着了魔，他眼球充血，不知从哪里找来一根大棒发起疯来亡命地冲进去，上下乱舞，嘴里呀呀怪叫，把围观的村民百姓和执法的喇嘛们打得抱头四处逃命，哭喊遇到恶魔鬼了。达朗抱起女人把一个呆若木鸡的官员撞翻在地，扶她上了官员身后的一匹白马背上，又转身从躺在地上翻白眼的官员身上摘下他的步枪，跃上马飞逃而去。一路上他喜欢不尽，女人光裸的背在马蹄的颠簸下摩擦着他前胸，激起一种从未有过的男人勇敢征服的自豪感。他就是要找一个像兔子般能生育的女人，在沉静寂寥的哲拉山顶平坦坦的高原上为他生儿育女，繁衍后代。女人果然没有辜负他的期望，他俩相亲相爱，如痴如醉，在短短的几年中一连串生下五个孩子。其中两个夭折，其余三个脑袋滚圆的男孩便在高原火辣辣阳光的沐浴下，在干燥肆虐的狂风吹灌中，在父母像疼爱小动物般的抚养下结结实实地成长起来。

空荡荡茫茫无际的平原，在一个不寻常的沉沉黑夜里，一股唤起万物生机，夹着山谷馨香的春风，气势磅礴，滚卷着浓烈的尘埃从天边刮来，它在平坦的高原上赤裸裸自由活泼地翻滚，狂漫横扫，发出极度兴奋的嘶鸣，向沉睡的大自然显示出不可阻挡的强大力量，风一阵一阵扑过高原，黑沉沉弥漫了山谷，铺遮了天空，它急疾迅猛贴着大地，把拳头大的硬石块如同流星般纷纷掀起整夜不息。

达朗和女人守坐在黑洞洞的帐篷里，孩子们任凭外面世界震撼人心的吼啸，安然神游在童年迷茫的梦幻中。春风像个不安分的大人恶作剧地猛烈摇曳着小小的黑帐篷。像是要把这一家困守在一起的男人女人和孩子带到遥远的天边外。茫茫平原上孤独伫立的帐篷虽然在狂风中可怜地东倒西歪，但它的根基早已牢牢钉在了这块坚硬的大地上，整座帐篷与高原连成了一体。狭小的空间里，一个男人和一个女人久久地坐在一起，倾听大自然生命的呐喊，他们互相看不见对方，彼此用心灵在呼唤对方，证实自己。这春风，唤醒了漫漫难熬的寒冬里被冰雪深深压伏的情欲，全身的血管充满了活力，犹如奔腾的江河一发不可阻挡。

"女人，你摸摸我的心。"达朗有力的手紧抓过她柔软的手腕按在自己袒露的胸膛上。

"达朗，达朗。"女人一遍遍激动地呼唤。在黑暗中挨到他身边。

夜，像泼墨般浓黑。最后一阵风带着余音掠过高原后，在突如其来的万籁俱寂中，大自然的沉默叫人感到受不了，这死一般的寂静如同梦幻一般，使人觉得身体正在轻飘飘升入夜空，感到阵阵晕眩，真渴望听到一丝哪怕最微弱的声息。这又是一个令人痛苦的期待。终于传来一点动静，一丝从遥远遥远的什么地方飘来的非常真实的声音，像是只野兽在尖叫，又像是婴儿的啼哭。达朗和女人钻出帐篷，手拉手站在从云缝里悄悄洒来的月光中，他俩没穿一件衣服，月光洁净地沐浴着两个人强健的身体。这个神奇的夜色令他们着魔，他们伫立在月光下一动不动地侧耳聆听。那个不知从何而来的声音也叫他们欣喜若狂。

"你看，我们不是孤独的。"达朗亲热地搂着女人冰凉滑腻的肩膀。"哲拉山哪，它像神明一样赐予了我们很多很多，我们周围到处都有生命存在，到处都有灵性在显现，它在我们头上，我们身边，在脚下，为什么非要用眼睛去看见它们呢？我听到了，嗅到了，我这里感觉到了。"他戳戳自己的心窝。

次仁吉姆拨了一根草立在拇指背的第一道深深的横纹上，拇指关节伸直后，草就被紧紧夹住立在上面倒不下来。她转着身，指头对着山下一片视野开阔的南方，想看看影子投在哪个方向以此来测量时间，这是米玛教给她的。她细细看了半天，拇指背上竟然没有投下一点阴影,这使她很惆怅,她不知道此刻是藏历水鸡年十月三十日下午六点半①。她向围在她身边的几只贝母鸡撒了一把青稞,走进了屋里坐在羊皮垫上,取下缠在手腕上的佛珠,默默地一颗颗数起来。有人在外面低声呼唤,她一下害怕起来,这几年没有一个人上廊康来,她不知是凶是吉,慢腾腾起身过去开了门,是达朗!他一点没变,卷曲的头发,扁长的鼻子压在嘴唇上,他还是那么英俊,两眼炯炯有神。

啊?你又想来捉弄我?你应该知道我已经是尼姑了。她困难地张开嘴。

我没有这个念头,你的身子已经被人摆弄够了。他厌恶地说。那片厚厚的嘴唇噘起了一堆。

除了你谁也没碰过我,菩萨有眼。次仁吉姆委屈地叫道。

我真饿,你过了三天也没来给我送食物。他从宽松的衣袍里取出那只空茶壶和干瘪的皮囊袋放在她脚下。

三宝啊,原来我们一家世世代代供奉的是你呀?她惊喊道。

你知道我不会离开你很远的地方去生活,我常常不够吃,但是到明年春天,日子会好过些。他不好意思地低下头。

达朗啊,次仁吉姆一下有好多话要倾吐。你为什么总像魔鬼的影子一样紧紧缠住我呢?我在很小的时候,你就抱着我要我长大后做你的女人,如果那时我会讲话,我要说我害怕。在我刚刚长成人时,你总在溪水边伸过手来弄得我神魂颠倒。你离开廊康的时候赶走我了家的一群羊,我以为从此以后便可戒了女人的情欲,可是每到晚上总要做那些罪恶羞人的梦。原来你像个魔鬼一直躲在我脑子里,你爬到山

---

① 藏历水鸡年十月三十日下午六点半:十三世达赖喇嘛逝世圆寂时分。

顶不是在远离我，是为了高高在上征服我，连同整座哲拉山把我压在下面，压得我快憋死了。你难道不是在永远摆布我吗？她边说边伤心地哭泣。

那好，你既然说这样的话，就应该有胆量离开廓康跟我上山顶去生活。

不！我不能离开。她惊恐道。

今天我来到你身边，不但没有得到麻雀嘴啄那么一点点的食物，耳朵里却灌满了比天上星星还多的难听话。这个鬼地方。他看看四周，掏出打火石。我要把它烧得干干净净。

次仁吉姆毫无反应地看着他点烧火绒，用一丝布条引燃了火苗，然后塞进一堆干草里面，又搬来些木柴架上去，不到片刻，火势腾腾地蔓延起来。瞬时间，廓康一片浓烟滚滚把次仁吉姆裹在了中间，达朗一下逃得不知去向，次仁吉姆如大梦初醒开始往外冲，她身边到处是呼呼的火焰伸出血舌贪婪地舔着她的皮肉，她被呛人的烟雾熏得昏昏沉沉，连呻吟的力气都没有了，只觉得坠入地狱的火烧中，脑子里在焦急地呼救：我离开，别折磨我呀，求菩萨显灵呀，让我逃离火海。忽然空中飘来梵音般美妙的乐声，昏昏沉沉听见一个声音在说：心不逃离，体逃何益？

夜色奇暗，潮湿的空气弥漫在空中，溪水哗哗流过，发出的声音像要告诉人们什么，它永无休止地在絮叨呀，也许直到有一天被人听懂后才会安静下来。整个峡谷的一石一木仿佛都在静悄悄地睁着眼睛凝视夜的秘密，但它们会永远把看见的东西深藏在沉默中。

次仁吉姆全身无力，她爬到供佛的土台前，拨亮了油灯，端起一碗洁净的圣水，仔细端详着自己的面容，她还年轻，才二十三岁，有一双明亮的大眼和挺秀气的鼻子，嘴角边一对浅浅的小窝隐隐显露着整个面部微妙的表情，右脸颊洒着几粒浅色小点，那是两岁时英国人给她印下的永久的痕迹。她抬头看看昏暗的墙壁，上面密密麻麻地划着一排排各种横道、竖道和斜道，这些岁月的记录排列在一起，显示出一种深奥的启示。她数了数自己划的新痕，不知怎的，果然给洞中高僧送食物的时间过了三天。

半夜时分，她提着裙角轻轻走向岩石洞口，天空上，遮挡住月亮的黑云看起来像一座黑魆魆的奇峰怪石，形状狰狞，旁边的碎云块的轮廓看起来也像一些鬼兽的爪尖和獠牙。恐怖的黑夜，仿佛一幅地狱里可怕阴森的图景倒悬在高高的苍穹之中。忽然，她的心痉挛一下，差点没失手将茶壶脱落。因为从洞里传来了异常清晰真实的声音："天上有护法神下界吧？"

次仁吉姆犹如傻了一般不做回答，双腿一软，身体像砍倒的树杆扑通一下匍匐在地。

"足下原是瑜伽空行母的化身啊。"那声音不带任何感情色彩，平静地点出了次仁吉姆的身世，真像是晴空霹雳，次仁吉姆久久不能言语。

接着洞里的声音次仁吉姆一点也听不明白了，那些深奥的音节时而似流水潺潺，时而如海潮低鸣，但是她知道，此刻自己站在洞外已不是瑜伽空母，只是一个普通的尘世凡人。她本能微妙地预感到，就在今夜，从未体验的一种毁灭般的痛苦和梦幻般超脱的圣洁境界将在她身上得到完美的体现，这是一个最隐秘不可告人的神示，那场火焰燃烧的梦便是这一切的先兆。

"外面真亮啊。"那声音渐渐激动起来，"是火吗？是极光吗？"

"尊师，尊师，"次仁吉姆浑身像发疟疾般颤抖不止，她开始变得神志不清，意识进入了迷乱狂热的蒙眬状态。

"太亮了，亮，"那声音喊道："挡住它，不能亮，挡住，我怕，怕，挡住它。"

次仁吉姆呜呜咽咽奋力爬去，张开双臂，全身扑向了岩石洞口。

月亮穿出黑云明晃晃地像把钢刀泛着寒冷的青光。

次仁吉姆一动不动，像是背后射中了一支利箭被牢牢地钉在了岩石壁上。

次仁吉姆全身披着月光。

达朗坐在帐篷里擦着那支很少使用的俄式步枪，枪管生锈了，他花了好长时间才把枪管擦得锃亮。女人在帐篷外一块石头上晒牛粪饼，大儿子和小儿子在帮母亲干活，二儿子扎西尼玛则机灵地看着父亲摆弄枪。一声从未听过的巨大声响把达朗引出了帐篷，声音来自空中，没等他抬起头辨别方向，女人像鬼魂附体指着达朗脑后大声叫起来。一只巨大的从没见过的神鸟发出震耳的鸣响在他们头上盘旋，似乎想降落在这里。孩子们像小老鼠见了猫头鹰似的吓得躲进了帐篷，只有扎西尼玛对那只神鸟欢叫，女人扯破了嗓子边叫边拍巴掌，吐唾沫，驱赶那怪物。

"不能下来，你这个魔鬼。"达朗急了，举枪朝那怪物砰砰地射击，那神鸟盘旋了几圈，最后无可奈何地哀鸣着飞向东方。

这是一架四引擎的美国军用运输机，在二次大战执行对日作战的任务中从印度飞往中国的途中，由于迷失航向油料耗尽，本想在哲拉山顶这块理想的天然降落场着陆，因受到下面当地牧民射击的威胁不得不重新拉起机身，最后在哲拉山东部的桑耶寺附近名叫朵的一片沙滩上坠毁。机身倾斜，左侧的翅膀深深插进沙地里，美军驾驶员罗克希尔侥幸生还。不久，机身的残骸被有关当局清理后便遗弃在那里。

当地人竖起了一根木杆，把机身翅膀的残片系在那上面，直到六十年代后不知是谁取下来做了收藏。

西藏人在那个时候第一次见到了飞机。

达朗从平原地平线上再现了，女人和孩子们站在帐篷前手搭凉棚远远地向前眺望。他扛着一只跟他身体差不多大小的猎物。枪管上的银光在他脑后闪闪发亮。

"好家伙，这么大的獐子。"大儿子扎西达瓦说。

"不像，是头牦牛。"二儿子扎西尼玛说。

"偷的吗？"老三问。

"磨什么嘴皮，还不快去迎接。"母亲喝了一声，除了扎西尼玛，其余两个儿子赛跑似的争先上前。他只站在原地平静地看着。

达朗扛来的是一个血人，差不多死了，连羊毛细的一丝气息也停止了。他全身流出的血把达朗背后浸染得湿漉漉的。"唉，早知活不了，我干吗费这么大劲从山下扛回来。难道我是天葬师吗？"达朗沮丧地把死人扔在帐篷边，坐在草地上大口地喘着气，他已经五十多岁，身体开始苍老了。在山下，他躲在一块岩石后面目睹了一场强盗行劫的激烈战斗：一群强盗藏在石缝里，用步枪频频射击峡谷中的一队商帮，他们枪法准确，第一排枪就射中了几百步之外的三个商帮。其余的商帮一声口哨，那些受过训练的骡子立刻形成一个环形卧倒在地，它们身上驮着沉重的从印度运来的各种毛料、手表、金币以及其他商品。商帮们用骡子做掩体也抽枪还击。强盗不打骡子专打人，相持一阵后，强盗们纷纷跳上马，喊着嘿嘿的怪叫声手举腰马奔下山来，商帮们抵挡不住开始抛弃骡子逃命，被冲过来的强盗团团围住开始了拼刀格斗。那个小伙子砍翻了几个强盗要去救遭马蹄践踏躺倒在地的父亲，他身上被捅了好几个血窟窿，最后惨叫一声扑倒在父亲的尸体上。

强盗们把死去的同伴绑上马背，赶着一大群骡帮飞快出了峡谷，扬起一团弥漫的灰尘，马蹄敲磕在石头上的脆响在峡谷中久久回荡。等一切又恢复了死一般的静寂，达朗才跳出岩石，十几个商帮被乱刀砍死的惨状比饮弹身亡的人可怕得多。他看见最后那个倒下的年轻人的腿还在微微抽搐，就弯腰把他扛了回来。

那人大难不死，当晚活了过来，三个儿子想在他身上搜取点什么，除了一把德国造的二十响驳壳枪、几件女人佩戴的金质项链以外，还有一沓面值不小的印度卢比，上面印有爱德华国王的头像。这些对哲拉山顶上的人用处都不大。老三对那把手枪很感兴趣，放在手中掂掂很沉重，他乱摆弄枪时走了火，子弹从扎西达瓦腋下飞过，擦过坐在帐篷里喝茶的达朗的鼻尖，穿透帐篷，最后击中一只在湖边吃草的公羊头颅，它扑通一下就倒在地上，鲜血漫流到湖水里。过了三个月，那人伤愈，身上留下了二十七处刀痕，大腿内侧一处子弹擦痕，留在脑袋上的就有三道刀痕，其中一道从右额头长长地斜拉在左下巴，整个面孔变了形，像两片拼接的镜子映照出来似的。他是康巴人，是拉萨城有名的大富商邦达养壁骡帮的成员，临走时别的东西全留下，只要回那把驳壳枪。他从此要去深山做强盗，寻找杀死父亲的仇人。为了感谢达朗的救命之恩和女人的精心护理，他说在二十天之内一定扛来一牛皮口袋金币，他保证这金币的数量足够日后在拉萨买下一幢豪华的别墅，还能买到一个相当地位的官职，足够牧人一家从此荣华富贵。

"不必费这个心。因为我们不会离开这个地方，所以，金币对于我们，不见得比牲口过冬的草料更重要。"达朗摇摇头。

"除了天上的星星，恩人，你只管开口吧。"那人变形的脸狰狞可怕。

"儿子们都大了。你看见的。他们……经常无缘无故发疯似的互相打得头破血流。他们……精力旺盛,像发情的公牛。"达朗眯起眼。牧场上,三个体魄健壮,皮肤黝黑,结实墩墩的小伙子正抱着一块圆滚油亮的大石头在比力气。

三天后,那人又上山来,他牵匹马,上面坐着一位年轻的姑娘,两边驮着两大包盐巴、布匹等日用品。儿子们在湖边放牧,远远注视来人,他们都很清楚那个姑娘对于他们意味着什么,但是没有一个人跑过去。直到天黑后,在母亲长时间急切的呼唤下才蹒跚回到帐篷里。年轻的康巴人来到达朗前,把缰绳交给他说:"请收下,愿菩萨保佑你们幸福吉祥。"他连一碗茶也没喝,留下女人和马匹,径直走到平原边缘。

"次仁吉姆啊,难道这是前世的缘分吗?"达朗望着眼前这位年轻的姑娘,头晕目眩,不由得流出眼泪,"既然许多年前的你剪去了马兰草一般长长的秀发,为什么今天却又让达朗我看见你永远不衰老的仙女般的娇容?让达朗我回想起梦一样的往事呢?"

年轻姑娘抚摸着马颈的鬃毛,望着这远远近近的几个男人,不知自己今夜将属于谁。她困窘道:"多谢主人用妙法得知我的名字,可是次仁吉姆我的头发生来没有剪去过,在白天和晚上的梦中也没见过主人你。"

达朗猛然清醒,面对即将成为儿媳妇的次仁吉姆十分尴尬,"嘿,嘿,姑娘你别在意,刚才我……"

"啊啧啧,"女人刚才不知跑哪儿去了,像一阵风刮来,站在姑娘面前。"你会挤奶吗?"

"会。"

"会提炼酥油,做衣服,做饭吗?"

姑娘点点头。

"会读经书吗？"

"我……不识字。"

"没关系，"女人亲热地搂她肩膀，"没关系，只要能生孩子，这是最重要的。"

次仁吉姆当晚在达朗家三个儿子的帐篷里住下，成了他们的妻子。

达朗这以后苍老了许多，脸皮松弛下来，眼神暗淡无光，白天精神恍惚，常常对着家犬，对着帐篷边的绳子，对着牛粪自言自语。早饭时，次仁吉姆把茶恭顺地端到他跟前，他接过来哆嗦几下就打翻了。他巡视草场时常常会被什么东西绊倒在地，爬起来看看身后，什么也没有，次仁吉姆挽起袖子提着桶去挤奶，从他身边走过，他总是嗅到一股廓康那阴郁霉潮的气息。

"他妈的！"他十分恼火地独自嚷嚷起来。

有一天，次仁吉姆在整日平静的生活中开始了繁忙的劳动，她把那四五间荒废已久，残壁断垣上的石头一块块扒下来，整整齐齐堆在草地上，把那些腐朽的梁柱，门框的木头也拆下来放在另一边。整整干了一年多，把那些破房全拆除得干干净净，只留下自己住的一间石屋。她知道，不久的年月，廓康将常有人来，不管她愿意不愿意。她不想让来人看见这幅衰败的景象。

她想起自己多年没有再洗澡了，于是脱了衣服畏畏缩缩钻进了冰凉的溪水里。她再不会像年轻时发出兴奋的叫喊，在没有半点激情和思绪中，她抚摸自己渐渐失去弹性的皮肤和下垂的乳房，浸泡在水中，只露出半个脑袋，在清澈透明的水底下的身体像一堆奇形怪状的东西。这时，她看见山脚下狂风飞扬，弥漫着浓雾般滚滚的尘埃，那沙丘地带上，正行走着一队黑色。风改变了方向，沿着山坳往山上涌，嗖嗖地贴着岩石刮上来，把峡谷吹得嗡嗡响，次仁吉姆躲在水中观看这一奇景，那下面有块红颜色在空中向廓康飞来。她激动不已，断定这是一帖神赐的偈语，当那块红布从她头顶飘过，她从水中迅速起身，伸手抓住了它。它差不多有次仁吉姆的半间屋大，是块长方形，上面醒目地绣着几个黄色的符号，她怎么也不认识这符号，刚一愣神，那红布一下又从她手中飞走，高高地在廓康上空翻了几个圈，又被一股回旋风卷下山去。

那是一面红旗，上面绣着几个汉字："进军西藏！"

那块牛头大的白石块一直在悄悄移动，它爬得比月照的影子还慢。如果长时间盯住它，会觉得它跟普普通通的石头一样静静卧躺在那里许多年了，但是眼睛望望别处，或者干件什么事再回过头来，它不知什么时候又悄悄往前挪了一点。达朗是有一天偶然发现的，他半夜钻出帐篷去小便被这东西绊了一跤。过去帐篷边没这块石头，起先他以为是次仁吉姆搬来砸牛腿骨取出骨髓熬汤用的，但是第二天就发现了它在动，向儿子们住的帐篷那边移动。他什么也没说。

次仁吉姆是个贤惠的好妻子，不但尽力满足三个丈夫的各种要求，并且把他们调理得像几只绵羊，大家和和睦睦，说说笑笑地过日子。黎明时，她最早起来生火熬茶，然后把打好的茶倒进圆陶壶里，先走进老人们的帐篷给他们敬上一碗，又提到自己帐篷里斟给丈夫们。取出糌粑以及其他食物摊在矮桌上，自己提着木桶去牛羊圈里挤奶，挤出的第一勺奶首先对空中喃喃祈祷一番洒出去。那女人起来后，也舀起一勺酥油茶走出帐篷，面对空旷无垠的大平原，洒向空中，大声呼喊着释迦牟尼和其他保住神、空行母的名字，呼喊山神的名字祈求保佑。这声音大得出奇,远远地传到平原尽头。儿子们吃过饭后,把牛羊的绳索解开,打着呼哨,挥动软鞭抛石器,把牲畜赶到湖边茂盛的草地上让它们自由走动。那些羊羔牛犊则拴在帐篷附近。这时,次仁吉姆去把一夜间的牛粪揉成一饼一饼地摊晒在太阳下,干后则作为燃料。

次仁吉姆更依恋老二扎西尼玛,他的身体不比其他兄弟健壮,也没过人的特殊本领。但是他有一双更加深邃沉郁的眼睛,次仁吉姆从他时常孤寂地站在牧场上眯眼凝视远山的目光中,感到他的一颗骚乱不安的年轻的心飞越了茫茫坦荡的平原,飞越了哲拉山,飞向更遥远的未知世界。她晚上总喜欢将耳朵贴在丈夫袒露宽厚的胸脯上,那发达结实的胸脯像一堵坚不可摧的城墙,使她有一种安谧的依赖感,男人的胸脯里跳搏的心音铮铮有力,犹如生命不息的脚步,伴随她进入梦境。扎西尼玛的心音,虽不像鼓声咚咚,却更有一番美妙的乐音,交织着倾诉和怅惘,追寻与渴望,次仁吉姆从这心音中听出了扎西尼玛将会成为一个了不起的人。他的灵魂正在自己幻想和创造出的世界中自由翱翔、升华。他的生命不会在荒漠无边的哲拉山顶上如同孤寂的小旋风一样默默无声地运行,最后在默默无声中消隐。总有一天他会像雄鹰似的远走高飞。

那块白石移挪到离儿子们帐篷只有五六步远了,达朗认为时机已到,便指派了扎西尼玛赶一群羊和几头牛以及几大坨黄澄澄的酥油包,几十串干奶酪和几十张柔软的皮子下山去和农民进行交易交换,换取一些盐巴、茶叶、粮食、布匹以及牧人所需的用品。其余两个儿子也想下山去开开眼界,达朗不允许。冬天快到了,得转移牧场,先把家中的四百多只羊和八十头牦牛,还有十几匹马赶到雪峰底下的草场去,等那块草场吃得差不多,再赶回湖边。还有许多事情要做,男人在外放牧时要边捻着羊毛或不停地揉搓浸过油的皮子，老人和女人在家护养羊羔牛犊，用纺好的羊毛织各种毡垫。有力气的男人还要屠宰一些牛羊，风干后贮藏起来度过一个漫长的冬天。秋天是繁忙的季节。

在父母和兄弟们的同意下，扎西尼玛带上了次仁吉姆一同下山。因为她懂得一个主妇需要给家庭添加点什么用品。

五天以后，达朗一早走出帐篷，发现那块移动的白石已经钻进了儿子们的帐篷里。次仁吉姆照常提着奶桶走向牛群。她是半夜归来的，需要换回的东西她全带回来了，扎西达瓦告诉父亲。但是扎西尼玛没有回来。而次仁吉姆惶惑不安地说她从来没有跟过一个叫扎西尼玛的人下过山。自从来到哲拉山顶，外面世界的一切景象都从她的记忆中抹去了，她只知道自己很幸福地生活在两个丈夫中间，不知道还有另外一个什么人。她拍着渐渐隆起的肚子问丈夫：难道我有一个晚上离开过这座帐篷吗？对于这样一个令人疑惑费解的问题，男人们很快便抛在脑后，他们不愿在冥思苦想中仔细分析这一切的前因后果，也没有那个时间。昨天既然已经不复存在，那以前发生的一切难道不像是一场梦吗？他们要干的事很多，这一切只有等到不再与生活拼搏的晚年时坐在帐篷门口，手摇经筒，一面对神佛喃喃祈祷，一面闭起眼对自己一生走过的数不清的路，发生过的数不清的事情，再从头开始慢慢理顺。

达朗老人感到一阵轻松，罩住心头一年多的阴影驱散了，他满意地吐了一口唾沫，当晚跪在帐篷最里边供养着铜佛像、燃着昼夜不熄的佛灯供台下，进行了一番长时间的祈祷和祝颂。可是第二天嘴上还是长出个疔疮，难熬的疼痛一连折磨了他五天。

悬崖之光

1953—1985

达朗示意两个儿子放下枪,自己也垂下了枪口,他们人多,武器精良。只有那两条戴着毛绒绒红色颈圈的凶悍的獒犬龇咧着尖牙朝这群陌生人疯狂地咆哮,它们被铁链拴住,愤怒得上蹿下跳,在地上刨出了两个深坑。

一个山下的农民站在穿黄衣裤背手枪人的身边当翻译,竭力消除达朗一家人的敌意和紧张,我们是中国人民解放军,是为了帮助和解救受苦的人们而来的。向导说了很多,最后拿出一封信给达朗,里面有张照片,是扎西尼玛,他穿着跟眼前这些人一样的衣服,威武英俊。这张照片顿时消除了对眼前这些人的敌意,达朗把他们请进了帐篷,他们受到了牧人尊敬的接待。扎西达瓦和罗布次旦两兄弟你争我抢地看着照片,他们对兄弟扎西尼玛的面容能印在这光亮的纸片上很感兴趣。他们把次仁吉姆叫来,你说你从来不知还有别的什么人,难道你忘记了扎西尼玛?你不是一同跟他下山的吗?向护法僧三宝起誓我真的不认识这上面的人,我怎么会呢?次仁吉姆急得流出了泪。哦哦,没关系,不认识也没关系,反正我们是有一个兄弟,我们三人在一个母亲的怀里长大,一见这张画,过去的许多东西都能够回想起来。次仁吉姆不认识这个人,没关系,可是,你怎么会不认识呢?算了,你快去给客人们敬茶。

信上说:他下山不久参加了革命,还立了功,马上要和妻子次仁吉姆一同去内地上学读书,懂得更多的知识,生活往后会变得美好的。

他时刻想念山上父母和兄弟,信中最后写道。

解放军是来发放农贷的,给牧人一家送了一些银元,还赠送一张锦缎刺绣像,他叫毛泽东,他们指着那上面告诉达朗。

达朗对这张像细细琢磨了一个下午,这时,扎西达瓦跑来告诉他,外面有两头牛同时要生产了。达朗欢欢喜喜跑出去,很顺利地接生下两只牛犊。这是一个吉兆,他回到帐篷再看看那像,认定是它给牧人带来了好福气,便把这像端端正正挂在了供台上。他称呼这些军人叫菩萨兵,他们很惊奇,许多藏族人都不约而同地这样称呼他们,他们说。

大儿子扎西达瓦很想跟这些人下山。他们征求达朗的意见。达朗一言不发。山下有女人吗?扎西达瓦问。有!他们困窘了一阵,山下有的是漂亮健壮的农家姑娘。扎西达瓦决定让弟弟和次仁吉姆留在山上与年迈的父母一同过日子,他对父亲说他不会去很远的地方,就住在山下邦堆村里,他会常来看望家人。达朗默许了。生活……,哲拉山顶不会再像几十年前那样空无一人,孙子们正在帐篷外的草地上搂着比他们还高大的牧狗在玩耍。

廓康这些年常有人来,他们发现这里住着一个穿着奇特的孤老太婆,还有码得整整齐齐的一大堆石块和一堆木材,很是不解,几次说服老太婆搬下山去。如今山下的人再也不会支差和交税了,日子过得很好,你下山会得到乡政府的帮助,他们说。次仁吉姆感激地接受了他们带来的东西,却谢绝了他们好心的劝告。

扎西达瓦当了邦堆村的贫协主任,他上廓康来的次数最多,每次都要呆呆地凝视这条穿过廓康流下山底的溪水。这溪水被山上一道道滚圆的石堆所分割,它们在中间巧妙弯曲穿过后又汇集成一股,左右旋绕过横在中间的岩石，时而在松软的苔藓平地上绵绵舒展，时而从悬崖上飞泻而下，跃入峡谷，撞到乱石上飞溅起白雪般的泡沫，清脆的急流在幽暗的谷底深涧变成了低沉的轰鸣。流过廓康这片平坦的青草滩时徜徉般回旋，潺潺轻漫，涟漪荡漾，流过草滩又径直而下，高高地坠入另一个深潭。

不知扎西达瓦在琢磨什么？

"原来，从山顶上能看见廓康。"他自言自语道。"怪不得他每天跑到那顶上坐地一阵。"

"谁在上面？"次仁吉姆问。

"我爸爸，达朗。"

"你是达朗的儿子？"

"是的。"

"哦……"

"阿妈啦，你……"

"他老了，我也老了。"次仁吉姆合上眼皮，"可这水呀，谁也不知道流了多少年月，以前所有的日子都跟着这水流走了。"

"阿妈啦，你不知道我心里所想的，这水呀……"

"别说了，孩子，别说了，这水证实了廓康以前是有人住的。你不知道，唉！"次仁吉姆知道，她会永远在这里生活，直到有一天她悄悄离开人间。因为多少个春夏秋冬，她从岩石小洞里取出的茶壶和皮囊袋都是空空的。她命中注定今生要尽力供奉隐居的高僧。三十多年前那个空中显出奇峰异石般黑云的深夜，洞中的尊师结束了一切神秘的仪式后说了如下的一段话："从今往后，悲海沉沉，空寂无声，终得善果，你当尽心，广积资粮，皈依三宝，吉祥圆满。"当即从里面发出一声轻微脆响的当啷声，像一个金属物件落在了地上。从此，洞里再没发现任何声响。

　　有一天,从山下开来一支浩浩荡荡的民工队伍上了廊康,公社党支部书记扎西达瓦举着红旗走在最前面,在他心里深藏了几年的雄心壮志得到了实现,他将领导全公社的社员在廊康修筑一座水库,誓叫雪水在翻身农奴的手中为时代造福,要成为人类改造自然的象征。一时间,多年在廊康栖息的各种飞禽走兽纷纷远走高飞,再也不见半点影子。一百多个日日夜夜,铁锤铮铮,炮声隆隆,钢钎、铁锹,红旗标语,火把,人群,乱哄哄的吵闹,激昂的歌声,廊康在千百年的沉寂中喧嚣起来。次仁吉姆大病一场,躺在屋里日夜遭受各种梦魇的折磨。工程进度一步步向高大耸立的岩石边推进,只要听见钢钎击在岩石上的当啷一声,她便心安了。但是人们不知不觉避开了岩石,整座水库的深坑修在了岩石的前面,那些十几年前次仁吉姆码好的一堆石块正好被用来铺设底部。工地上一片掀石挖坑,筑坝夯土的热火朝天的景象,一条新开出的弯曲的渠干像巨蛇缠绕在山腰。岩洞安然无恙。水坝一天天筑起,溪水上涨,成了一座小湖,淹没了过去那些搬迁已久的房屋根基,次仁吉姆的房子在水库十步之遥的上方。

　　出现了令人困惑的事,水库白天贮满了水,被闸门紧紧拦住,第二天却漏得不知去向,只留下一滩浅浅浑浊的水洼。它既没有流入渠道,也没有从水坝底下漏到峡谷去,那么神秘的失踪便不得而知了。扎西达瓦望着只能漫过脚脖子的浅水洼满心狐疑,不知所措。有人揭发山下村子里极个别不守管制的坏人散布流言蜚语,说哲拉山是神山,雪山的水汇入江河本是神的安排,硬要它改变流向是得不偿失,这不,它从底下漏走了,另一头冒进了江里,谁也看不见。扎西达瓦拉回队伍,在全公社首先开了一个声势浩大的批斗会,把那几个当年的领主富农和代理人批得痛哭流涕，腰弯得直到死再也没有伸直过。接着大家想办法，出主意，誓叫荒山变良田，向"九大"献礼。有一个人喝茶时没带碗，他掏出一只薄薄的透明塑料袋装了茶，不一会儿扑哧一下破了，溅了别人一身。扎西达瓦顿时受到启发，塑料袋破了是因为茶太烫，雪山的水永远是凉的。这个大胆的想法在公社支委会上抛出来后立刻被采纳。于是几辆拖拉机去县城拉回满满的几十卷塑料薄膜，大伙扛着第二次上廊康。工匠们用烧红的铁棍把一卷卷塑料薄膜粘接成大大的一张铺垫在水库底下，上上下下天衣无缝地一共铺了十三层，边缘用混凝土牢牢抹在石头上不留下一丝缝隙。这个人间奇迹据说在世界上绝无仅有，这是在没有专家、没有设计人员、没有图纸、没有技术指导、没有机器设备的条件下由一群干劲冲天的农民建成的。从此，漏水的难关终于突破了，溪水沿着人们挖出的渠道拐过四十九道山弯一直流向哲拉山顶平原下一片海拔四千八百米的小平原上。人们在那里已开垦出三千亩荒地，这片荒地上一层厚厚的海绵般松软的肥沃土质，是人们用锥形底小柳筐从山脚那些良田上取出一筐筐背上来的，每人平均每天能运三趟，每筐只消铲进两锹沃土便填得满满的。就这样，在蚂蚁搬食的战术下，山下百分之九十的土层被搬上了山。第二年秋天在世界最高的田野上创造出了亩产六百斤冬小麦的奇迹。从此邦堆公社犹如格桑花的飘香名扬四方。城里的干部、记者们像嗅到花香的蜜蜂纷纷拥来参观取经。邦堆的名字上了报纸，邦堆的人们上了镜头。廊康的水库自然是整个参观项目中顶顶重要的一项，于是参观的人们在公社讲解员的引导下，戴着草帽，背着水壶和装着几个馒头的挎包，揣着笔记本，头顶烈日骄阳，花上两个小时疲惫地爬上三千亩良田的平原参观完后，又沿着漫长的渠道行走两个小时来到水库。公社年轻的讲解员站在堤坝上像背书似的重复着念了无数次早已滚瓜烂熟的讲解词，从不多一个字，也不少一个字，二十七分钟的讲解时间每次分秒不差。参观者纷纷摊开笔记本，几乎一字不漏地记录这些丰功伟绩，不住地发出啧啧的赞叹声。接下来小憩片刻，每人蹲在石梯边舀起一捧据说像甘露般清甜的水喝上几口，再吃点干粮，然后都掏出指甲刀、小剪刀之类的锐器在水库的岩石上刻字留念。有人打开照相机在此留影。临走时有的人还灌满一壶水作为珍贵礼物带回家。有人看见一个幽灵般的老太婆一声不吭，表情痴呆地坐在破烂的石屋门前，忍不住好奇地问讲解员。这是个疯老太婆，她回答，是在伟大时代的洪流中被淘汰的渣滓。两个北京大学生被老太婆那件看起来挺怪诞褴褛肮脏的衣服所吸引，壮起胆子过去看了半天，在左臂上看见了一块盾形的蓝色臂章，原来是一件外国军服。这两个军事爱好者立刻为哪国军服争论不休：我觉得像印度军服。你见过印军服装资料上有这一种吗？像美国坦克兵服。得！美国部队什么时候来过西藏？哪，应该是英国军装。这还差不多。是什么军种呢？至少二次大战没这种样式。你想想英军入侵西藏是什么时候。不知道。那让我告诉你吧，我也不知道。可这臂章上A下面的5是什么意思呢？嗨！这还不明白？A军团第五师嘛。A军团，是哪个将军率领的？你想知道吗？告诉你吧，连我也不知道。它怎么会穿在老太婆的身上？俩人百思不得其解，最后终于做出个一致的结论：这老太婆年轻时一定是A军团第五师某个白脸英国人的情妇。他们满意而去。太脏，脏得恶心，要不然可以拿来作收藏。一路上他俩嘟嘟咕咕。等到廓康又陷入以往的宁静后，次仁吉姆拄着拐杖走到被千百个参观者刻满了密密麻麻题词留念的岩石壁前。深藏在杂草丛中的小黑洞一直未被人发现。每次来人参观，她就幽幽地坐在门槛上，提心吊胆地注视这些人的举止。只有一次，一个冒失的小伙子发现了这个小洞，大概他以为是鸽子窝之类的鸟巢，好奇地伸手想摸出几个鸟蛋，手指刚伸进一点，立刻像被电砸般弹了出来。他茫然四顾，甩甩手，困惑地走开了。次仁吉姆将耳朵贴在洞口边，里面什么声音也没有，但她对高僧在此隐居这点永远确信不疑。她又用手摸摸那些她看不懂的符号："日喀则地委农牧科穷达留字""自治区办公厅黄小英 1970 年 10 月 8 日刻""向英雄的邦堆人民学习""北京吴卫红到此一游""四川韩劲乐……""拉萨……"。这些在次仁吉姆眼里如同一串串神秘的咒语，她拿来一柄凹凸变形的长把铜勺，舀起了水库里洁净的水一瓢瓢洒向岩壁。她相信这样能把那上面不祥的东西冲洗掉。

"老阿爸，您别发火呵，哟！千万别动扳机呵！你你你这样是要受到法律的制裁。你听我说，哎哎你看看哪，我是中国 UFO 飞碟学会会员，我有证件哪。哎，证件，这一点不假，真吓死我了。我说你枪口别老冲着我呀，要是这一走火。我走，行行马上走，你可别在我背后打黑枪。我走，唉，真没治，奶奶的怎么也听不懂我的话。好我走。哎咿，我说老阿爸，我这样哪儿像是干什么坏事的，我正写一篇论文。唉他真听不懂。你只要让我在这儿待一个小时，不多，就一个小时，不多，就一个小时。只要我能收集到点什么。你知道这个地方和纳斯卡平原①多么相似，有可能我会证实这儿的确是远古时代宇宙人的降落场。呀，这是什么？这个这个石头，啊！妙哇。哎哎哎老阿爸，我只要捡这一块石头。你别打死我！我我我求你！求求你了！"背旅行行囊戴眼镜的大学生万般无奈，双腿跪下，不住地向眼前这位端着枪随时可能扣扳机的老人磕头告饶，一只激动得哆嗦的手却悄悄

---

① 纳斯卡平原：地处秘鲁南部的安第斯高原。

摸过去把那块像玻璃样透明莹亮的石头紧紧握在了手中。他知道这个不懂汉话，不懂法律，更不懂 UFO 的山区牧人稍有一点疑惑就会毫不在乎地将他的尸体永远留在此地。

"你要干什么？如果你是辛苦的旅人路过这里，我会把你当客人接待，可是你的眼睛一直在盯着地下找什么东西。这不行，我不许你用妖魔的巫术来亵渎这块地方。你什么也别想带走，一根草也不许。"年岁已高的老人走过去踢了年轻人一脚。他弯下身，从年轻人手中夺回了那块石头摊在自己掌上。这的确是块不寻常的石头，它透明晶亮，荧光烁烁，里面还藏着一些古怪的图案和符号。老人在这个地方生活了大半辈子也没看见，却被这刚爬上来不到一顿饭时辰的小伙子发现了，他头脑里的确有什么不一般的地方。但这块石头既然在这片土地上躺了许多年，就应该让它永远留在这里不允许外来人顺手捡走。于是，老人奋力挥臂将那石头扑通一声扔进了湖里。

年轻人阻拦不及，湖水溅起一朵浪花，层层涟漪向岸边扩散。

"好糊涂哇！"年轻人张开双臂，心痛得大叫一声，一阵捶胸顿足，接着蹲在地上抱头号啕大哭，那悲痛欲绝的样子令老人不知所措。

"它莫非是你爸爸的化身？要不，你是来找一个什么灵魂？"老人俯下身摇摇神志不清的年轻人。大学生迟钝地望着他，茫然点点头，又摇摇头，慢慢站起身，丧魂落魄地提着旅行袋，像喝醉了似的跟跟跄跄离开了老人。

"你别走，听我说。"老人拦住他，"它到底是个什么东西？你是不是想告诉我一点这里的什么秘密？对，一定是。"

年轻人丝毫不理睬，两眼无神地望着远方，走向平原的尽头。

"回来！孩子，你回来！"老人高声喊叫，他举起步枪连连射击，子弹从大学生头上呼啸而过，他头也不回，仿佛全然不知慢慢走下了边缘地带。

　　老人颓然坐在草地上，抱着枪愣愣地望着湖水，他忽然觉得自己干了一件蠢事，那个戴着眼镜的人一定知道哲拉山上的什么秘密，一个他多少年渴望解开却又不知道想解开什么的奥秘，这个谜又和他这一辈子的艰难历程连在一起。要不他在找什么呢？在老人一生漫长的岁月中，他扛来的女人，抚养过的孩子，救过的强盗，接待过的解放军以及在山下见到的许多男人、女人、农民、喇嘛、乞丐、老爷、工匠、艺人都算不了什么，这个年轻人悲愤离去的情景永远刻在了他心底。如果有一天年轻人还会上来的话，他想，一定把他当作圣人接待。他需要寻找什么东西就让他自由地寻找，因为那人总有一天会解开自己隐藏在心底的理不清的思绪，比如他为什么来到人间又被父母遗弃？为什么终生熄灭不了对一个女人如此强烈的欲望却又终生没能得到她？是什么驱使他来到这片浩瀚的平原上顽强生存，繁衍生命？他生活的世界是属于他的吗？是真实的吗？群山之外是不是还有一个对于他更加熟悉更加真实的世界？

　　他开始默默祈祷。

　　一连三天，廓康再没有燃起淡淡的炊烟。从平原与雪峰连接的溪水豁口边往下望去，水库犹如一个浅浅的凹坑，里面早已干枯。当年轰动一时的奇迹如今静静地被荒废遗弃了。雪山下的溪水从水库边上流过，像从前一样深深坠入深潭，流向山脚下的沙丘地带，汇入江河。那间石屋的颜色与峡谷的颜色一样，坐落在廓康里分辨不出轮廓。达朗老人在山顶平原生活的日子里，没有一天不来到这里凝望廓康。早先年轻力壮时，靠两条腿跑来，如今骑在一匹跟他一样苍老的深栗色公马背上一路昏沉沉打着瞌睡而来。

　　他对着平原中央远处的帐篷，手指塞进嘴里迸足全身力气打出一声长长的呼哨，这一声吹得他眼冒金花，筋疲力尽，仿佛仅剩的一点气力被这声呼哨耗干了。那个小时候被一只母羊压折了腿的十五岁的曾孙骑了匹白马赶来，他让曾孙下山去邦堆叫人来廓康，他们应该去看看廓康最后的一个人。说完，达朗拄着拐杖向陡峭的悬崖走去。

"老爷爷，危险哪！"曾孙大叫。

"胡说！这条路我走过。"达朗对曾孙吹胡子瞪眼，那样子像要跟他打上一架。

对，当年我就是沿这儿爬上来，爬了多久哇？记不清了，到山顶已经天黑了，我就在上面石头下睡了一夜。第二天，一睁眼，哈！老天爷呀这是什么地方呵，好像世界上只剩下我一个人了。对，我还踩过这块石头，伸出手去抓那棵小的呢？它已经死了。是啊，万物皆有生死。廓康的羊没走过这么危险的地方，我怎么也赶不动，四只蹄子生了根似的钉在岩石缝边。拉呀拉呀，那时候我可真了不起。唉哟！踩空了，菩萨哟谁来救我？达朗头朝下，双脚离开了岩石，他看见了廓康白线似的溪水一晃而过，周围的山在眼前翻滚，他身体在空中往下沉落，什么也挨不着。他紧紧抓住了一样东西，这东西没有丝毫分量跟着他一直下坠，原来是握在手中的拐杖。他的心提到了嗓子眼上，躯体的内脏像被掏空了似的空空荡荡。哎呀呀，原来人飞起来的感觉是这样难受，人的双脚离开了大地真是活不下去，到底是在往上飘还是在往下飘谁也不知道。身体在旋转，身体在空中翻滚着，怎么永远也挨不到头？最痛苦的不是怎样生存，怎样死去，而是身体什么也触碰不到，就像在阴间地府中漫游。这么说我还是与次仁吉姆前世有缘，终于能看见她了。可是那个顶顶重要的愿望呢？我最后的期待不正是那个戴眼镜的人再次来到哲拉山顶吗？

次仁吉姆躺在低矮的羊皮垫上等他，卖弄着风情。她双拳支托下巴，眼睛妩媚地乜斜着达朗。尽管屋里的灯光暗淡，达朗仍然清晰地看见她眼中盈盈的水波。次仁吉姆衣服凌乱，腰带松解，她轻轻唱着歌在羊皮垫上挑逗般辗转反侧。她什么也不说，只是低吟轻唱，偶尔痛苦和深情地望一眼达朗。

"现在，廊康就我一个人了。"次仁吉姆说。

"还有我呢。"达朗说。

"你，你总在外面鬼混。"

"我没有鬼混，我一直想要娶你。"

"现在，你可以娶我了。"次仁吉姆走上前，关了门。她走过来时松散的衣服已经把全身袒露了出来。

达朗开始用脚踢门，大声喊道："喂！相亲的队伍抱着礼物来了，一路上口干舌燥为什么到了门口把我们关在外面，是舍不得你们家的姑娘出嫁还是嫌礼品太少。"

"是谁像乞丐一样在外面大吵大闹。"次仁吉姆在里面问，"踢破了我家的木门只怕你用扇金门也赔不起。"说着她开了门。

"这个丑八怪是谁？什么地方有下马石？瞧你穿得多脏，多破烂。接待迎亲的人都滚到哪儿去了？"

俩人一阵嬉笑对骂，算是完成了迎亲仪式，然后关了门，亲热地坐在垫上。在此良辰，次仁吉姆端来了一壶茶，两碗新磨的糌粑和两碗新鲜酥油，端来一只插着青稞苗的"切玛"盒[①]，向供奉的佛像一一敬献三次，两人祝祷："佛法僧三宝是失去保护人的庇护者，是无依无

[①] 切玛盒：一种新年或喜庆日子里用的斗形装饰盒，一边堆糌粑，一边堆麦粒，中间插一箭牌，上面装饰各种颜色的酥油花。

靠人的救星，愿菩萨保佑我俩相亲相爱，无灾无难，永不分离，如愿以偿。"完毕，次仁吉姆站起身，她肩头一抖，披在身上的衣裙一起褪到了脚下，达朗一双粗糙的手伸了过去，昏沉沉有一千个念头在脑子里混杂……我是个男人吗？回来吧，我那失去已久的灵魂。细嫩的草尖原来是能够刺痛皮肤的。哲拉山没有显灵，但它的确是有灵性的啊。你能感觉到这片荒凉贫瘠的高地上永恒的美和粗犷的柔和感吗？你可曾看见从乱石缝里钻出的一只离群的羔羊？可看见远处草地斜坡上一只毫无怨色等待死亡的孤寂的老牛？看见了不知从哪儿刮来的风？还有在峡谷里，平原上悄悄出生悄悄死去的人？山顶牧人坐在石头上面对寂寞绵绵的群山，面对高深玄奥的蓝天，面对存在于万物之中的空气默默体会世界的高度，闻嗅山谷的清香，倾听大自然的沉默，冥想自己置身于空间的层次，寻求自己早已脱离躯体的灵魂，听见了一首歌，一首在心中孕育了岁岁年年变得喑哑无声的歌，它永远埋藏在心底不能从胸腔爆发出来传向遥远的那方。可是你听见了吗？听见了吗？听见了吗？整个山谷都在回响你听见了吗？

  曾孙叫了来人，他腿不好，没有来廓康，从邦堆那边回山顶了。来人是如今仍住在山下的扎西达瓦，他那神话般的事迹早已被人遗忘，和普通的现代农民一样，跟女人和孩子们一起生活，大女儿出嫁了，生下个胖儿子。他和女人经营着七亩地，两个儿子买了辆拖拉机成天在外跑运输。跟他来廓康的还有两个农民，他们仍然像当年一样崇拜着扎西达瓦。最后一个跟来的是挎药箱的二十四五岁的姑娘，他父亲是全西藏最高首脑机关屈指可数的高级官员之一，常在电视上露面。她是跟中央卫生部的一个科研小组来帕布乃冈山区进行一种高原病的普查。在来廓康的途中，她一路盘算什么时候普查结束，回到拉萨后还要抓紧时间复习英语，她不久要去美国加州医学院留学，她立志要在这短短的几年里，在西藏的藏族女子中第一个成为国外高等院校颁发的医学博士称号的获得者。

次仁吉姆静静地平卧在羊皮垫上，面目安详，布满皱纹的脸上几乎看不清眼睛的缝隙。油乌稀落的短发像柄毛刷，她还穿着那件百孔千疮，早已看不出原来颜色的老式英军服，皇家工兵制服的袖口和衣襟边缘磨得碎条缕缕，脚上套着一只露出脚指头的土毛线袜。那盏油灯还在忽闪，碗盏里的油差不多耗尽了，仿佛一直竭力拖延时间等待外面的来人，好让他们能看见次仁吉姆的遗容。她身边放着一把灌满酥油茶的陶壶和一口袋糌粑。茶早已冰凉，打开盖能看见里面一层凝固的油脂。谁也不知是做什么用的，一定是她临死前忽然想通了，准备离开这个地方，山下来的农民猜测。

"我还以为是个病人。"年轻的女医生叹口气。她离开空气浑浊的小屋，好奇地巡视廓康周围。外面水库的石坝虽已残缺不全，但仍可窥视出当年的气派，溪水把周围的渠干和闸门冲得乱七八糟。

农民卸下门板，把次仁吉姆抬了出来。他们不明白扎西达瓦为什么要他们抬下山去。

"等一等。"女医生跑过去，看了看次仁吉姆一眼，抬手在她毫无弹性的脸上轻轻按了两下，"还用得着解剖吗？"

"不用了。"扎西达瓦说。

"最好别让山下的人看见她的脸。"她掏出一块白手绢盖在自己外祖母的脸上。"你们先走吧，我脚上打了个水泡。不用管我，我慢慢跟下来。"

三个人抬着次仁吉姆下山了，廓康只剩下一个胆子大得出奇的姑娘。

她不知在寻找什么，终于发现了一条被干草覆盖的小道。她跨过溪流，用脚扫清了上面的碎石，沿小道走到了堵在眼前的岩石壁下。除了当年刻下的依稀可见的题词，什么也没有。她伸手轻轻敲了下石壁，发出了空洞的回音。又敲一下，听见咔咔的裂声，敲第三下时，她身前落下一整块岩片，掉在她脚下坠成碎块，把她脚背砸得好疼。"啊！"她轻轻尖叫一声。眼前是一个十分狭小的壁洞，膝盖高的台上有一幅完整的白色人体骨架，显出一种半腿打坐的姿势，右骨骼关节折成一个弯放在右髋骨上；左手置在髀位边，这是一副罕见的菩萨跏趺状。这副骨架早已变成了化石，像是岩壁上的浮雕，与整个岩壁浑然一体。骨架下铺着一层干草，边上放着一只铜质金刚杵铃，上面斑点着绿色的铜锈；还有一只木碗和几尊古旧的铜佛像。骨骼身后的石壁留着许多手足的印迹。

年轻的女医生像欣赏一件艺术品似的站在骨架前。根据她的初步判断，这骨架是个男性，年龄在二十四五左右，年代已久。她正可惜这副已成了石头的完整骨架不能拿回医院做标本……背后听见响声，猛回头。

不知从何处掉下来一串佛珠，竟然没有散开。她提起来看看四周。

"次仁吉姆。"一个声音就在她耳边响起。

"啦！"姑娘应声道，她的双腿软了。她不知道那岩壁上刚才看见的骨架和此刻正盘坐着一个老人谁是幻觉中出现的影子，分辨不出谁更真实。

"我知道，廓康永远不会荒凉，总有人在。"那老人无精打采地坐在壁洞上，躯体斜靠着。

"我，我不是……"

"次仁吉姆，你数数上面的珠数。"老人招招手。

"它有一百零八颗。"次仁吉姆脱口而出。

"这上面每一颗就是一段岁月,每一颗就是次仁吉姆,次仁吉姆就是每一个女人。"老人睁开眼,庄重地凝视了她半天。最后,一语道出了这个从不为世人知晓的真谛。

　　奇迹时刻在发生,但岁月的河流只有一条,它容纳着漫长的历史,容纳着千千万万的男人和女人……